Vampire City

RACHEL CAINE

Vampire City

TOME 5

Traduit de l'anglais (États-Unis)
par Alice Delarbre

hachette

L'édition originale de cet ouvrage a paru en langue anglaise
chez NAL JAM, an imprint of New American Library,
a division of Penguin Group (USA) Inc., sous le titre :

Lord of Misrule (Book 5 of *The Morganville Vampires* series)

Traduit de l'anglais (États-Unis)
par Alice Delarbre.

Photo de couverture : © Larry Rostant / Shutterstock.

Hachette Livre, 43 quai de Grenelle, 75015 Paris.

À Ter Matthies, Anna Korra'ti et Shaz Flynn – combattants courageux, chacun à leur façon.

Et à Pat Flynn, pour n'avoir jamais renoncé.

L'histoire jusqu'à présent...

Claire Danvers rêve d'aller à Caltech. Ou au MIT. Autrement dit, dans une des meilleures universités du pays... Seulement, comme elle n'a que seize ans, le temps qu'elle gagne en maturité, ses parents l'ont envoyée dans une fac en principe plus sûre, celle de Morganville, Texas Prairie.

Premier problème : en réalité, Morganville n'a rien d'un havre de paix. C'est le dernier endroit où les vampires peuvent vivre en sûreté, ce qui signifie exactement le contraire pour les humains. Car les buveurs de sang règnent sur la ville... et sur tous ses habitants.

Deuxième problème : Claire a réussi à se faire de nombreux ennemis, et pas des moindres, dans le camp des humains comme dans celui des sangsues. Elle vit avec trois colocataires, Michael Glass (récemment transformé en vampire), Eve Rosser (gothique devant l'Éternel) et Shane Collins (fils d'un tueur de vampires). Claire est la seule personne normale du groupe... ou plutôt elle le serait si elle ne s'était pas placée au service de la Fondatrice, Amelie, et si elle ne s'était pas liée d'amitié avec le vampire le plus dangereux mais aussi le plus vulnérable, Myrnin l'alchimiste.

Pour ne rien arranger, le père d'Amelie, Bishop, fraîchement débarqué à Morganville, a détruit la paix précaire en montant les vampires les uns contre les autres et en créant de nouvelles alliances dangereuses et de nouvelles factions dans un endroit qui n'en compte déjà que trop.

Tandis que la ville se replie, plus que jamais, sur elle-même, Claire et ses amis choisissent le camp de la Fondatrice. Ce faisant, ils pourraient bien être amenés à collaborer avec leurs ennemis... et à combattre leurs amis.

1.

Le pire avait eu lieu ; une partie de Morganville était à feu et à sang.

Postée devant la fenêtre du salon, Claire regardait les flammes peindre les vitres d'un orange terne. Alors qu'elle avait toujours pu voir les étoiles dans cette ville paumée du Texas, cette nuit-là faisait exception. Cette nuit-là, il y avait...

Elle fut tirée de ses réflexions par la voix calme et froide qui retentit dans son dos.

— Tu penses à la fin du monde, n'est-ce pas ?

Se secouant de sa torpeur, Claire se tourna vers son interlocutrice. Amelie, la Fondatrice et, de l'avis général, l'un des vampires les plus terrifiants des lieux, paraissait singulièrement fragile et pâle, même pour une buveuse de sang. Elle avait retiré le déguisement qu'elle portait au bal masqué de Bishop – choix plutôt judicieux étant donné qu'il était orné, sur la poitrine, d'un trou de la taille d'un pieu, et imbibé de son sang. Si Claire avait eu besoin de preuves qu'Amelie avait la peau dure, elle les avait obtenues ce soir. Réchapper d'une tentative d'assassinat, voilà qui vous faisait gagner des points.

La Fondatrice était habillée en gris – un pull en laine douce et un... pantalon. Claire ne put s'empêcher d'ouvrir des yeux ronds : Amelie n'en mettait jamais. Jamais. Ça ne correspondait pas à son standing. À la réflexion, Claire ne l'avait jamais vue en gris non plus. Quand on parlait de fin du monde...

— Je me souviens de l'incendie de Chicago, poursuivit Amelie. De ceux de Londres, de Rome... Le monde ne s'arrête pas, Claire. Au matin, les survivants reconstruisent ce qui a été détruit. Il en va ainsi. Pour les humains.

Claire n'avait aucune envie de s'appuyer un discours de motivation. Elle rêvait de se rouler en boule dans son lit douillet, d'enfouir sa tête sous un oreiller et de s'endormir dans les bras de Shane. Autant de choses qui ne se produiraient pas de sitôt. Sa chambre était occupée par Miranda, une adolescente terrorisée qui avait des dons de voyance et de gros problèmes de dépendance. Quant à Shane... il s'apprêtait à partir.

— Pourquoi ? bafouilla-t-elle. Pourquoi l'envoyez-vous là-bas ? Vous connaissez les risques...

— Je sais au sujet de Shane Collins beaucoup de choses que tu ignores, l'interrompit la Fondatrice. Ce n'est pas un enfant, et il a survécu à quantité d'épreuves dans sa jeune vie. Il survivra à celle-ci. Sans compter qu'il appartient à la catégorie de ceux qui veulent changer le monde.

Elle avait chargé une poignée de combattants triés sur le volet, vampires comme humains, de sortir avant l'aube pour s'emparer de la Collecte-Mobile, le seul stock de sang accessible et fiable en ville. C'était la dernière mission que Shane voulait se voir attribuer. Et Claire n'était pas plus rassurée que lui.

— Bishop ne cherchera pas à récupérer la Collecte-Mobile pour son propre usage, son seul but sera de la détruire, insista-t-elle. De son point de vue, Morganville regorge de poches de sang sur pattes. En revanche il est bien conscient de la perte que cela représentera à vos yeux et rien que pour cette raison il s'acharnera à la détruire. Je me trompe ?

Amelie n'aimait pas la critique, ainsi que l'exprimait le pli sévère de sa bouche fine, qu'on n'aurait en aucun cas pu confondre avec un sourire.

— Tant que Shane restera en possession du livre, Bishop n'osera pas s'en prendre au véhicule de peur de perdre son trésor le plus cher.

Traduction : Shane servait d'appât. Tout ça à cause de ce satané livre. Claire le haïssait. Il ne lui avait apporté que des ennuis depuis qu'elle avait découvert son existence. Alors qu'Amelie et Oliver, les deux vampires les plus importants de la ville, se livraient une lutte sans merci pour l'obtenir, il était tombé entre les mains de

Claire. Elle aurait aimé avoir le courage de l'arracher à Shane et de courir le jeter au milieu des flammes de l'incendie le plus proche, histoire de s'en débarrasser une bonne fois pour toutes. D'autant qu'à sa connaissance il n'avait jamais rien apporté de bon à personne – y compris à Amelie.

— Il tuera Shane pour l'avoir, rétorqua Claire.

Amelie se contenta de hausser les épaules.

— Je parie pour ma part que tuer Shane est une tâche bien plus difficile qu'il n'y paraît au premier abord.

— Un pari ? C'est sa vie que vous jouez !

De ses prunelles d'un gris glacial, Amelie soutint sans frémir le regard de la jeune fille.

— Soyons claires sur ce point : je mise nos vies à tous dans cette partie. Je t'enjoins donc à la reconnaissance, mon enfant, et aussi à la prudence. Je peux perdre cette lutte à tout instant. Mon père ne laisserait partir que moi. Je reste par devoir envers vous et ceux qui me sont loyaux dans cette ville.

Réduisant ses yeux à deux fentes, elle conclut :

— Ne me le fais pas regretter.

Claire se composa une expression de soumission en contradiction avec ses sentiments réels et hocha la tête. Les pupilles d'Amelie se rétrécirent à la taille de têtes d'épingle.

— Prépare-toi, nous partons dans dix minutes.

La Fondatrice n'avait pas réservé le sale boulot à Shane ; elle avait assigné à chacun une corvée déplaisante. Claire la seconderait pour tenter de sauver un autre vampire, Myrnin. Si la jeune fille l'appréciait et l'admirait pour nombre de raisons, elle n'était pas particulièrement emballée par l'idée d'affronter, une fois de plus, celui qui le retenait prisonnier, le terrifiant Bishop.

De son côté, Eve se rendrait au Starbucks avec le non moins inquiétant Oliver, son ancien patron. Michael, lui, ne tarderait pas à rejoindre l'université en compagnie de Richard Morrell, le fils du maire. Comment parvenaient-ils à protéger les milliers d'étudiants innocents ? Claire n'en avait pas la moindre idée. Elle prit une poignée de secondes pour s'émerveiller du pouvoir des vampires, capables de bloquer les issues de la ville à leur guise. Elle avait toujours eu la conviction que, dans une situation comparable, confiner les étudiants sur le campus se révélerait impossible, qu'ils appelleraient leurs parents à la rescousse ou fuiraient cet enfer à tombeau ouvert.

Sauf que les vampires contrôlaient les lignes téléphoniques, les portables, Internet, la télé et la radio. Et que vous pouviez être sûrs que, s'ils ne voulaient pas que vous partiez, votre voiture vous lâcherait dans les faubourgs de Morganville ou que vous vous retrouveriez sur le toit. Rares étaient ceux qui avaient réussi à quitter la ville sans autorisation préalable. Shane en faisait partie. Et il était revenu... Claire n'arrivait toujours pas à se représenter le cran qu'il lui avait fallu pour reprendre le chemin de cet endroit en connaissance de cause.

Elle fut tirée de ses réflexions par Eve, les bras remplis de vêtements rouges et noirs provenant selon toute probabilité de sa penderie. Celle-ci avait revêtu ce qui, à ses yeux, s'apparentait à une tenue de combat : jean noir moulant, chemise noire ajustée à têtes de mort rouges et chaussures à semelles épaisses. Sans oublier un collier de cuir noir à pointes, provocation à peine masquée à l'intention des sangsues : « Essayez un peu de planter vos crocs ici ! »

— Salut, lança-t-elle en jaugeant Claire.

— Salut, Eve. Tu crois vraiment que c'est le moment idéal pour lancer une lessive ?

— Très drôle. Perso, j'aime autant ne pas mourir dans un déguisement ridicule. Et toi ? Tu comptes sérieusement garder cette tenue ?

Baissant les yeux, Claire fut réellement surprise de constater qu'elle n'avait toujours pas retiré la combinaison multicolore d'Arlequin.

— Si bien sûr... soupira-t-elle. Tu as quelque chose à me prêter ? Sans tête de mort ?

— Qu'est-ce que tu as contre les têtes de mort ? La réponse est non, de toute façon.

Après avoir lâché le tas de vêtements par terre, elle se mit à farfouiller et en tira une simple chemise noire ainsi qu'un jean bleu.

— C'est ton fute. Désolée, j'ai dû me servir dans les armoires de tout le monde. J'espère que tu aimes les sous-vêtements que tu portes, je n'ai pas eu le temps de jeter un œil dans ta commode.

— Tu avais peur que ça t'excite ? lança Shane par-dessus son épaule. Dis-moi que oui, s'il te plaît.

Il récupéra son propre jean dans le fatras avant de conclure :

— Et pas touche à mes affaires.

Tout en lui faisant un doigt d'honneur, Eve répliqua :

— Si tu as peur que je tombe sur tes revues porno, fallait te réveiller il y a longtemps, mec. À ce propos, tes goûts sont d'un rasoir...

Elle prit une couverture sur le canapé, puis indiqua un coin du salon.

— Impossible de trouver un endroit tranquille dans cette baraque, cette nuit, expliqua-t-elle. Venez, on va improviser une cabine pour se changer.

Ils se frayèrent tous trois un chemin à travers la cohue d'humains et de vampires qui envahissait la maison de Michael. Celle-ci était devenue le QG officieux de leur camp. Autrement dit, un tas de personnes qu'en temps normal aucun des quatre colocataires n'aurait autorisées à franchir leur seuil circulaient librement d'une pièce à l'autre et fourraient le nez dans leurs affaires.

Monica Morrell, par exemple. La fille du maire s'était débarrassée de son costume de Marie-Antoinette pour redevenir la jolie brune sexy et dangereuse que Claire connaissait. Et qu'elle détestait.

— Dites-moi que je rêve... lâcha-t-elle entre ses dents serrées. C'est ma blouse en soie qu'elle porte ?

L'unique pièce de valeur de sa garde-robe. Elle se l'était offerte la semaine précédente.

— Rappelez-moi de la brûler après, ajouta Claire.

Ayant remarqué son regard, Monica ajusta le col de la blouse avant de lui adresser un sourire machiavélique et d'articuler un « merci » silencieux.

— Rappelez-moi de la brûler deux fois. Et de piétiner les cendres.

Eve poussa son amie dans un coin désert de la pièce, puis elle déplia la couverture et la tint à bout de bras pour lui fournir un minimum d'intimité. Avec un gémissement de soulagement, Claire retira le costume trempé de sueur. Lorsque l'air frais entra en contact avec sa peau, elle réprima un frisson. Elle éprouvait un mélange de gêne et d'inquiétude : une simple couverture la séparait d'une dizaine d'étrangers, dont certains l'auraient sans doute volontiers mordue.

— Prête ? demanda Shane en se penchant par-dessus le paravent de fortune.

Un petit cri échappa à Claire, et elle lui lança son déguisement roulé en boule, qu'il attrapa au vol. Il haussa les sourcils d'un air suggestif pendant qu'elle enfilait le jean et boutonnait la chemise.

— Prête ! s'écria-t-elle.

Écartant la couverture, Eve adressa un sourire mielleux à Shane.

— À ton tour, le roi du cuir. Ne t'inquiète pas, je ne te collerai pas la honte involontairement.

Ça, non. Si elle le faisait, ce serait parfaitement volontaire, et Shane le savait. Il lui adressa d'ailleurs un regard noir au moment de se faufiler sous le paravent. Claire arrêta Eve quand celle-ci fit mine de baisser la couverture – non qu'elle ne soit pas tentée de jeter un coup d'œil...

— Tu n'es pas drôle, Claire.

— Ne le cherche pas. Pas maintenant. Il va sortir les affronter tout seul.

Les traits d'Eve se crispèrent et, pour la première fois, Claire se rendit compte que la lueur qui allumait les yeux de son amie n'était pas seulement alimentée par la malice. Elle y lisait aussi de la panique.

— Ouais, je sais... On va tous se séparer et j'aurais préféré que ça n'arrive pas, lâcha Eve.

Sans réfléchir, Claire la serra dans ses bras. Eve sentait le talc, le parfum, aux notes capiteuses, et plus discrètement la transpiration.

— Hé !

Le cri d'indignation de Shane leur tira un gloussement. La couverture, qu'Eve avait involontairement baissée, l'exposait à tous les regards, braguette ouverte. Il la remonta à une vitesse record.

— Sérieux, les filles, vous n'êtes pas cool. C'est un coup à avoir un accident et vous n'imaginez pas les dégâts potentiels pour un étalon comme moi.

Il était redevenu lui-même. Avec son pantalon en cuir, il aurait pu passer pour un mannequin. Avec son jean et son vieux tee-shirt délavé de Marilyn Manson, il était à nouveau le mec simple que Claire s'imaginait parfaitement embrasser. À cette pensée, elle sentit aussitôt les battements de son cœur se précipiter.

— Michael est sur le départ, lui aussi. Je dois lui dire... souffla Eve.

La tension qu'elle avait contenue jusque-là faisait trembler sa voix.

— Vas-y, l'encouragea Claire, on te rejoint.

Laissant tomber la couverture, Eve fendit la foule pour rejoindre son petit copain, à la tête de l'étrange fraternité qu'ils formaient, tous les quatre. Quel que soit l'environnement où il se trouvait, Michael était facile à repérer : grand et blond, il avait une vraie gueule d'ange. Dès qu'il vit Eve, un sourire étira ses lèvres, et Claire songea qu'elle n'en avait sans doute jamais vu de plus complexe : un sourire exprimant à la fois soulagement, amour et inquiétude. Eve se jeta contre lui, si fort qu'il bascula sur les talons, puis ils s'enlacèrent.

Shane retint Claire.

— Laisse-leur une minute. Ils ont des choses à se dire. Comme nous, ajouta-t-il lorsqu'elle pivota vers lui.

La gorge nouée, elle hocha la tête. Il posa les mains sur ses épaules et plongea ses yeux, éclairés d'un éclat intense, dans les siens.

— N'y va pas, murmura-t-il.

Elle avait l'intention de lui demander exactement la même chose. Surprise, elle rétorqua :

— Tu m'as piqué ma réplique. J'avais l'intention de te dire la même chose, pourtant tu iras quoi qu'il arrive, non ?

Légèrement déstabilisé par la sortie de Claire, il riposta :

— Eh bien ouais, bien sûr, mais...

— Mais quoi ? Je pars avec Amelie qui me protégera, alors que toi... Toi, tu pars avec une équipe de catcheurs et vous allez pour ainsi dire vous donner en spectacle devant un public en folie. Ça n'est pas comparable.

— Depuis quand tu t'y connais en catch ?

— Gros malin. Ce n'est pas la question, et tu le sais. N'y va pas, Shane. S'il te plaît.

Claire y avait mis tout son cœur, cependant ça ne suffisait pas. Il lui caressa la tête avant de se pencher pour lui donner le plus doux et le plus tendre baiser qu'il lui ait jamais donné. Elle sentit aussitôt que les muscles de sa nuque, de ses épaules et de son dos se dénouaient. Il lui faisait une promesse muette et, au moment de s'écarter, pour la sceller, il lui passa délicatement le pouce sur les lèvres.

— Il y a un truc que je dois vraiment te dire, souffla-t-il. J'attendais le bon moment.

Le bon moment ? Ils se trouvaient dans une pièce bondée, dans une ville en proie au chaos, et ils ne survivraient sans doute pas au lever du soleil... À ces quelques mots, le cœur de Claire manqua un battement, puis s'emballa. Elle eut l'impression que le silence se faisait autour d'elle. Il allait le dire. Shane se pencha vers elle, si près qu'elle sentit ses lèvres lui effleurer l'oreille.

— Mon père revient en ville.

Ce n'était vraiment pas ce qu'elle espérait entendre. Décontenancée, elle eut un mouvement de recul ; Shane lui plaqua aussitôt une main sur la bouche.

— Chut ! lui intima-t-il. Ne dis rien. Nous ne pouvons pas en discuter maintenant, Claire. Je voulais juste te mettre au courant.

S'ils ne pouvaient pas en discuter, c'était pour une raison très simple : le père de Shane était l'ennemi public numéro un à Morganville, et dans l'immédiat toute conversation risquait de tomber dans l'oreille malintentionnée... d'un vampire.

Claire ne portait pas le père de Shane dans son cœur : cet homme froid et brutal avait instrumentalisé son fils, il avait abusé de lui. Du coup, l'idée de le voir derrière des barreaux ne lui répugnait pas vraiment... Néanmoins elle savait qu'Amelie et Oliver ne s'arrêteraient pas là. M. Collins était un condamné à mort, ici : il périrait sur le bûcher. Si Claire ne pleurerait pas sur sa dépouille, elle ne tenait pas pour autant à infliger cette épreuve à Shane.

— On en reparlera.

Avec un ricanement, il rétorqua :

— Tu veux dire que tu me crieras dessus ? Crois-moi, je connais déjà ton opinion. Je voulais juste que tu sois au courant au cas où...

Au cas où quelque chose lui arriverait. Claire s'efforça de formuler la question de sorte à ne pas éveiller la curiosité d'éventuels indiscrets :

— Et sa venue est prévue pour quand ?

— Les jours prochains, sans doute. Mais je ne suis plus vraiment dans la boucle, tu sais.

Le sourire de Shane avait quelque chose de sombre et de douloureux à présent. Il avait défié son père, pour protéger Claire, et depuis il avait perdu tout contact avec le seul membre de sa famille encore en vie. Ce que M. Collins n'était sans doute pas prêt à lui pardonner.

— Pourquoi maintenant ? murmura-t-elle. On ne peut pas dire que ce soit le moment idéal pour...

— Nous aider ?

— Tu parles ! Il sait seulement semer la pagaille.

Désignant la ville ravagée par les flammes à travers la fenêtre, Shane répliqua :

— Ouvre les yeux, Claire. Tu crois vraiment que ça pourrait être pire ?

« Oh, oui », songea-t-elle. D'une certaine façon, Shane conservait une vision idéalisée de son père. Ce dernier n'avait pas remis les pieds à Morganville depuis un moment, et son fils s'était sans doute convaincu qu'il n'était pas aussi mauvais qu'on le prétendait. Shane se figurait-il vraiment que son père allait débarquer et voler à leur secours ? Claire savait que ça n'arriverait jamais. Frank Collins était un fou furieux, un kamikaze qui fermait les yeux sur les victimes collatérales. Même si son propre fils comptait parmi elles.

— Essayons juste... commença-t-elle avant de se mordiller la lèvre, les yeux rivés sur les siens. Essayons juste de survivre à cette journée, d'accord ? S'il te plaît ? Sois prudent. Et appelle-moi.

Il sortit son téléphone portable de sa poche en signe de promesse muette. Puis il s'approcha, et elle s'abandonna à son étreinte, momentanément soulagée.

— On ferait mieux de se préparer. La journée va être longue, lâcha-t-il.

2.

Claire n'était pas certaine de ce que Shane entendait par : « se préparer ». Se composer une expression imperturbable ? Se laver les dents ? Fourrer des armes dans son sac ? Elle lui emboîta cependant le pas. Apparemment, il voulait d'abord dire au revoir à Michael.

Celui-ci se tenait au centre d'une bande de brutes – des vampires pour certains, des inconnus pour l'essentiel. Ils ne semblaient guère apprécier de jouer en défense et ils avaient cette moue de dédain indiquant qu'ils n'aimaient pas traîner avec des êtres inférieurs, autrement dit vivants. Les humains, justement, plus âgés que Michael – ils avaient terminé leurs études – étaient carrés et très musclés. Ce qui ne les empêchait pas d'avoir l'air nerveux.

En comparaison, Shane faisait presque figure de gringalet, même si son attitude le démentait : il écarta un vampire pour rejoindre Michael. Celui-ci sortit les crocs, mais Shane ne ralentit pas pour autant. En revanche Michael sortit les siens quand le buveur de sang fit un pas vers son ami. Les deux prédateurs se toisèrent avant de rentrer leurs canines. Michael ne fut pas le premier à baisser les yeux.

S'il avait toujours eu un regard intense, sa transformation en avait encore accentué la puissance. Il conservait son air angélique, pourtant par moments il tenait plus de l'ange déchu que de l'ange gardien. Lorsqu'il se tourna vers eux, Claire reconnut cependant le sourire sincère qu'elle affectionnait tant.

Il voulut donner une poignée de main virile à Shane, qui l'écarta pour le serrer dans ses bras. Ils échangèrent une série de tapes vigoureuses dans le dos et, si un bref éclair rouge traversa les prunelles de Michael, Shane n'en vit rien.

— Sois prudent, mec, lui dit-il. Des vraies délurées, ces étudiantes. Ne les laisse pas t'entraîner dans un strip-poker. Sois fort.

— Toi aussi, sois prudent.

— Tu veux dire quand je sillonnerai, au volant de mon énorme camionnette noire bourrée de casse-croûte, une ville qui grouille de vampires sur les crocs ? Ouais, je tâcherai de faire profil bas.

Shane déglutit avant d'ajouter :

— Plus sérieusement...

— Je sais. Pareil pour moi.

Ils échangèrent un signe de tête. Voyant que les deux filles les observaient, ils haussèrent les épaules.

— Quoi ? s'enquit Michael.

— C'est tout ? C'est ça, vos adieux ? persifla Eve.

— Je ne vois pas le problème.

Claire échangea un regard ébahi avec son amie.

— Je crois qu'il me faudrait un dictionnaire pour comprendre les mecs.

— Tu parles, les mecs sont trop superficiels, ils ne méritent même pas un dico.

— Vous vous attendiez à quoi ? Un poème en vers ? ironisa Shane. Je lui ai fait un câlin, je suis prêt à partir.

Le sourire de Michael s'évanouit aussitôt. Il posa successivement les yeux sur Shane et Claire, puis s'attarda sur Eve.

— Surveillez vos arrières, observa-t-il. Je vous aime, les amis.

— Idem, rétorqua Shane.

Ce qui, pour lui, relevait de l'épanchement affectif. Ils auraient peut-être eu le temps d'en dire davantage si un vampire ne s'était pas impatienté. Il tapota l'épaule de Michael et lui colla ses lèvres pâles à l'oreille.

— L'heure est venue, lança Michael avant de serrer Eve de toutes ses forces. Ne te fie pas à Oliver, ajouta-t-il en brisant leur étreinte.

— Comme si ça risquait d'arriver, riposta-t-elle d'une voix tremblante. Michael...

— Je t'aime.

Il accompagna sa déclaration d'un baiser aussi intense que fugace.

— On se revoit bientôt, conclut-il.

Ses amis virent une forme aux contours flous quitter la pièce, suivie de la plupart des vampires. Le fils du maire, Richard Morrell, dans son uniforme froissé et constellé de taches de suie, prit la tête des humains à un train plus raisonnable.

Encore sous le choc, Eve resta clouée sur place, les lèvres légèrement entrouvertes. Quand elle eut retrouvé l'usage de sa langue, elle demanda :

— Il vient de me dire…

— Oui, lui confirma Claire, oui, c'est ce qu'il vient de faire.

— Waouh. J'ai carrément intérêt à rester en vie, hein ?

L'assemblée, qui se clairsemait de minute en minute, s'écarta soudain pour livrer passage à Oliver. Le vampire le plus coriace de Morganville après Amelie avait troqué son déguisement contre une tenue sobre, entièrement noire, jusqu'au manteau en cuir. Il avait attaché ses longs cheveux grisonnants en chignon bien serré et paraissait disposé à arracher la tête du premier, vampire ou humain, qui se placerait en travers de son chemin.

— Toi ! lança-t-il en désignant Eve. En route !

Il tourna les talons et s'éloigna. Ce n'était plus le Oliver qu'ils avaient connu autrefois. Et même s'ils avaient découvert depuis longtemps qu'un vampire se cachait derrière le propriétaire jovial du Starbucks local, ils ne l'avaient jamais vu aussi effrayant. À l'évidence, il avait résolu de ne plus perdre son temps à faire semblant d'apprécier les gens.

Après l'avoir regardé s'éloigner, les prunelles dévorées par la haine, Eve finit par hausser les épaules et prendre une profonde inspiration.

— Allez, je vais bien m'amuser, lâcha-t-elle. À plus, Claire.

— À plus.

Elles s'étreignirent une dernière fois, pour s'encourager mutuellement, puis Eve partit, le dos bien droit et la tête haute.

Elle pleurait sans doute. Dans ces moments-là, les moments cruciaux, Eve versait toujours une larme, contrairement à Claire. Elle avait beau avoir l'impression qu'on lui arrachait des bouts d'elle-même, elle ne ressentait qu'un vide froid à l'intérieur. Sans larmes.

Pourtant, à présent c'était son cœur qu'on lui volait : la bande de vampires et d'humains postée près de la porte appelait Shane. Après leur avoir adressé un signe de tête, il serra les mains de Claire et plongea les yeux dans les siens. « Dis-le », pensa-t-elle de toutes ses forces. Il n'en fit rien, se contentant de lui embrasser les mains et de se détourner, emportant avec lui son cœur sanguinolent... Métaphoriquement s'entend.

— Je t'aime, murmura-t-elle.

Elle l'avait déjà dit au téléphone, mais il avait raccroché avant. À l'hôpital ensuite, mais il était complètement abruti par les analgésiques. Et il ne risquait pas plus de l'entendre aujourd'hui.

Au moins, elle avait eu le cran d'essayer.

Arrivé à la porte, il lui fit signe puis disparut. Tout à coup, elle se sentit seule au monde… et très jeune. Ceux qui restaient encore dans la maison avaient du pain sur la planche. Afin de ne pas les gêner, elle se percha sur le fauteuil de Michael et se fit toute petite pendant qu'on s'affairait autour d'elle, humains comme vampires, pour fortifier les fenêtres et les portes, distribuer des armes, discuter à voix basse.

On lui accordait si peu d'attention qu'elle crut avoir acquis un don d'invisibilité.

Son répit fut de courte durée. Quelques minutes plus tard, Amelie descendait l'escalier de sa démarche fluide, flanquée d'une bande de vampires à mine patibulaire et de quelques humains, notamment deux policiers en uniforme. Ils étaient tous armés – couteaux, massues, épées. Les humains avaient également des pieux ; les policiers les avaient glissés dans les passants de leur ceinture, à la place de la matraque. Il s'agissait sans doute de l'équipement réglementaire à Morganville. Claire dut étouffer un ricanement nerveux en songeant qu'ils avaient bien pu remplacer les sprays au poivre par des sprays à l'ail.

Amelie lui remit deux objets : un mince poignard en argent ainsi qu'un pieu en bois.

— Avec un pieu en plein cœur nous sommes hors d'état de nuire, expliqua-t-elle, cependant tu auras besoin du poignard en argent pour nous tuer. Pas de lame en acier, à moins que tu n'aies l'intention de nous décapiter avec. Le pieu seul ne suffit pas, sauf si tu as beaucoup de chance ou que le soleil nous prend au dépourvu. Toutefois, même dans ces cas-là, plus nous sommes vieux, plus notre agonie est lente. Tu as bien compris ?

Comme anesthésiée, Claire hocha la tête. « Je n'ai que seize ans, aurait-elle aimé répondre. Je ne suis pas encore prête. » Elle n'avait pas le choix, pourtant. L'expression farouche d'Amelie s'adoucit quelque peu.

— Je ne peux confier Myrnin à personne d'autre. Lorsque nous l'aurons récupéré, je le placerai sous ta responsabilité. Il risque d'être...

Elle s'interrompit le temps de chercher le terme exact :

— Difficile.

Ce qui était sans doute très en deçà de la vérité.

— Je ne veux pas que tu te battes, reprit-elle, mais j'ai besoin de ta présence à nos côtés.

— Pourquoi m'avez-vous confié ça, alors ? s'étonna Claire en brandissant le pieu et le poignard.

— Parce que tu pourrais avoir besoin de te défendre, ou de le protéger. Tu ne devras pas hésiter, mon enfant. Vos vies doivent être préservées à n'importe quel prix. Il y a de grandes chances pour que tu te retrouves face à des gens que tu connais, que cela ne t'impressionne pas. C'est une question de survie dorénavant.

Claire se contenta de hocher la tête. Elle s'était représenté cette guerre comme l'un des jeux vidéo de zombies dont Shane raffolait, seulement, avec les départs successifs de ses amis, elle avait de plus en plus de mal à prendre du recul. À présent, la réalité la heurtait de plein fouet : les guerres faisaient des victimes. Elle en serait peut-être une.

— Je ne vous quitterai pas d'une semelle, finit-elle par dire.

Amelie lui effleura le menton de ses doigts glacés.

— Parfait, l'encouragea-t-elle avant de s'adresser aux membres de son escorte. Guettez mon père et évitez de vous retrouver face à lui. Il n'attend que cela. Il a déjà des alliés et cherchera sans relâche à gonfler les rangs de ses troupes. Restez groupés et serrez-vous les coudes. Votre mission consiste à nous protéger, l'enfant et moi.

— Hum... pourriez-vous arrêter de m'appeler comme ça ?

Amelie posa sur Claire ses prunelles glaciales, que l'étonnement rendait presque humaines.

— L'enfant, reprit la jeune fille. Je n'en suis plus un.

Le temps sembla se suspendre une éternité, tandis qu'Amelie la dévisageait. Du reste, il s'était sans doute écoulé une éternité depuis la dernière fois que quelqu'un avait osé la reprendre ainsi en public. Ses lèvres s'incurvèrent de façon presque imperceptible.

— Non, convint-elle, tu n'es plus une enfant. D'ailleurs, à ton âge, j'étais mariée et à la tête d'un royaume. J'aurais dû corriger de moi-même.

Claire sentit le rouge lui monter aux joues. Formidable, maintenant elle piquait un fard alors que tous les regards étaient braqués sur elle. Le sourire d'Amelie s'élargit.

— Rectification, lança-t-elle. Protégez cette jeune femme.

Claire n'avait pas l'impression que le terme convenait beaucoup mieux, pourtant elle n'allait pas risquer de pousser le bouchon trop loin. La discussion paraissait ennuyer les vampires et rendre les humains nerveux.

— Suivez-moi, déclara Amelie en se dirigeant vers le mur nu du salon.

Celui-ci se mit à onduler comme le bitume d'une route en plein été, et Claire sentit le passage s'ouvrir. Le mur parut engloutir Amelie. Après une seconde ou deux de surprise, les vampires lui emboîtèrent le pas. Dans son dos, Claire entendit un des policiers chuchoter à son collègue :

— Je n'en reviens pas qu'on fasse un truc pareil.

— Moi non plus, mais mes gosses sont là-bas. Quel autre choix a-t-on ?

Resserrant les doigts autour du pieu, elle pénétra à son tour dans le tunnel.

Le capharnaüm qui régnait dans le laboratoire de Myrnin n'était pas pire que d'habitude, ce qui décontenança Claire : elle s'était attendue à ce que Bishop détruise tout à coups de massue avant de mettre le feu. Il avait apparemment trouvé des cibles plus intéressantes. À moins qu'il n'ait pas encore eu le temps de s'occuper de cet endroit.

Claire promena un regard inquiet sur la pièce faiblement éclairée par quelques lampes vacillantes. Elle avait essayé à plusieurs reprises de la ranger, mais Myrnin s'était énervé, prétextant qu'il tenait à son bazar. Elle n'avait donc pas touché aux piles instables de livres, au fatras de récipients en verre sur les paillasses, aux tas de papiers qui gondolaient. Une cage en acier occupait un coin du laboratoire ; une partie de ses barreaux était cassée – personne ne s'était donné la peine de la faire réparer après que Myrnin s'en était échappé.

Les vampires échangeaient des propos à voix basse, dans une langue sifflante qui n'était pas familière à Claire. Néanmoins, elle percevait nettement leur nervosité. Par contraste, Amelie semblait plus détendue et paisible que jamais. D'un claquement de doigts, elle fit approcher deux grands gaillards – des vampires – qui la surplombèrent de toute leur hauteur. Elle leva les yeux vers eux.

— Surveillez l'escalier. Vous deux, ajouta-t-elle à l'intention des policiers, gardez les issues intérieures. Je doute que quiconque arrivera par là, mais ce ne serait pas la première fois que M. Bishop nous surprendrait.

Amelie venait de diviser leurs forces en deux. La gorge serrée, Claire considéra les deux vampires et l'humaine qui restaient avec elle. Elle connaissait de vue les premiers, qui servaient de gardes du corps à Amelie, et l'un d'eux au moins lui avait témoigné une forme de respect. Quant à l'humaine, une grande Noire solidement charpentée, elle avait le visage barré d'une cicatrice, de la tempe gauche jusqu'à la joue droite en passant par le nez. Surprenant le regard de Claire, elle lui adressa un sourire.

— Enchantée ! dit-elle. Hannah Moses. Du garage qui porte le même nom.

— Enchantée, répondit Claire en serrant la main gigantesque qu'elle lui tendait.

Elle avait des muscles impressionnants – pas autant que ceux de Shane mais sans aucun doute plus développés que la moyenne et dont la plupart des femmes n'auraient su que faire.

— Vous êtes garagiste ?

— Entre autres, je suis une touche-à-tout. J'étais dans l'armée avant.

— Ah…

— Le garage appartenait à mon père jusqu'à ce qu'il passe l'arme à gauche. Je reviens d'une mission en Afghanistan et j'ai décidé de me poser un peu.

Elle haussa les épaules, puis poursuivit :

— Il faut croire que les ennuis me collent à la peau. Écoute, si ça tourne mal, reste près de moi, d'accord ? Je surveillerai tes arrières.

Claire éprouva un tel soulagement à ces mots qu'elle faillit lui tomber dans les bras.

— Merci.

— Aucun problème. Tu as quoi, quinze ans ?

— Presque dix-sept, répondit Claire en songeant qu'elle économiserait beaucoup de salive si elle portait un tee-shirt ou un pin's l'indiquant.

— Mmm... À peu près le même âge que le fiston de mon frère. Leo. Il faudra que je vous présente.

Claire se rendit soudain compte que l'attention de son interlocutrice était entièrement concentrée sur Amelie, qui rejoignait, en contournant des piles de livres, la porte à l'autre bout de la pièce. Rien ne semblait échapper à l'ex-militaire.

— Claire ? l'interpella la Fondatrice. Avais-tu fermé cette porte lors de ta précédente visite ?

— Non, répondit-elle en approchant. Je comptais passer par là justement.

— Intéressant. Quelqu'un s'en est pourtant chargé.

— Myrnin ?

Amelie secoua la tête.

— Bishop le tient. Il n'a pas emprunté cette voie-là.

Claire préféra ne pas lui demander comment elle le savait.

— Qui d'autre... commença-t-elle avant de s'interrompre. Jason.

Le frère d'Eve connaissait l'existence de ces passages secrets – il ne maîtrisait peut-être pas leur fonctionnement (Claire elle-même n'était pas sûre de pouvoir le prétendre), pourtant il était parfaitement capable de les utiliser. À l'exception de Claire, Myrnin et Amelie, seul Oliver détenait cette science, et il avait toujours été en présence de Claire depuis l'attaque de Bishop.

— Tu as raison, convint Amelie. Ce garçon est une épine dans notre pied.

— C'est le moins qu'on puisse dire…

Claire mima le geste de planter un pieu, mais pas en direction de la poitrine d'Amelie – autant pointer un revolver chargé sur Superman : quelqu'un n'en réchapperait pas et ce ne serait pas le super-héros...

— Justement, je voulais vous demander, reprit-elle, est-ce que…

— Est-ce que quoi ? rétorqua Amelie sans quitter la porte des yeux.

— Vous allez bien ?

Il ne fallait pas oublier qu'elle avait été victime d'une attaque quelques heures plus tôt. Pour ne rien arranger, les vampires de Morganville avaient un sérieux handicap, même s'ils n'en étaient pas tous conscients : ils étaient rongés par un mal, une grave maladie, une sorte de Alzheimer des vampires, qui les conduirait à leur perte.

La plupart des habitants de la ville, vampires ou humains, ne le savaient pas, maintenus dans un état d'ignorance par Amelie, qui craignait leur réaction. Elle-même présentait certains légers symptômes. La maladie mettait des années à progresser, si bien qu'ils étaient tranquilles pour un temps. Du moins, c'était ce que Claire espérait.

— Non, je ne peux pas dire que je vais bien. Néanmoins, le moment est mal choisi pour m'apitoyer sur mon sort.

Reportant son attention sur la porte, elle ajouta :

— Il nous faut la clé pour ouvrir.

Seul hic : la clé ne se trouvait pas à sa place habituelle. L'ensemble du trousseau avait disparu de l'endroit où Claire le rangeait toujours, un tiroir déformé et fatigué, et plus elle explorait le fatras plus son inquiétude grandissait. Myrnin collectionnait décidément les objets les plus étranges... Des livres, bien sûr, et elle adorait ça ; en revanche elle aimait beaucoup moins les petits êtres difformes conservés dans du formol. Il gardait aussi des vases remplis de poussière – du moins, elle espérait qu'il s'agissait de poussière et non de sang, comme le suggérait la teinte rouge de certains grains grossiers.

Les clés n'étaient pas les seuls éléments importants à avoir disparu. L'estomac noué, Claire ouvrit le tiroir à moitié défoncé où elle remisait les tranquillisants et les médicaments de Myrnin. Envolés. Sans la trace qu'ils avaient laissée dans la couche de crasse, elle aurait pu croire qu'elle les avait imaginés. Autrement dit : si, non, *quand* Myrnin deviendrait violent, elle ne pourrait pas compter sur son pistolet anesthésiant. Pas plus que sur le stylo qui remplissait la même fonction et qu'elle avait prévu en cas d'urgence : elle avait commis l'erreur de le ranger dans la sacoche avec les médicaments. Le pire était qu'à l'exception des deux petites fioles au fond de ses poches, elle n'aurait rien à lui donner. En résumé : ils étaient dans un sacré pétrin.

— Assez ! lança Amelie en se tournant vers son garde du corps. Je sais que la tâche est ardue, mais veux-tu avoir l'amabilité de nous ouvrir ?

Avec un hochement de tête poli, il avança et empoigna le verrou. Sa main s'enflamma aussitôt.

— Oh, mon Dieu ! s'exclama Claire.

Elle se couvrit la bouche lorsqu'elle vit que le vampire ne lâchait pas. Les traits déformés par une grimace de douleur, il tint bon et tordit le verrou en argent jusqu'à ce que celui-ci cède dans un crissement métallique. Le loquet vint avec, et l'ensemble tomba à terre dans un fracas retentissant. Sa main continuait à brûler. Claire s'empara du premier chiffon qui traînait – une vieille chemise miteuse de Myrnin – pour éteindre les flammes. L'odeur de chair grillée lui arracha un haut-le-cœur. Elle avait envie de hurler à la place du vampire, tant il restait silencieux.

— Un piège, observa Amelie. Posé par mon père. Gérard, es-tu en état de poursuivre ?

Tout en emmitouflant son moignon dans la chemise, il acquiesça. Un mince filet de transpiration rosée coulait le long de son visage pâle. Claire se pétrifia en réalisant qu'il s'agissait de sang, sans se rendre compte qu'elle était en travers de son chemin.

— Tu gênes ! grogna-t-il. Reste derrière nous.

Après un bref silence, il ajouta :

— Merci.

Hannah attira aussitôt Claire vers elle, hors d'atteinte du vampire.

— Il a besoin de se nourrir, murmura-t-elle. Gérard n'est pas un mauvais bougre, mais pas la peine de t'exposer à un risque inutile. Rappelle-toi, pour eux, nous sommes des distributeurs de sang ambulants.

Claire opina du chef. Amelie plongea les doigts dans le trou laissé par le loquet et ouvrit la porte... sur le noir.

Hannah gardait le silence et ne lâchait pas Claire.

Pendant un long moment, rien ne se produisit. Puis, soudain, les ténèbres s'animèrent. Des objets allaient et venaient dans l'obscurité. Claire comprit qu'Amelie passait en revue les différentes destinations, à la recherche de la bonne. Au bout de ce qui lui parut une éternité, Amelie fit un brusque pas en arrière.

— Maintenant, intima-t-elle.

Les ténèbres engloutirent les deux gardes du corps. Pardessus son épaule, Amelie jeta un coup d'œil à Hannah et Claire : ses pupilles s'étaient dilatées pour s'habituer à l'obscurité et avaient entièrement avalé ses iris gris.

— Ne vous éloignez pas de moi, dit-elle, nous risquons de croiser des dangers.

3.

Amelie saisit Claire par son bras libre, l'empêchant de prendre une inspiration. Emportée par une bourrasque glaciale, elle fut ballottée de tous côtés avant d'atterrir dans un lieu où régnait une obscurité complète. À l'exception de la vue, ses sens lui parurent soudain aiguisés. Une odeur puissante de moisi, une atmosphère froide et humide de grotte. La poigne d'acier d'Amelie laisserait des bleus sur le bras de Claire, alors que la main de Hannah, beaucoup plus chaleureuse, semblait à peine l'effleurer, ce qui n'était pourtant pas le cas.

Si Claire entendait distinctement le son saccadé de leurs respirations, à Hannah et à elle, les vampires, eux, ne faisaient pas le moindre bruit. Elle voulut ouvrir la bouche, mais Amelie la bâillonna aussitôt. Hochant la tête avec frénésie, la jeune fille se concentra entièrement sur ses mouvements : elle posait un pied devant l'autre tandis que la Fondatrice – du moins elle espérait que c'était toujours elle – la guidait dans les ténèbres.

Les odeurs variaient de temps à autre – bouffée nauséabonde de décomposition, puis parfum inattendu de raisin. L'image d'un cadavre cerné de bouteilles de vin brisées surgit dans l'esprit de Claire ; incapable de contrôler son imagination, elle le voyait déjà ramper vers elle pour l'attraper, elle allait crier... Elle se força à déglutir pour dompter sa panique. En vain. Shane serait capable de la contenir, lui... En vérité, Shane ne se serait jamais retrouvé à errer dans le noir avec une bande de vampires, et elle le savait.

Elle eut l'impression qu'ils marchaient depuis des heures lorsque Amelie s'immobilisa et la lâcha. Ce fut si subit que Claire crut se tenir au bord d'un gouffre. Heureusement que la main de Hannah lui rappelait qu'il y avait un autre être de chair et de sang à ses côtés. « Ne me laissez pas tomber », l'implora-t-elle en silence. Pourtant Hannah la lâcha à son tour après lui avoir brièvement serré le bras.

Claire flottait dans une nuit opaque, coupée du reste du monde. Sa propre respiration résonnait avec autant de fracas qu'un train, noyé par le tonnerre de ses battements de cœur. « Réagis ! s'enjoignit-elle. Fais quelque chose ! »

— Hannah ? murmura-t-elle.

Deux mains froides s'abattirent sur elle, la première lui immobilisa les bras le long du corps, la seconde lui couvrit la bouche. Au moment où elle fut soulevée de terre, elle poussa un cri, faible bourdonnement qui mourut sur ses lèvres.

Elle s'envola alors dans le noir... avant d'atterrir, face la première, sur un dallage glacé. Il y avait de la lumière ici. Une faible lueur qui ourlait d'un halo gris l'entrée cintrée du tunnel, à sa droite.

Claire n'avait pas la moindre idée de l'endroit où elle se trouvait. Se relevant d'un bond, elle examina alentour. Amelie, d'une pâleur nacrée, émergea du passage, suivie des deux autres vampires. Gérard soutenait Hannah de sa main valide. Celle-ci, qui avait une entaille à la tête, tomba presque aussitôt à genoux, pantelante. Son regard vide se perdit dans le vague.

Amelie fit volte-face et plongea une lame argentée dans les ténèbres. Un cri retentit, se répercutant en écho sur les parois du tunnel, puis une main livide tenta d'agripper la chemise de la Fondatrice. Le portail invisible se referma alors, en un battement de cil, tranchant le bras au niveau du coude. Amelie écarta les doigts de la main crispée sur son vêtement ; lorsque celle-ci fut à terre, elle la chassa de la pointe de sa chaussure. Elle tourna alors un visage imperturbable vers ses compagnons.

Prise d'une envie de vomir, Claire ne parvenait pas à détacher ses yeux de la main qui frétillait tel un poisson.

— Il était nécessaire d'en passer par là, se justifia Amelie. Dangereux mais nécessaire.

— Où sommes-nous ? voulut savoir la jeune fille.

La gratifiant d'un regard dédaigneux pour toute réponse, la Fondatrice ouvrit la marche et remonta le tunnel. Où Claire avait-elle donc la tête ? S'imaginait-elle que traverser ce genre d'épreuve lui donnait le droit de poser des questions ?

— Hannah ? Vous allez bien ?

La garagiste agita la main avec un manque de conviction qui ne tranquillisa pas Claire.

— Elle va bien, intervint Gérard.

Il était bien placé pour parler avec sa main carbonisée jusqu'à l'os... Sans doute s'estimait-il en pleine forme !

— Aide-la, ajouta-t-il en désignant Hannah avant d'emboîter le pas à Amelie.

Le second garde du corps (dont Claire ignorait le nom) s'ébranla aussitôt, comme si, depuis le temps, les deux collègues ne faisaient qu'un. Claire eut du mal à relever Hannah, qui réussit à retrouver son équilibre après une ou deux inspirations.

— Ça ira, dit-elle en adressant un sourire rassurant à Claire. Bon sang, ça n'était pas une promenade de santé.

— Je devrais vous présenter mon copain, rétorqua Claire. Vous partagez le même goût pour l'euphémisme.

Elle qui espérait la faire rire n'obtint qu'un hochement de tête.

— Surveille nos flancs, lui conseilla Hannah. On n'est qu'au début de nos peines.

La mission ne paraissait pas très compliquée : il n'y avait que des murs à regarder – après tout ils évoluaient dans un boyau. Hannah, apparemment chargée de fermer la marche, prenait très au sérieux cette responsabilité, même si Amelie avait déjà refermé le passage... sans ménagement. Claire espérait qu'ils n'auraient pas à l'emprunter à nouveau. Elle réprima un frisson quand elle repensa à l'avant-bras qu'ils abandonnaient dans leur sillage. Celui-ci avait fini par s'immobiliser.

À l'extrémité du tunnel, Amelie marqua une brève pause avant de s'engager à droite, talonnée par les deux autres vampires. Hannah et Claire pressèrent le pas pour les rejoindre et débouchèrent dans un couloir tapissé de lambris en bois sombre et travaillé. Il y avait des tableaux au mur, des tableaux anciens, représentant des personnages éclairés à la bougie, vêtus de vêtements pesant des tonnes et coiffés d'une perruque, le visage recouvert de poudre de riz.

Claire stoppa net et recula d'un pas, attirée par un portrait en particulier.

— Quoi ? grogna Hannah.

— C'est elle. Amelie.

Le doute n'était pas permis, c'était bien elle. Seulement, à la place de ses habituelles tenues à la Grace Kelly, elle arborait une robe sophistiquée en satin bleu nuit, au décolleté plongeant, et une énorme perruque blanche. Son regard énigmatique si familier était perdu au loin.

— Tu joueras aux critiques d'art plus tard. On doit avancer.

Hannah avait beau avoir raison, Claire ne pouvait s'empêcher de jeter des coups d'œil aux peintures qu'elles dépassaient. L'une aurait très bien pu représenter Oliver il y a trois ou quatre siècles. Le sujet d'une autre, plus moderne, ressemblait étrangement à Myrnin. C'était le musée des vampires, leur histoire. Droit devant, alignées le long des murs, apparaissaient des vitrines contenant des livres, des papiers, des bijoux, des tissus et des instruments de musique. La collection d'objets précieux qu'ils avaient accumulés au fil de leurs longues, longues vies.

Lorsque les trois vampires s'arrêtèrent brusquement, Hannah agrippa Claire et la plaqua contre le mur.

— Que se passe-t-il ? murmura la jeune fille.

— Échange de cartes de visite.

N'étant pas certaine de comprendre ce que Hannah entendait par là, Claire risqua un bref coup d'œil et découvrit une centaine d'autres vampires, blessés pour certains. Il y avait des humains aussi, lesquels restaient, et elle ne le leur reprochait pas, groupés, l'air nerveux. S'il s'agissait de partisans de Bishop, leur petite escouade allait au-devant de graves ennuis.

Tandis qu'Amelie discutait à voix basse avec le vampire qui semblait mener ce détachement, Gérard et son comparse se détendirent. La question ami ou ennemi était apparemment réglée. Amelie se retourna pour adresser un signe de tête à Claire et Hannah, abritées derrière les vitrines, puis indiqua à plusieurs vampires de la rejoindre à l'écart.

— Que se passe-t-il ? demanda Claire en regardant autour d'elle.

Si la plupart des vampires n'avaient pas quitté les costumes qu'ils avaient revêtus pour la fête organisée en l'honneur de Bishop, d'autres les avaient troqués contre des tenues plus adaptées à la situation – du noir ou des vêtements à imprimé camouflage.

— C'est un point de ralliement, expliqua Hannah. Elle doit parler stratégie avec ses lieutenants, je suppose. Tu as remarqué qu'il n'y avait pas d'humains avec elle ?

Ça n'avait pas échappé à Claire, qui se sentait soudain assaillie par un doute désagréable. Quels que soient ses ordres, Amelie les délivra rapidement. L'un après l'autre, les vampires hochèrent la tête avant de s'éloigner pour réunir leurs troupes – qui incluaient des humains cette fois – et partir. Lorsque la Fondatrice eut expédié le dernier groupe, il ne resta qu'une dizaine de personnes que Claire ne connaissait pas.

— Claire, voici Theodosius Goldman, lança alors Amelie. Il préfère qu'on l'appelle Theo. Il est accompagné de sa famille.

Sa famille ? Pour un homme dans la quarantaine, celle-ci paraissait très nombreuse. Sous des boucles grisonnantes, il affichait un visage amène, en dépit de sa pâleur vampirique.

— Puis-je vous présenter ma femme, Patience ? dit-il avec un ton affecté que Claire n'avait jamais entendu qu'au théâtre. Nos fils, Virgil et Clarence. Leurs épouses, Ida et Minnie.

Les vampires s'inclinèrent successivement, à l'exception de celui allongé par terre, la tête posée sur les genoux d'une femme, qui agita le bras.

— Et leurs enfants, conclut Theo.

À l'évidence, les petits-enfants ne méritaient pas de présentation individuelle. Au nombre de quatre, deux garçons et deux filles, ils avaient la même pâleur que leurs parents et grands-parents. Ils semblaient plus jeunes que Claire, du moins physiquement ; la plus petite devait avoir douze ans et le plus grand quinze. Les deux aînés la considéraient avec dureté, comme si elle était personnellement responsable de cette pagaille, mais Claire ne s'en formalisa pas : elle était trop occupée à comprendre comment une famille entière pouvait être constituée de plusieurs générations de vampires.

Ses interrogations devaient se lire sur ses traits, car Theo reprit :

— Nous avons acquis la vie éternelle il y a longtemps, ma chère, par...

Il jeta un regard discret à Amelie, qui acquiesça.

— ... par Bishop. Il voulait nous jouer un tour, vois-tu, nous forcer à rester ensemble pour l'éternité.

Cet homme avait décidément un visage jovial et un sourire tragique.

— Dans cette histoire, Bishop a été l'arroseur arrosé. Nous avons refusé de nous laisser détruire. Amelie nous a appris que nous n'avions pas besoin de tuer pour survivre et, grâce à elle, nous avons pu conserver notre foi aussi bien que nos vies.

— Votre foi ?

— Elle remonte à des temps immémoriaux. Aujourd'hui nous fêtons shabbat.

— Vous êtes juifs ? s'étonna Claire.

Il opina du chef sans la quitter des yeux.

— Nous avons trouvé refuge ici, à Morganville, où nous pouvions vivre en paix, à la fois avec notre nature et avec notre Dieu.

Tout bas, Amelie lui demanda :

— À présent êtes-vous prêts à vous battre pour elle, Theo ? Pour cette ville qui vous a accueillis ?

Il tendit la main et les doigts blancs de sa femme se refermèrent dessus. Elle tenait vraiment de la poupée de porcelaine avec sa longue chevelure noire et brillante enroulée sur le dessus de son crâne.

— Pas aujourd'hui, répondit Theo.

— Je suis sûre que, au vu des circonstances, Dieu comprendrait que vous rompiez shabbat.

— J'en suis également convaincu. Dieu est miséricordieux, autrement nous ne serions plus de ce monde. Toutefois la morale nous invite, à mon sens, à ne pas solliciter le pardon divin.

Il secoua la tête l'air sincèrement peiné avant de reprendre :

— Nous ne pouvons pas nous battre, Amelie. Pas aujourd'hui. Et, à vrai dire, je préférerais ne pas avoir à le faire un autre jour non plus.

— Si vous espérez pouvoir rester en dehors de cette lutte, vous vous trompez. Je respecte votre choix, mais il n'en ira pas de même pour mon père.

Les traits de Theo se durcirent aussitôt.

— Si votre père menace à nouveau ma famille, alors nous prendrons les armes. Toutefois, tant qu'il ne nous aura pas attaqués, nous ne nous élèverons pas contre lui.

Gérard étouffa un petit rire méprisant ; Claire ne fut pas surprise de sa réaction : il était un homme d'action. Amelie se contenta de hocher la tête.

— Je ne peux vous y contraindre, et je ne le ferai pas. Mais soyez prudents. Il m'est impossible de vous protéger, j'ai besoin de toutes les forces vives. Vous devriez être en sûreté ici pendant un temps. Si vous voyez d'autres partisans à notre cause, dites-leur qu'il faut protéger en priorité la centrale électrique et le campus de la faculté.

Le regard de la Fondatrice se porta alors sur les trois humains recroquevillés dans le coin le plus éloigné de la pièce, sous un gigantesque tableau.

— Sont-ils sous votre protection ?

— Ils ont demandé à nous rejoindre, rétorqua-t-il en haussant les épaules.

— Theo…

— Je les défendrai si quelqu'un tente quoi que ce soit contre eux.

Il abaissa sa voix à un murmure, puis compléta :

— Et nous pourrions avoir besoin d'eux en cas d'absence de ravitaillement.

Le sang de Claire se figea. Derrière ce visage souriant se cachait un homme sans scrupules, un vampire.

— Je n'ai aucune envie de recourir à de telles extrémités, poursuivit Theo, mais, dans l'adversité, je me dois de penser à mes enfants d'abord. Vous le comprenez, n'est-ce pas ?

Amelie arborait de nouveau ce masque impassible qui ne trahissait rien de ses sentiments.

— Oui, répondit-elle. Je ne vous ai jamais dicté votre conduite et je ne commencerai pas aujourd'hui. Cependant, les lois de cette ville stipulent qu'en prenant ces humains sous votre Protection vous vous êtes chargés d'un certain nombre de devoirs envers eux. Vous le savez.

Theo haussa à nouveau les épaules, puis ouvrit les bras, paumes tournées vers le haut, en signe d'impuissance.

— La famille passe d'abord, insista-t-il. Je vous l'ai toujours dit.

— Certains d'entre nous n'ont pas autant de chance avec leur famille...

Amelie se détourna sans attendre la réponse de Theo – à supposer qu'il ait eu l'intention de lui en donner une –, et ne marqua pas un seul temps d'arrêt avant de planter son poing dans la petite vitrine fixée au mur, sur laquelle était écrit : « À N'UTILISER QU'EN CAS D'URGENCE ». La vitre explosa dans un vacarme retentissant et Amelie agita la main pour en chasser les éclats de verre. Elle en sortit un pistolet... de ceux dont on se servait pour les parties de paintball.

— Qu'est-ce que… demanda Claire, bouche bée.

Après avoir remis l'arme à Hannah, qui la mania avec beaucoup de professionnalisme, Amelie expliqua :

— Les balles, remplies d'une poudre d'argent, représentent un grand danger pour nous. Je ne soulignerai jamais assez l'importance de bien viser.

— Je ne rate jamais ma cible, riposta Hannah. Vous avez d'autres munitions ?

Amelie les récupéra dans la vitrine pour les tendre à Hannah. Claire remarqua que la Fondatrice se prémunissait contre tout contact accidentel en recouvrant ses doigts de sa manche.

— Chaque magasin contient dix balles. Il y en a un dans l'arme et six autres ici.

— En résumé, j'ai soixante-dix coups pour sauver notre peau.

— Claire, reprit Amelie en lui confiant une petite fiole scellée, voici de la poudre d'argent comprimée. Elle explosera au moment de l'impact, alors sois très prudente. D'autant que le rayon des retombées est important. Tu pourrais blesser aussi bien tes alliés que tes ennemis.

La jeune fille savait que cette poudre avait des usages courants, comme l'argenture des circuits informatiques. S'il n'était sans doute pas impossible de s'en procurer, elle s'étonnait que les vampires aient fait de telles réserves...

— Vous vous y attendiez, finit-elle par observer.

— Pas exactement. J'ai appris, au cours de ma longue vie, que de telles précautions se révèlent toujours utiles en fin de compte. Où que l'on se trouve, la paix n'est jamais éternelle. Le temps de la guerre vient toujours.

Tout bas, Theo dit :

— Amen.

4.

Ils quittèrent le musée par une porte dérobée. Ils prenaient un vrai risque en sortant en pleine nuit, mais il n'y avait qu'une seule autre issue, à l'extrémité du tunnel sombre, et personne ne se prononça pour cette option.

— Prudence, leur souffla Amelie d'une voix à peine audible. J'ai rassemblé mes forces et mon père a fait de même. Il y aura des patrouilles, particulièrement dans cet endroit de la ville.

Les flammes n'avaient pas atteint la place de la Fondatrice – c'était là qu'ils avaient débouché. L'endroit, qui servait de centre névralgique au territoire des vampires, n'était plus aussi calme et ordonné que dans les souvenirs de Claire : il n'y avait plus une seule lumière, les boutiques et les restaurants la bordant étaient déserts. Une image parfaite de désolation.

L'unique agitation se concentrait sur les marches en marbre du Conseil des Anciens, où s'était tenu le bal masqué en l'honneur de Bishop. D'un sifflement discret, Gérard les mit en garde et ils se figèrent tous. Hannah referma une main d'acier sur le bras de Claire.

Postés sur le perron de l'édifice, trois vampires scrutaient les environs. Des guetteurs.

— Allez-y, murmura Amelie, si bas que Claire crut être victime d'une hallucination. Déplacez-vous avec prudence.

Ils gagnèrent l'angle du bâtiment et, au moment où Claire s'autorisait à se détendre un peu, Amelie, Gérard et le second garde du corps se dispersèrent à la vitesse de l'éclair. L'espace d'une seconde terrifiante, Claire perdit tous ses moyens. Elle n'eut pas réellement le temps de les retrouver d'ailleurs, car Hannah la plaquait déjà au sol, face contre terre. Mordant la poussière et la pelouse au goût amer de chlorophylle, Claire se débattit pour reprendre son souffle. La militaire, qui pesait de tout son poids sur elle, lui planta soudain les coudes dans le dos. « Elle s'apprête à utiliser le pistolet », songea Claire, soulevant la tête pour voir qui était visé.

— Baisse-toi ! lui intima Hannah en lui écrasant la joue dans l'herbe tout en continuant à tirer de sa main libre.

À en croire les cris qui déchiraient les ténèbres, elle avait atteint sa cible.

— Debout ! lui cria-t-elle. Cours !

Malheureusement Claire ne possédait ni la vitesse surnaturelle des vampires ni l'entraînement des soldats et, sans qu'elle comprenne ce qui lui arrivait, elle fut soulevée de terre et entraînée à toute allure. Elle aperçut dans la nuit un maelström d'ombres, de bâtisses sombres, de visages pâles, fondus ensemble à la faible lueur orangée des flammes.

— Que se passe-t-il ? hurla-t-elle.

— Une patrouille, lui répondit Hannah qui continuait à tirer.

Elle n'arrosait pas leurs poursuivants à l'aveuglette, bien au contraire ; chaque fois, elle prenait une ou deux secondes avant d'appuyer sur la détente, le temps de viser. La plupart des projectiles atteignaient leur but, à en croire les hurlements et les feulements.

— Amelie ! s'écria Hannah. Il nous faut une sortie ! Tout de suite !

Tournant vers sa troupe un visage pâle, la Fondatrice acquiesça. Ils s'engagèrent sur les marches d'un autre édifice de la place. Au train où ils avançaient, Claire ne put s'en faire qu'un vague aperçu – sans doute un bâtiment officiel avec ses colonnes et ses grands lions en pierre montrant les crocs. Pourtant, leur fuite fut vite arrêtée par une porte blanche dépourvue de poignée.

D'une main tendue, Amelie stoppa Gérard qui prenait déjà son élan.

— C'est inutile. La force ne servira à rien, laisse-moi m'en occuper.

L'autre garde du corps, qui surveillait l'escalier, intervint :

— J'crois pas qu'nous ayons le temps de discuter, m'dame. Qu'est-ce qu'on fait ?

Claire n'avait jamais rencontré aucun vampire avec l'accent traînant typique des Texans. Il faut dire qu'il n'avait pas ouvert la bouche devant elle auparavant. Elle fut encore plus surprise lorsqu'il lui adressa un clin d'œil. Jusqu'alors, il avait à peine semblé la considérer comme un être vivant.

— Un instant, murmura Amelie.

— J'crois pas qu'nous l'ayons, m'dame, rétorqua-t-il en inclinant la tête.

Des ombres convergeaient vers les marches – les patrouilleurs visés par Hannah. Ils étaient au moins une vingtaine, conduits par la belle Ysandre que Claire détestait sans doute plus que n'importe quel autre vampire au monde. Elle était la digne fille de Bishop – et la sœur d'Amelie, si l'on pouvait parler de liens familiaux entre buveurs de sang. Claire la haïssait pour ce que celle-ci avait fait subir à Shane et, d'une certaine façon, elle se réjouissait de la savoir ici et non à la tête de la troupe lancée contre la Collecte-Mobile – et d'une parce qu'elle n'était pas certaine qu'il serait capable de résister à cette sangsue diabolique, et de deux parce qu'elle rêvait de lui planter elle-même un pieu en plein cœur.

— Non ! s'écria Hannah quand Claire voulut s'écarter. Tu as perdu la tête ? Reste derrière moi !

Celle-ci visa alors la patrouille, tout juste à la portée de son arme, et atteignit un vampire – pas Ysandre, à la grande déception de Claire – en pleine poitrine. Le nuage de poussière argentée dispersa le groupe. Ysandre souffrirait peut-être de quelques brûlures, mais rien dont elle ne se remettrait pas. Le vampire touché par Hannah, qui fumait, bascula en avant et heurta les marches de marbre.

Amelie abattit alors sa paume sur la porte blanche, les paupières closes, et un râle métallique résonna de l'autre côté du battant.

— Entrez, murmura-t-elle sans sortir de sa transe.

Claire fit volte-face et suivit les trois vampires à l'intérieur. Hannah, qui fermait la marche, rabattit la porte.

— Il n'y a pas de verrou, remarqua-t-elle.

Amelie recouvrit de la sienne la main armée de la militaire et l'abaissa.

— Vous pouvez ranger ça. Personne ne pénétrera ici.

Son ton ne laissait aucune place au doute, pourtant elle ne réussit pas à convaincre Hannah, qui ne cessait de jeter des regards nerveux à la porte – comme si elle espérait la maintenir fermée par la simple force de sa volonté.

— Par ici, lança la Fondatrice. Nous allons emprunter l'escalier.

Ils se trouvaient dans une bibliothèque. Certains ouvrages, du moins à cet étage, semblaient récents : malgré la faible lumière, Claire déchiffrait sans difficulté les titres sur les dos aux couleurs vives. La surprise la fit légèrement ralentir.

— Vous avez des histoires de vampires ?

Sa question demeura sans réponse. Amelie tourna sur la droite, entre deux rayonnages qui s'élevaient sur deux étages, pour rejoindre une volée de larges marches en marbre. À mesure qu'elle avançait, Claire dépassait des ouvrages de plus en plus anciens au papier de plus en plus jauni. Elle aperçut une pancarte indiquant : « Folklore anglais, env. 1870-1945 », puis une seconde signalant la section allemande. Et française. Enfin ce qui devait être des idéogrammes chinois.

À ce qu'elle en voyait, la quantité pléthorique de livres concernait, de plus ou moins près, les vampires. S'agissait-il d'histoire ou de fiction pour eux ?

Claire n'eut pas le temps de résoudre ce mystère. Ils arrivaient déjà au premier étage. Ses mollets la brûlaient et elle avait la respiration lourde à force de maintenir un rythme aussi soutenu et d'enchaîner les poussées d'adrénaline. Hannah lui adressa un petit sourire compatissant.

— Prends ça comme un entraînement de base. Tu tiens le choc ?

Trop essoufflée pour répondre, Claire se contenta de hocher la tête. Cet étage accueillait de vieux livres en mauvais état, et l'air y avait un goût de cuir sec et de papier ancien. À l'extrémité de la salle, il y avait des sortes de casiers à vin, sauf qu'ils n'étaient pas remplis de bouteilles mais de vieux manuscrits roulés et fermés par des rubans. Claire fut déçue de constater que leur route n'allait pas dans cette direction. Amelie s'engageait déjà entre deux autres rayonnages pour rejoindre un mur nu. Enfin, pas tout à fait. Une petite peinture y était accrochée, dans un cadre doré tarabiscoté. Un paysage terne... qui se modifia dès qu'Amelia le fixa. Il s'assombrit, comme si des nuages s'étaient soudain amoncelés au-dessus de la prairie et des moutons endormis, avant de devenir complètement noir. Des points de lumière apparurent alors progressivement, telles des flammes de bougie à travers la fumée...

Soudain, Claire vit Myrnin.

Entravé par des chaînes argentées, il était agenouillé par terre, l'échine courbée. Il portait toujours le pantalon bouffant de son déguisement de Pierrot mais n'avait plus de chemise. Les pointes de ses longues boucles humides s'accrochaient à son visage et à ses épaules d'une pâleur de marbre.

Amelie hocha brièvement la tête, puis posa la main à gauche du tableau sur une sorte de clou ; un pan du mur bascula en silence sur des gonds huilés. Décidément, les vampires avaient un goût prononcé pour les portes dérobées. De l'autre côté, le noir le plus complet.

— Oh, bon sang, pas encore, grommela Hannah.

Amelie lui adressa un regard amusé.

— Cette obscurité est très différente, expliqua-t-elle. Et les dangers qu'elle contient n'ont rien à voir. La situation peut y basculer en un battement de cil, vous devrez vous adapter.

Sur ces mots, elle s'engouffra dans l'ouverture, talonnée par les deux vampires. Claire tendit la main à Hannah, et les ténèbres se refermèrent sur elles comme un rideau de velours humide. Le craquement d'une allumette retentit dans le silence, suivi d'une flamme. Amelie, dont le visage semblait d'ivoire à la lueur de la bougie, posa celle-ci dans un coin puis alluma une petite lampe torche et la promena alentour. Elle tomba sur des cartons entassés. Ils se trouvaient apparemment dans une sorte de débarras poussiéreux.

— Très bien, dit la Fondatrice. Gérard, si tu veux bien.

Il entrouvrit une autre porte, leur fit signe que la voie était libre et poussa le battant complètement. Un couloir. Claire commençait à en avoir sa claque, de ces couloirs qui se ressemblaient tous. Où avaient-ils atterri à présent ? Un hôtel peut-être avec ses lourdes portes en bois ciré comportant des plaques en cuivre... Sauf que sur celles-ci on ne lisait pas des chiffres mais les différents symboles des vampires, comme celui qui ornait le bracelet de Claire. Chaque vampire possédait le sien, du moins c'était ce qu'elle avait cru comprendre. Alors de quoi s'agissait-il ? Des chambres ? Des coffres-forts ? Elle eut l'impression d'entendre du bruit derrière l'une d'elles – des tambourinements et des grattements étouffés. Amelie ne ralentissait pas l'allure cependant, et Claire n'avait aucune envie d'en savoir davantage.

Amelie marqua une pause à l'endroit où le couloir se divisait en deux embranchements. Aussi déserts qu'identiques. Claire aurait été incapable de les distinguer. « On devrait peut-être songer à semer des miettes de pain. Ou des M & M's. Ou du sang. »

— Myrnin se trouve dans une pièce de ce couloir, expliqua Amelie. Sa présence ici constitue de toute évidence un piège, qui m'est destiné. Je vais rester en retrait pour être en mesure de vous faire sortir.

Elle fixa sur Claire ses prunelles pâles, animées d'une intensité cruelle, puis poursuivit :

— Quoi qu'il advienne, tu dois ramener Myrnin sain et sauf, tu as bien compris ? Ne le laisse pas entre les griffes de Bishop.

Le sous-entendu était clair : « N'hésite pas à sacrifier les autres. » Sentant monter un sentiment de nausée, Claire ne put s'empêcher de considérer Hannah et les deux autres vampires. Gérard haussa les épaules, si discrètement qu'elle crut que son imagination lui jouait encore des tours.

— Nous sommes des soldats, non ? lança-t-il.

— Tu l'as dit, convint Hannah.

— Parfait, alors tu suivras mes ordres.

Celle-ci lui adressa un salut ironique.

— Oui, monsieur le chef d'escadron.

Gérard reporta son attention sur Claire.

— Tu restes derrière nous, entendu ?

Elle acquiesça. Elle avait froid et chaud à la fois, et le pieu dans sa main ne l'aidait pas à dissiper le malaise qui l'envahissait. Mais ce n'était pas le moment de se poser des questions : Gérard s'engageait déjà dans le couloir, flanqué de son acolyte. Hannah invita Claire à avancer. Amelie lui effleura l'épaule de ses doigts glacés.

— Prudence.

La jeune fille lui signifia que le message était bien reçu et s'éloigna pour aller sauver un fou prisonnier d'un démon.

La porte vola en éclats sous les assauts de Gérard. À l'exception du bois autour des gonds, le reste du battant fut pulvérisé. Avant que la pluie de débris ait eu le temps de retomber par terre, Gérard avait pénétré dans la pièce – il se chargeait du côté gauche, et son collègue, du droit. Au moment d'en franchir le seuil, arme au poing, Hannah balaya la cellule du regard, puis indiqua à Claire d'entrer.

Myrnin était tel que sur le tableau : agenouillé au centre de la pièce, entravé par des chaînes argentées tendues et fixées au sol de pierre par d'énormes pitons en acier. Il tremblait de la tête aux pieds, sa peau était couverte de cloques et de brûlures provoquées par les chaînes.

Jurant dans sa barbe, Gérard décocha un coup de pied violent dans les pitons. Ils fléchirent mais ne cédèrent pas. Myrnin finit par redresser la tête et, derrière la masse de cheveux sombres et humides de sueur, Claire aperçut des prunelles allumées par la démence et un sourire qui lui tordit le ventre.

— Je savais que vous viendriez, murmura-t-il. Insensés... Où est-elle ? Où est Amelie ?

— Derrière nous, répliqua Claire.

— Insensés...

— Vous pourriez vous montrer plus sympa avec vos sauveurs, observa Hannah, qui dissimulait mal sa nervosité. Gérard ? Je n'aime pas ça, c'est trop facile.

— Je sais, répondit-il en s'accroupissant pour examiner les chaînes. Elles ont un plaquage d'argent, je ne peux pas les briser.

— Et les pitons ? s'enquit Claire.

En guise de réponse, Gérard agrippa l'anneau ; le métal plia comme de l'aluminium et le garde du corps le délogea de la pierre dans un crissement strident. Myrnin vacilla au moment où une partie de ses chaînes se relâchait ; s'attaquant à un autre piton, Gérard indiqua à son collègue de s'occuper des deux restants.

— Trop facile, bien trop facile, continuait à grommeler Hannah. Bishop se serait donné tout ce mal pour le laisser partir ensuite ?

À présent que l'ensemble des pitons avait cédé, Gérard empoigna Myrnin par le bras pour l'aider à se relever. Le regard du prisonnier se voila aussitôt de rouge vif et, échappant au garde du corps, il fondit sur Hannah.

Elle avait anticipé l'attaque et pointé l'arme sur lui, cependant le second garde du corps lui écarta la main au moment où elle tirait, déviant ainsi la trajectoire de la balle qui se ficha dans le mur à l'autre extrémité de la pièce. Un nuage de poussière argentée se forma, provoquant de petites brûlures sur la peau des vampires.

Les deux employés d'Amelie s'écartèrent et Myrnin saisit Hannah par le cou.

— Non ! hurla Claire en brandissant son pieu.

Le savant fou tourna la tête vers elle et lui sourit à pleines dents, tous crocs sortis.

— Je croyais que tu étais ici pour me sauver, Claire, pas pour me tuer, ronronna-t-il avant de reporter son attention sur sa proie.

Hannah se débattait avec son pistolet pour l'armer à nouveau. Myrnin le lui arracha avec une facilité humiliante.

— Je suis ici pour vous sauver, rétorqua Claire.

Sans réfléchir à ce qu'elle faisait, elle enfonça le pieu dans le dos de Myrnin, sur la gauche, à l'endroit où son cœur devait se situer.

Avec un cri de surprise évoquant une quinte de toux, il s'effondra contre Hannah. Cessant de l'étrangler, il chercha à agripper ses vêtements, mais s'affala mollement par terre. Mort, selon toute apparence. Gérard et son collègue dévisagèrent Claire comme s'ils ne l'avaient jamais vue, puis le premier tempêta :

— Pour qui te…

— Ramassez-le, leur ordonna-t-elle. Nous retirerons le pieu plus tard. Il est vieux, il survivra.

Sa propre insensibilité la débecquetait et elle espérait qu'elle ne regretterait pas son geste. Après tout, se répétait Claire, Amelie avait survécu, et Myrnin était aussi vieux sinon plus. À l'expression de Gérard, elle comprit qu'il reconsidérait entièrement son jugement sur elle et qu'il ne la voyait plus comme une frêle petite humaine. Tant pis pour lui. Claire savait qu'être constamment sous-estimée était l'un de ses atouts. Sous ses dehors imperturbables, elle frémissait pourtant : elle ne disposait peut-être pas d'autre solution pour calmer Myrnin et l'empêcher de vider Hannah de son sang, cependant elle venait tout de même de tuer son patron. Ça risquait de ne pas être très bon pour sa carrière.

Songeant qu'Amelie serait en mesure de les aider, elle fit taire le désespoir qui montait en elle. Gérard jeta Myrnin sur son épaule, puis ils remontèrent le couloir au pas de course pour rejoindre la Fondatrice.

Gérard pila soudain sans prévenir, Hannah et Claire faillirent le bousculer.

— Quoi ? murmura Hannah en se penchant pour voir ce qui se passait.

Amelie se tenait toujours à l'intersection des couloirs. Et à trois mètres d'elle se trouvait Bishop. Ils se dévisageaient en chiens de faïence. Amelie paraissait fragile face à son père, qui n'avait pas quitté sa tenue épiscopale. Un brasier enflammait le regard du vampire ancestral.

Aucun d'eux n'esquissa le moindre geste. Claire aurait été incapable de définir la nature de leur affrontement. Gérard leur agrippa le bras, à Hannah et à elle.

— Non, souffla-t-il d'un ton sans appel, ne vous approchez pas.

— L'ennui, monsieur, rétorqua la militaire, c'est que la sortie est par là. Et que le type est seul.

Gérard et le Texan la considérèrent, l'air ébahi.

— Tu crois ça ? lança ce dernier. Les humains, alors...

Amelie recula d'un tout petit pas et un frisson parcourut son corps entier ; c'était mauvais signe, Claire le devina aussitôt. Très mauvais signe.

L'équilibre des forces, quelle que soit sa nature, venait de se rompre. Amelie fit soudain volte-face et hurla :

— Partez !

La rage et la peur déformaient sa voix. Gérard confia aussitôt Myrnin aux deux humaines, avant de se précipiter non pas vers la sortie mais au côté de la Fondatrice. Le Texan et lui arrivèrent juste à temps pour empêcher Bishop de l'écharper. Ils plaquèrent le vieux vampire contre le mur, pourtant leurs efforts étaient vains : les renforts déboulèrent aussitôt dans le couloir. En nombre.

Amelie intercepta le premier vampire. Claire le reconnut vaguement : un citoyen de Morganville qui avait de toute évidence changé de camp et se jetait sur la Fondatrice sans vergogne.

Esquivant l'attaque avec la souplesse d'un serpent, elle le mit hors d'état de nuire. Puis elle risqua un coup d'œil par-dessus son épaule et découvrit le corps inerte de Myrnin.

— Faites-le sortir d'ici ! hurla-t-elle. Je vais les retenir !

— Viens, ajouta Hannah en jetant Myrnin sur son épaule. On dégage.

Le corps du vampire était lourd et froid, tel un cadavre, et Claire ravala un haut-le-cœur. Les dents serrées, elle aida Hannah à porter l'alchimiste en le traînant à moitié. Dans leurs dos, les bruits de lutte continuaient à retentir – surtout ceux, sourds, de corps qui s'effondraient. Les vampires ne criaient pas : ils se battaient en silence.

— Super, haleta Hannah, on est seules.

Ce qui constituait tout sauf une bonne nouvelle ; elles étaient deux humaines perdues en pleine zone de combat, avec pour seule compagnie un fou furieux, un pieu dans le cœur.

— Retournons à la porte, suggéra Claire.

— Comment allons-nous l'ouvrir ?

— Je devrais y arriver.

— Toi ? s'étonna Hannah.

Claire songea que ce n'était vraiment pas le moment de se formaliser ; ne venait-elle pas de conclure qu'être constamment sous-estimée constituait un avantage ? Ouais, enfin, ça ressemblait aussi parfois à un inconvénient.

— Oui, moi. J'en suis capable, mais on ferait mieux de se dépêcher, riposta-t-elle.

La balance ne penchait pas en faveur d'Amelie. Elle tiendrait sans doute le temps de couvrir leur retraite, mais Claire doutait qu'elle ait de réelles chances de prendre le dessus.

Elles dépassèrent les portes aux armes des différents vampires. Hannah, qui les avait comptées, indiqua celle par laquelle elles étaient arrivées. Sans grande surprise, elle affichait le symbole de la Fondatrice, celui que Claire portait au poignet.

— Elle est fermée ! pesta Hannah en s'acharnant sur la poignée.

Quand Claire essaya à son tour, la porte s'ouvrit du premier coup. La bougie qu'Amelie avait laissée dans un coin jetait un faible éclat. Profitant que Hannah vérifiait qu'elles pouvaient entrer sans danger, Claire reprit son souffle et détendit ses membres tremblants. Elle laissa glisser Myrnin à terre.

— Je suis désolée, lui chuchota-t-elle. C'était la seule solution. J'espère que ça ne fait pas trop mal.

Elle ignorait s'il pouvait l'entendre. Elle aurait voulu arracher le pieu, mais se rappelait que dans le cas d'Amelie, et de Sam, c'était un vampire qui s'en était chargé. Peut-être les buveurs de sang savaient-ils des choses qu'elle ignorait. D'autant que la maladie affaiblissait Myrnin. Elle ne pouvait pas courir ce risque. S'il revenait à lui alors qu'il était blessé, il ne retrouverait sans doute pas aussitôt sa lucidité et aucun vampire ne serait là pour le contrôler – à supposer qu'il soit disposé à le faire !

Hannah, qui venait de la rejoindre, chargea son pistolet avec un nouveau magasin, avant de demander, les sourcils froncés :

— Alors, comment procède-t-on ? On doit d'abord retourner dans ce musée, non ?

Claire n'en avait pas la moindre idée. Elle se planta devant la porte qui ne donnait encore que sur l'obscu--rité et se concentra pour convoquer le capharnaüm de Myrnin. Une lueur vacillante émergea progressivement des ténèbres brumeuses puis se précisa. Elle n'avait, étonnamment, rencontré aucun problème.

— Ça fait sans doute un détour, expliqua Claire. Tu ne crois pas que quand Amelie nous rejoindra elle préférera opter pour le plus rapide ? Je pense qu'on devrait attendre.

Après avoir jeté un coup d'œil dans le couloir, où les nouvelles n'étaient vraisemblablement pas rassurantes, Hannah secoua la tête.

— On décanille illico presto.

Avec un grognement d'effort, la garagiste glissa son épaule sous l'aisselle de Myrnin et le traîna jusqu'au passage. Claire lui prit l'autre bras.

— Je rêve ou il vient de bouger ? demanda Hannah. Parce que si c'est le cas, je lui tire dessus.

— Non ! Il n'a pas bougé, ne t'inquiète pas, bafouilla Claire. Prête ? Un, deux...

À trois, elles se retrouvèrent dans le laboratoire du vampire. Se libérant du poids du corps froid, Claire claqua la porte et considéra d'un air inquiet le trou béant à la place de la serrure.

— Je dois réparer ça de toute urgence, reprit-elle.

Et Amelie ? Elle connaissait toutes les issues, elle n'avait pas besoin de celle-ci.

— Ma grande, l'urgence, c'est de nous sortir d'ici vite fait. Compose le numéro de Fort Knox ou d'un autre camp militaire... Bon sang, comment as-tu appris à te servir de ce machin ?

— J'ai eu un bon prof... répondit-elle sans réussir à poser les yeux sur Myrnin (elle l'avait quasiment assassiné, en fait). Par ici.

Elle ne connaissait que deux moyens de quitter le laboratoire à l'exception du passage qu'elles venaient d'emprunter et qui représentait habituellement le moyen le plus sûr : un escalier menant à la rue en surface, ce qui était sans doute la pire des solutions, à l'heure actuelle et une seconde porte dérobée donnant accès à un autre passage, dans une petite pièce sur le côté. Celui qu'Amelie avait emprunté à l'aller.

Seul ennui, Claire ne parvenait pas à le faire fonctionner. Les images des lieux à convoquer étaient parfaitement claires dans son esprit – la maison de Michael, le débarras à l'université, la salle d'attente de l'hôpital, même le musée qu'ils avaient visité en route –, mais rien ne fonctionnait. Elle avait l'impression que l'énergie ne circulait plus comme si le système avait été... débranché. Elles avaient de la veine d'être arrivées aussi loin.

Claire songea aussitôt à Amelie, coincée là-bas. En minorité face à Bishop. Elle vérifia alors la porte qu'elle avait refermée. Rien non plus. Le problème ne venait pas d'un portail défectueux : l'ensemble du réseau était hors service.

— Alors ? s'enquit Hannah.

Claire ne pouvait pas se permettre de perdre du temps en se rongeant les sangs à cause d'Amelie, une mission l'attendait : placer Myrnin en sécurité. Ce qui signifiait le confier au seul autre vampire auquel elle pensait au débotté. Oliver.

— On va devoir marcher, rétorqua Claire.

— Plutôt crever. Je n'ai pas l'intention de me balader dans les rues de Morganville avec la dépouille d'un vampire. On sera une cible pour... tout le monde !

— On ne peut pas l'abandonner !

— Et on ne peut pas non plus l'emmener !

La mâchoire serrée en signe d'obstination, Claire riposta :

— Très bien. Dans ce cas, pars devant. Je refuse de le laisser.

Claire devina que Hannah l'aurait volontiers attrapée par les cheveux et traînée dehors, pourtant celle-ci finit par céder.

— Il y a une troisième option, observa-t-elle. On appelle la cavalerie.

5.

Elles ne réussirent pas à faire venir la troisième division blindée mais, au bout d'une dizaine de coups de fil, elles trouvèrent un chauffeur.

— Je viens de m'engager dans la rue et je n'ai repéré personne pour le moment, les informa Eve par téléphone.

Claire avait pu suivre son trajet pas à pas, et ce qu'elle avait entendu n'avait rien de rassurant.

— Ça y est, j'aperçois la baraque de Katherine Day, reprit Eve. Vous êtes dans la ruelle juste à côté ?

— On arrive, répondit Claire à bout de souffle.

Elle dégoulinait de sueur et avait les membres engourdis d'avoir aidé Hannah à porter Myrnin au sommet des marches puis dans l'impasse sombre, qui semblait plus interminable que jamais. Elle finit par apercevoir la maison où vivaient Katherine Day et sa petite-fille – copie exacte de celle de Michael. Le bâtiment était plongé dans le noir, pourtant Claire vit des rideaux bouger au premier étage.

— C'est là qu'habite ma grand-tante Kathy, pantela Hannah. Tout le monde l'appelle mamie. Aussi loin que remontent mes souvenirs.

Maintenant qu'elle le disait, Claire remarquait en effet un air de famille entre elles ; pas tant dans les traits que dans l'attitude. Chez les Day, les femmes étaient fortes, intelligentes et pragmatiques.

La grosse voiture noire d'Eve les attendait à la sortie de la ruelle, et la portière arrière s'ouvrit à leur approche. Lorsque son regard tomba sur le pieu dans le dos de Myrnin, Eve considéra Claire l'air de dire : « Tu te fous de moi ? », avant de les aider à l'allonger sur la banquette arrière, à plat ventre.

— Magnez-vous ! fit-elle en repassant derrière le volant. Purée, il n'a pas intérêt à se vider de son sang dans ma caisse. Claire, je croyais que tu étais censée...

— Je sais, coupa-t-elle en se glissant sur l'immense banquette entre Hannah et son amie. Ne remue pas le couteau dans la plaie. J'étais censée le garder en vie.

Eve enclencha la boîte de vitesse et, tout en faisant un demi-tour laborieux, demanda :

— Qui lui a planté ce pieu, alors ?

— Moi.

— D'accord. Tu as une interprétation très personnelle de l'expression « garder en vie ». Tu n'étais pas avec Amelie ?

Eve vérifia la banquette arrière dans son rétroviseur – comme si elle craignait que la Fondatrice, ayant surgi par magie, trône sur le corps sans vie de Myrnin, telle une reine barbare.

— Ouais, on était avec elle, répondit Hannah.

— Vous attendez que je pose toutes les questions ? Non, ne dites rien, je ne suis pas sûre de vouloir savoir.

— On l'a laissée, avoua piteusement Claire. Bishop nous a tendu un piège. On a été contraintes de l'abandonner en pleine bataille.

— Et les autres mecs ? Je croyais que vous aviez des gros bras avec vous !

— La plupart sont restés...

Claire se rendit soudain compte qu'ils avaient laissé de côté toute une partie de leur troupe – et au regard qu'Hannah lui retourna, elle comprit que ses pensées avaient suivi le même cheminement.

— Oh, mince, lâcha-t-elle. Les autres, ceux qu'Amelie avait postés dans le laboratoire de Myrnin, ils n'étaient plus là à notre retour...

— Partis. Ou supprimés, compléta Hannah.

— Super ! lança Eve. Si je comprends bien, on est carrément en train de gagner.

Le cynisme dans sa voix ne parvenait pas à masquer la peur dans son regard sombre.

— J'ai parlé à Michael, compléta-t-elle. Il va bien. Ils sont à la fac, et c'est calme pour le moment.

— Tu as eu Shane ?

En posant la question, Claire prit conscience, avec un sursaut de culpabilité, qu'elle-même n'avait donné aucune nouvelle. Elle sortit son téléphone, dont elle avait coupé la sonnerie de peur de faire échouer leur mission ; elle n'avait raté aucun appel.

— Ouais, tout va bien de son côté aussi, la rassura Eve sans ralentir pour prendre le virage.

La ville était plongée dans une obscurité profonde trouée seulement par la lueur discrète de lanternes, de bougies ou de lampes torches à l'intérieur de quelques maisons ; la plupart des citoyens attendaient dans le noir, la peur au ventre.

— Des vampires ont tenté de monter à bord de la camionnette, sans doute à la recherche d'un casse-croûte, mais ils se sont à peine tapés dessus. Jusqu'à présent, ils n'ont pas rencontré de véritable os, rassure-toi, Claire.

Elle lui serra la main, puis ajouta :

— En revanche, toi, tu as une sacrée sale mine.

— Sympa... Je l'ai bien mérité, remarque.

Eve reposa la main sur le volant pour négocier un nouveau virage. La lumière des phares balaya un groupe d'individus sur le trottoir. Tous d'une pâleur et d'une immobilité surnaturelles.

— Mince, des sangsues, lâcha Eve. Accrochez-vous, je vais foncer.

Claire soutenait à cent pour cent cette initiative, d'autant que les vampires étaient descendus sur la route et qu'ils avaient pris la voiture en chasse avec un enthousiasme de forcenés. Malgré tout, ils ne purent pas tenir le rythme longtemps ; la nuit les engloutit les uns après les autres. Le dernier, le plus rapide, réussit à agripper le pare-chocs avant de trébucher et de disparaître dans un nuage de fumée noire.

— Foutus monstres, commenta Eve sans parvenir à adopter un ton détaché. Alors, Hannah, comment vont les affaires ?

— À l'heure actuelle ? ricana-t-elle. Pas fantastiques, enfin j'ai décidé de ne pas m'inquiéter. Essayons déjà de voir le soleil se lever, je me préoccuperai ensuite de trouver comment joindre les deux bouts au magasin.

— Oh, mais on va le voir, riposta Eve avec une confiance que Claire était loin de partager. Regarde, il est déjà quatre heures du matin. Plus que deux heures et tout ira bien.

Son amie se retint de la contredire : dans deux heures, ils pourraient très bien être morts, tous. Et qu'allaient-ils faire pour sauver Amelie ? À supposer que celle-ci soit encore en vie. Claire avait mal au crâne, les yeux irrités par le manque de sommeil, et elle ne rêvait que d'une chose : se rouler en boule dans un lit chaud et ne plus être responsable de qui que ce soit. Ce qui, autant ne pas se leurrer, n'était pas près d'arriver.

Eve finit par se garer le long du trottoir, devant une enfilade de vitrines éclairées par des bougies et des lanternes. Elles avaient gagné le Starbucks comme par enchantement – Claire n'avait rien suivi du trajet (de toute façon, elle n'aurait sans doute pas reconnu les rues dans le noir). Eve ouvrit la portière arrière et attrapa

Myrnin sous les bras tout en lâchant un chapelet de beurk ! Claire lui prêta main-forte et Hannah souleva les pieds du vampire dès qu'ils touchèrent terre. À elles trois, elles le portèrent jusqu'au café.

Claire fut aussitôt écartée par deux sangsues : Oliver et une étrangère. Le premier semblait de mauvais poil, à son habitude.

— Posez-le, ordonna-t-il. Non, pas ici, imbéciles, là, sur le canapé. Vous, dégagez.

Ce dernier ordre s'adressait aux humains terrifiés qui occupaient le canapé en question et se dispersèrent comme des moineaux. Tout en continuant de réciter son mantra – beurk, beurk, beurk –, Eve hissa Myrnin pour l'installer, avec l'aide de Hannah, à plat ventre sur les coussins. Il avait la couleur blanc bleuté d'un néon.

Oliver s'accroupit à côté de lui pour examiner le pieu dans son dos. Après avoir réfléchi un instant, il leva les yeux vers Claire :

— Que s'est-il passé ?

Elle en conclut qu'il avait deviné, d'une façon ou d'une autre, qu'elle était l'auteur de cette agression. Super.

— Je n'ai pas eu le choix. Il s'en est pris à nous.

Le « nous » était un peu exagéré. Après tout, il s'était seulement attaqué à Hannah. Au fond d'elle, toutefois, Claire savait qu'elle aurait été la prochaine sur la liste.

Ne cherchant pas immédiatement à dissiper le malaise qui la mettait au supplice, Oliver la dévisagea avant de reporter son attention sur Myrnin. La peau autour du pieu paraissait encore plus pâle que le reste, comme s'il s'agissait du rebord d'un tourbillon le vidant de toute force vitale.

— Tu as encore de quoi le soigner ?

Claire hocha la tête et plongea la main dans sa poche. Elle avait des cristaux et du liquide, pourtant elle n'aurait jamais pu lui administrer le remède elle-même – quand Myrnin n'avait plus toute sa tête, on risquait d'y laisser les doigts. Enfin, sans doute pas dans son état présent. Elle remit les deux fioles à Oliver, qui les examina puis lui rendit les cristaux.

— Je pense qu'il assimilera plus rapidement le liquide.

Sous cette forme, les effets secondaires étaient encore plus imprévisibles, mais ce n'était pas le moment de s'en inquiéter.

— Oui, acquiesça Claire.

— Et Amelie ? s'enquit Oliver en jouant avec la petite bouteille.

— Elle... nous avons dû l'abandonner. Elle affrontait Bishop. Je ne sais pas où elle se trouve.

Un lourd silence tomba sur la salle, et Claire surprit les regards qu'échangèrent les vampires entre eux – tous à l'exception d'Oliver, qui continuait à fixer Myrnin d'un air indéchiffrable.

— Dans ce cas, Helen et Karl, surveillez les fenêtres et les portes. Je doute que les troupes de Bishop tentent de s'attaquer à ce café, cependant il ne faut prendre aucun risque, surtout pendant que je m'occupe de régler ce problème. Vous autres, ajouta-t-il en regardant les humains et en secouant la tête, évitez de traîner dans nos pattes.

Après avoir fait sauter, avec l'ongle de son pouce, le couvercle de la petite fiole, il lança à Hannah et Claire :

— Préparez-vous à le retourner.

Claire prit Myrnin par les épaules, Hannah par les pieds. Oliver referma la main gauche sur le pieu et, d'un mouvement leste, le retira. Il le laissa tomber avec fracas avant de hocher la tête sèchement.

— Maintenant.

Une fois que Myrnin fut allongé sur le dos, Oliver fit signe à Claire de s'écarter et entrouvrit les lèvres livides de celui-ci. Puis il lui posa une main sur le front.

Les prunelles noires de l'alchimiste étaient ouvertes. Grandes ouvertes. Claire réprima un frisson devant ses yeux vitreux – on aurait dit deux fenêtres donnant sur une pièce plongée dans l'obscurité totale... Tout à coup, il cligna des paupières. Il aspira une grande goulée d'air et se cambra, en proie à une douleur muette. Complètement absorbé par sa tâche, Oliver lui laissa la main sur le front, rendant ainsi vaines toutes les tentatives de Myrnin, qui se tortillait afin de lui échapper. L'alchimiste finit par s'abandonner mollement sur les coussins du canapé, la poitrine secouée par les à-coups de sa respiration saccadée. Sa peau semblait toujours du marbre blanc veiné d'un bleu froid, mais son regard était à nouveau vivant, allumé par la folie. Et la faim.

Il déglutit, toussa, déglutit à nouveau, et progressivement la lueur insensée dans ses yeux s'éteignit. Sur ses traits, on pouvait lire sa fatigue, sa perplexité et sa souffrance.

Tout en laissant échapper un long soupir qui tenait beaucoup du gémissement, Oliver voulut se relever. Il n'y réussit pas. À mi-chemin, ses jambes se dérobèrent et il tomba à genoux, prenant appui sur l'accoudoir du canapé. Sa tête ballait et ses épaules se soulevaient, presque comme s'il cherchait à reprendre son souffle ou sanglotait. Autant de choses que Claire ne parvenait pas à l'imaginer en train de faire.

Personne n'esquissa le moindre geste. Personne ne le toucha. Cependant les autres buveurs de sang échangèrent un regard indéchiffrable.

Il était malade. Claire le comprit. Le mal empêchait les vampires de se concentrer, d'accomplir les gestes qui leur paraissaient naturels, comme créer d'autres vampires. Ou les ranimer. Et Oliver, qui avait toujours mis en doute la réalité de ce fléau, commençait lui-même à faiblir... Et il le savait.

— Aide-moi, finit-il par murmurer d'une voix déchirée.

L'agrippant par le bras, Claire le hissa lentement ; il se mouvait comme s'il avait mille ans et que son corps se souvenait du passage de la moindre année. Sans un mot, un vampire lui avança un siège, où la jeune fille le fit asseoir. Les coudes posés sur les genoux, Oliver enfouit son visage pâle dans ses mains. Lorsqu'il ouvrit la bouche, ce fut pour articuler tout bas :

— Laissez-moi.

Mieux valait ne pas discuter ; Claire recula et rejoignit Myrnin, qui n'avait pas quitté le canapé. Il cligna des yeux sans les détacher du plafond, puis croisa lentement les mains sur son ventre. Rien de plus.

— Myrnin ?

— Présent, répondit-il d'une voix qui paraissait très, très lointaine.

Il ricana doucement et ajouta, avec une grimace :

— Ça m'élance quand je ris.

— Oui, je... je suis désolée.

— Désolée ?

Un léger pli de perplexité se dessina entre ses deux sourcils avant de disparaître.

— Ah, reprit-il, pour le pieu.

— Je… euh… ouais…

Elle savait comment Oliver aurait réagi si elle lui avait joué un tour pareil : elle ne s'en serait pas tirée à si bon compte. Ignorant ce que Myrnin était capable de faire, elle veilla à se tenir hors de sa portée. Il se contenta de fermer les yeux et de hocher la tête. Il avait l'air vieux, et éreinté, comme Oliver.

— Je suis certain que c'était pour le mieux. Peut-être auriez-vous dû laisser ce bout de bois là où il était. Ça aurait arrangé les affaires de tout le monde. Je me serais... évanoui. Ce n'est pas si douloureux que ça, finalement, conclut-il, l'air vaincu.

— Non ! s'écria-t-elle en s'approchant de lui. Ne dites pas ça, Myrnin. Nous avons besoin de vous.

Il ne souleva pas les paupières, pourtant un minuscule sourire las étira ses lèvres.

— Je te sais sincère, Claire, mais tu as tout ce qu'il te faut à présent. J'ai trouvé le remède. Le sang de Bishop. L'heure est venue de me laisser partir. Je suis trop atteint pour pouvoir espérer guérir.

— Je n'en crois pas un mot.

Cette fois, il ouvrit grand ses yeux sombres et l'étudia avec une intensité glaçante.

— Je le vois bien, conclut-il. Quant à découvrir où se situe la raison, il s'agit d'une tout autre question. Où est-elle ?

Claire jeta un coup d'œil à Oliver, toujours plié en deux par la douleur. Il ne lui apporterait aucun secours. Elle se pencha vers Myrnin, même si elle n'avait pas la bêtise de penser que les autres vampires ne l'entendraient pas.

— Elle est... je n'en ai aucune idée. Nous avons été séparés. La dernière fois que je l'ai vue, Bishop et elle se battaient.

Myrnin s'assit aussitôt, dans un mouvement saccadé, dépourvu de la grâce habituelle des vampires – qui donnait l'impression qu'ils s'étaient entraînés à se mouvoir durant trois ou quatre vies humaines. Il dut se hisser, lentement et péniblement, et ce spectacle inspira une peine infinie à Claire. Elle plaça une main sur son omoplate pour le soutenir ; sa peau, bien que toujours froide, ne paraissait plus « morte ». Difficile d'identifier ce qui avait changé, peut-être les muscles, à nouveau bandés.

— Nous devons la trouver, dit-il. Bishop ne reculera devant rien pour l'éliminer, si ce n'est déjà fait. Une fois qu'elle a eu l'assurance que vous étiez en sûreté, elle a forcément battu en retraite. Amelie mène des guérillas, ce n'est pas son genre d'affronter l'ennemi à découvert, surtout son propre père.

— Nous n'irons nulle part, rétorqua Oliver sans relever la tête. Et toi non plus, Myrnin.

— Tu lui dois allégeance.

— Je ne dois rien aux morts. Et tant qu'on ne m'aura pas apporté la preuve qu'elle a survécu, je ne sacrifierai pas ma vie, ni celle de quiconque, dans une vaine tentative de sauvetage.

Un rictus de mépris déforma le visage de Myrnin.

— Tu n'as pas changé.

— Toi non plus, insensé. Maintenant, silence, j'ai mal au crâne.

Eve préparait des cafés, vêtue d'un tablier noir qui lui tombait sous le genou. Sans entrain, Claire grimpa sur un tabouret de l'autre côté du bar.

— Alors, lança-t-elle, ça te rappelle de bons souvenirs ?

Eve fit la moue en déposant devant elle un Mocha.

— Ouais, merci de remuer le couteau dans la plaie. Cela dit, je dois bien reconnaître que le Monstre m'avait manqué.

— Le Monstre ?

Eve tapota avec tendresse l'immense machine à expressos chromée derrière elle.

— Le Monstre, je te présente Claire. Claire, le Monstre. C'est un amour quand on sait le prendre.

Claire tendit la main vers la machine.

— Enchantée de faire ta connaissance, le Monstre.

— Hé ! s'écria Eve en lui attrapant le poignet. D'où viennent ces bleus ?

La poigne d'Amelie avait laissé un chapelet de petites taches bleu pâle sur son bras, évoquant un tatouage ethnique.

— Pas la peine de flipper comme ça, Eve. Je n'ai pas de marque de morsure, rassure-toi.

— Je flippe si je veux. En l'absence de Michael, je suis un peu…

— Quoi, ma mère ? ironisa Claire, qui le regretta aussitôt. Je ne voulais pas...

Eve chassa ses excuses d'un revers de la main.

— Si tu ne t'énerves pas un jour comme aujourd'hui, tu le feras quand ? Et pour répondre à ta prochaine question : oui, ta mère va bien. Jusqu'à présent, les tocards de Bishop n'ont pas encore réussi à prendre le contrôle du réseau cellulaire. Ce qui m'a permis de rester en contact avec elle, vu qu'ici, à part la surproduction de caféine, il ne se passe rien. Les lignes fixes sont mortes, elles. Internet, la radio et la télé aussi.

Claire consulta l'horloge. Cinq heures du matin. Plus que deux heures environ avant l'aube. Ce qui lui paraissait une éternité.

— Et qu'est-ce qu'on fera au lever du jour ? demanda-t-elle.

Elle sirota son Mocha, cherchant du réconfort dans sa douceur chocolatée.

— Bonne question, rétorqua Eve en essuyant le comptoir. Si tu as une idée, n'hésite pas à la partager, j'ai comme qui dirait l'impression qu'on sèche.

— Fort heureusement, tu te trompes, intervint Oliver, sorti de nulle part.

Dieu que Claire détestait lorsqu'il faisait ça ! Pendant qu'il s'installait sur le tabouret voisin, elle l'observa : il semblait avoir retrouvé son état normal, même si ses traits restaient tirés. Et Claire ne se souvenait pas d'avoir déjà vu l'ombre qui voilait son regard.

— Nous avons un plan, expliqua-t-il. La disparition d'Amelie représente un coup dur, pas la défaite. Nous allons poursuivre le combat selon ses instructions.

— Ah ouais ? Et on pourrait les connaître ?

Eve ne réussit qu'à s'attirer un regard assassin.

— Ça m'aurait étonnée, aussi ! reprit-elle. Les vampires ne sont pas du genre partageur, sauf quand ça les arrange.

— Je vous dirai ce que vous avez besoin de savoir en temps et en heure, riposta-t-il. Apporte-moi une des poches de la chambre froide.

Baissant le nez sur son tablier, Eve lança :

— Je suis désolée, mais je ne vois pas écrit « boniche », là.

Claire retint son souffle une seconde, tant l'expression d'Oliver était inquiétante – comme si un incendie mal éteint menaçait à nouveau d'embraser son regard. Puis il cligna des yeux et dit, tout simplement :

— S'il te plaît, Eve.

Prise au dépourvu par sa réaction, elle l'observa un instant avant de hocher la tête et de disparaître derrière le rideau menant à la réserve.

— Tu te demandes si c'est douloureux, reprit-il sans se tourner vers Claire. La réponse est oui, sans le moindre doute.

— Bien. Il paraît que souffrir est une bonne chose pour l'âme, ou un truc dans le genre.

— Dans ce cas, nous devrions tous être en bons termes avec notre Dieu d'ici demain matin.

Oliver pivota sur son tabouret pour la regarder bien en face.

— Je devrais te tuer pour ce que tu as fait, Claire.

— Planter un pieu dans le cœur de Myrnin ? soupira-t-elle. Je sais. Je ne croyais pas avoir le choix. Il m'aurait arraché la main si j'avais essayé de lui donner le remède et, de toute façon, le temps que celui-ci agisse, nous aurions déjà, Hannah et moi, été transformées en pâtée pour chiens. Ça m'a paru le moyen le plus rapide de le mettre hors d'état de nuire.

— Peu importe, rétorqua-t-il d'une voix de gorge. En tant qu'ancien, j'ai le pouvoir de te condamner à mort, ici et maintenant, pour tentative d'assassinat sur un vampire. Tu comprends ?

Claire brandit son poignet ceint du bracelet portant le symbole de la Fondatrice.

— Et ça ? voulut-elle savoir.

— On me demanderait réparation. Et je pense être en mesure de la fournir. Amelie me battrait froid un temps, à supposer qu'elle soit encore en vie. Puis nous parviendrions à un accord. Comme toujours.

Claire n'essaya pas de se défendre davantage et attendit. Au bout d'un temps, il finit par reconnaître :

— Très bien, tu as eu raison d'agir de la sorte. Tout comme tu avais raison à bien d'autres sujets, même si je refusais de l'admettre, notamment sur le fait que certains d'entre nous sont...

Il promena le regard tout autour de lui et abaissa tant la voix qu'elle dut lire sur ses lèvres la fin de sa phrase : « mal en point ». Mal en point ? C'était une drôle de façon de présenter les choses. Elle résista à l'envie de lever les yeux au ciel. Pourquoi pas « mourants » plutôt ? Connaissait-il seulement la signification du mot pandémie ? Oliver poursuivit sans attendre sa réaction :

— L'esprit de Myrnin était très... confus. J'ai cru que je ne réussirais pas à le ramener. Je n'y serais pas arrivé sans l'aide de ce remède.

— Vous voulez dire que vous nous croyez maintenant ?

Elle n'osa pas ajouter « au sujet de la maladie des vampires » : elle était entourée de trop d'oreilles indiscrètes. Oliver et elle prenaient déjà beaucoup de risques, même en discutant à mots couverts, au milieu de vampires désœuvrés. Quelle serait leur réaction s'ils apprenaient qu'un mal les rongeait ? Personne ne pouvait le dire. Ils quitteraient sans doute Morganville pour parcourir le monde, et se livreraient à des saccages avant de mourir seuls, au terme d'une longue agonie. Cela prendrait des années, peut-être, mais ils finiraient tous par succomber, les uns après les autres. Oliver était à un stade moins avancé de la maladie que beaucoup d'autres et, avec l'âge, la progression de celle-ci semblait plus lente ; il pourrait tenir longtemps, perdant pied peu à peu. Se transformant progressivement en pantin. Un pantin affamé.

— Je veux dire exactement ce que j'ai dit, riposta Oliver avec irritation. Je parle de Myrnin. Les médicaments dont tu disposes ne suffiront sans doute pas à maintenir sa lucidité longtemps, ce qui signifie que nous devrons prendre nos précautions.

Eve réapparut alors, une poche de sang à la main. Ou plutôt de sirop à la cerise – c'est ce que Claire préférait se dire. Visiblement secouée, Eve lâcha le sachet en plastique devant Oliver comme s'il s'agissait d'un rat crevé.

— Tu avais tout prévu. En cas de siège.

— Ah vraiment ? répondit Oliver avec un sourire ironique.

— Il y a assez de sang là-dedans pour nourrir la moitié des vampires de la ville pendant un mois. Et assez de bouffe en boîte pour nous faire tenir encore plus longtemps. Je ne parle pas des médocs et de tout ce qui pourrait nous servir, genre générateurs, piles, bouteilles d'eau...

— Disons que je suis d'un naturel prévoyant. C'est une habitude que nombre d'entre nous ont acquise au fil du temps.

Tout en s'emparant de la poche de sang, il inclina la tête en direction d'une tasse. Eve la lui tendit et, de son ongle, il perfora le plastique, faisant une entaille très nette, avant de déverser une partie de son contenu dans la tasse.

— Remets le reste au frais, lui demanda-t-il. Et ne fais pas cette tête. Après tout, tant qu'il y aura des poches de sang, nous n'aurons pas à nous servir directement dans vos veines.

Tenant le sachet à bout de bras, Eve ouvrit le petit réfrigérateur derrière le bar et le rangea dans un compartiment vide de la porte.

— Beurk ! lança-t-elle. Rappelez-moi pourquoi je me retrouve à ce poste ?

— Parce que tu portes le tablier comme personne.

— Ah, Oliver, tu prends vraiment ton pied, hein ?

— Hé ! intervient Claire, s'attirant des regards noirs de part et d'autre. Où va-t-on installer Myrnin ?

Avant qu'Oliver ait le temps de répondre, l'alchimiste s'était frayé un chemin à travers la foule et les avait rejoints. Il semblait à nouveau dans son état normal – ce qui, pour lui, avait une signification particulière. Il avait emprunté, ou volé, un long manteau en velours noir, qu'il avait enfilé par-dessus son pantalon bouffant de Pierrot. Il avait des bottines noires et toujours pas de chemise. Les boucles brunes qui encadraient son visage avaient recouvré leur éclat, tout comme ses yeux.

Avisant sa tenue, Oliver haussa un sourcil.

— On te croirait tout droit sorti d'une maison close de l'époque victorienne. Spécialisée dans certaines prestations.

En guise de réponse, Myrnin remonta les manches du pardessus. Si la blessure dans son dos avait cicatrisé – ou était en voie de guérison –, les brûlures sur ses poignets et ses mains, encore à vif, avaient pris une teinte argentée inquiétante.

— Pas le genre d'établissement sur lequel se serait porté mon choix, répondit-il. Tu dois être plus aventureux que moi, Oliver.

Leurs regards se rencontrèrent, et Claire dut résister à l'envie de s'éloigner, tant elle crut qu'ils allaient, tous deux, sortir les crocs. D'un sourire, Myrnin dissipa la tension.

— Je crois que je te dois des remerciements, ajouta-t-il.

— C'est ce qu'exige l'usage, convint Oliver.

— Merci, dit-il en s'adressant à Claire, qui fut sans doute aussi surprise que le patron du Starbucks.

Ce genre de rebuffade aurait coûté cher à n'importe qui d'autre, mais Myrnin n'était sans doute pas n'importe qui, même dans l'opinion d'Oliver. Ce dernier ne réagit pas et le faible rougeoiement au fond de ses prunelles aurait très bien pu passer pour un effet de la lumière.

— Euh... pour quoi ? demanda-t-elle.

— Je me rappelle ce que tu as fait, répondit Myrnin avec un haussement d'épaules. C'était la bonne décision à ce moment-là. Je n'avais plus le contrôle de ma volonté. La douleur... la douleur était très difficile à contenir.

Elle jeta un regard nerveux aux poignets brûlés.

— Et maintenant ?

— Tolérable, répliqua-t-il d'un ton signifiant que le sujet était clos. Nous devons repérer la position d'Amelie et pour cela il nous faut un portail. Le plus proche se trouve à l'université. Nous avons besoin d'une voiture et d'un chauffeur. Des renforts ne seraient pas non plus superflus.

Bien que s'exprimant avec détachement, Myrnin semblait convaincu que le moindre de ses souhaits obtiendrait satisfaction et, une fois de plus, Claire sentit la tension entre Oliver et lui.

— La nouvelle t'a apparemment échappé, rétorqua le patron du Starbucks, cependant tu n'es plus un roi, un prince ou je ne sais quel était ton titre avant que tu ne te retires dans ton trou à rats. Un animal exotique, un alchimiste... Je n'ai aucun ordre à recevoir de toi. Pas dans ma ville.

Si Myrnin affichait un masque cordial, ses yeux trahissaient un tout autre sentiment... Par prudence, Claire s'écarta de quelques pas.

— Ta ville, répéta-t-il. Quelle surprise ! Je croyais que c'était celle de la Fondatrice.

Balayant la salle du regard, Oliver riposta :

— Étrangement, elle m'a l'air indisponible pour le moment, ce qui me laisse aux commandes, mon petit bonhomme. Alors va te rasseoir, parce que tu n'iras nulle part. Si elle a des ennuis, ce que je ne crois pas encore, et s'il faut lui porter secours, nous évaluerons les risques.

— Et quels bénéfices espères-tu retirer en restant les bras croisés ? lança Myrnin d'une voix tendue à l'extrême. Dis-moi, « Côtes de fer », comment tu comptes remporter cette campagne ? Tu n'envisages pas, rassure-moi, de rejouer le siège de Drogheda ?

Claire ignorait de quoi il parlait, sans doute d'un souvenir amer, à en juger par la grimace qui déformait les traits d'Oliver.

— Nos ennemis ne sont plus irlandais et je ne reproduirai pas deux fois la même erreur. Surtout, je n'ai pas besoin de conseils de la part d'un sorcier.

— Et voilà le vieil esprit puritain qui rejaillit !

Eve abattit violemment sa main sur le bar.

— Hé ! Je ne sais pas quelles anciennes rancœurs vous êtes en train de raviver mais stop ! Vous êtes aux États-Unis, au XXIe siècle, et nos problèmes actuels n'ont aucun rapport avec vos histoires vieilles de plusieurs siècles !

Posant sur elle ses yeux de velours, Myrnin lui adressa son sourire de séducteur.

— Charmante demoiselle, dit-il, pourriez-vous me servir le même nectar que celui que sirote mon ami ?

Oliver, se souvenant subitement de la tasse remplie de sang devant lui, la vida d'une traite.

— J'apprécierais que vous réchauffiez la poche sous un filet d'eau chaude, reprit-il, c'est un peu difficile à avaler sinon.

— À votre service, soupira Eve. Vous ne voulez pas non plus un café tant que j'y suis ?

Voyant que le vampire considérait sérieusement cette proposition, Claire secoua la tête. Il ne leur manquait plus que ça : un Myrnin sous caféine. Tandis qu'Eve préparait la commande, Oliver prit une profonde inspiration pour chasser la colère et lâcha :

— Il nous reste moins de deux heures avant l'aube. Même s'il est arrivé quelque chose à Amelie, ce que je continue à contester, il serait trop dangereux de lancer des recherches maintenant. Si Bishop la retient, il l'a forcément emmenée dans un endroit lui permettant de résister à tout assaut. Deux heures ne suffiront pas et je ne veux pas courir le risque que nos troupes se retrouvent dehors au lever du soleil.

Coulant un regard à Claire, Myrnin rétorqua :

— Pour certains, il ne représente aucun menace.

— Ceux dont tu parles sont extrêmement vulnérables. Je ne jetterai jamais un humain entre les griffes de Bishop. Je n'enverrai même pas une armée humaine contre lui, à moins d'avoir l'intention de le débusquer grâce aux cadavres laissés dans son sillage.

L'espace d'une seconde terrifiante, Myrnin sembla s'intéresser à cette idée ; il finit heureusement par secouer la tête :

— Il cacherait les corps, conclut-il avec regret. Mais c'était une bonne suggestion.

Claire n'aurait su dire s'il se moquait ou s'il était sincère. Oliver non plus d'ailleurs, à en croire sa façon de le jauger.

— Raconte-moi tout, dit ce dernier en se tournant vers elle.

6.

Une heure plus tard, l'aube rosissait déjà l'horizon, baignant le monde nocturne d'une lueur bleue irréelle. Partout en ville, les vampires de tous bords devaient se mettre en quête d'un abri pour la journée.

Ceux qui se trouvaient au café semblaient résolus à y rester, ce qui était logique : Amelie et Oliver avaient bien affirmé qu'il s'agissait d'un des endroits stratégiques pour conserver le contrôle de Morganville. En revanche, Claire n'appréciait pas de voir certains d'entre eux comploter dans les coins.

— Comment être sûres qu'ils sont de notre côté ? demanda-t-elle à Eve.

Elle avait parlé tout bas dans l'espoir que sa question échapperait à l'ouïe fine des vampires, pourtant Oliver, posté à plusieurs mètres d'elle, lui répondit :

— Tu ne peux pas. D'ailleurs, ce ne sont pas tes oignons, mais je vais tout de même te rassurer. Ils me sont tous loyaux et, à travers moi, à Amelie. Si l'un d'eux retournait sa veste, je te garantis qu'il le regretterait.

Il avait ajouté cette dernière phrase à un volume normal pour qu'elle porte dans l'ensemble de la salle. Les murmures cessèrent aussitôt. Dehors, la lumière du jour gagnait du terrain.

— Très bien, ajouta Oliver à l'intention de Claire et d'Eve. Vous avez compris ce que j'attends de vous ?

Cette dernière acquiesça en lui adressant un salut moqueur.

— Chef, oui, chef ! À vos ordres, général !

Le peu de patience qu'il lui restait était usée jusqu'à la corde.

— Eve... Répète mes instructions.

Comme elle n'était pas du genre à suivre les ordres, surtout venant de quelqu'un qu'elle méprisait souverainement, Claire s'empressa d'intervenir :

— Nous déposons des talkies-walkies dans les maisons de la Fondatrice, l'université et les autres endroits de la liste. Nous expliquons à ceux qui s'y trouvent que tous les ordres passeront désormais par là et non par les téléphones portables ou les fréquences de la police.

— N'oubliez pas de leur donner les codes.

Chacune des petites radios portatives était équipée d'un clavier, comme celui d'un téléphone portable, et il fallait composer un code pour accéder à la fréquence d'urgence. C'était assez pointu : dans le domaine de la technologie Oliver n'avait jamais un train de retard.

— Bien, conclut-il, Hannah vous servira de garde du corps. J'aurais bien détaché un de mes hommes mais...

— Le soleil, ouais, on sait, l'interrompit Eve avant de faire signe à Hannah de lui taper dans la main. J'adore le look Rambo au fait !

— Un peu de respect, jeune fille, rétorqua la militaire. Rambo était un béret vert et les Marines en bouffent au petit déjeuner !

Ce n'était peut-être pas la remarque la plus judicieuse dans une salle bourrée de vampires sur les crocs. Claire se racla aussitôt la gorge.

— On devrait peut-être...

Hannah hocha la tête et tendit à Claire son sac à dos – où les talkies-walkies avaient remplacé les livres.

— J'ai besoin d'avoir les deux mains libres, expliqua-t-elle. Eve prend le volant, tu te retrouves donc en charge de l'approvisionnement. J'ai glissé la liste à l'intérieur, tu pourras rayer les destinations au fur et à mesure.

Assis à l'écart, Myrnin conservait un silence inquiétant. Si Claire ne décelait aucune trace de folie dans son regard, elle avait mis Oliver en garde : on ne pouvait pas lui faire véritablement confiance. « Comme si j'en avais l'intention, avait-il répliqué en ricanant. Je connais cet hurluberlu depuis plusieurs vies humaines et je ne l'ai jamais jugé digne de confiance. »

À l'intérieur du café, les vampires s'étaient éloignés de la vitrine pour se réfugier au fond, dans une zone à l'abri de la lumière naturelle. À l'extérieur, il n'y avait pas grand-chose à voir. Les incendies étaient éteints. Des voitures filaient dans les rues, des véhicules de la police ou des pompiers, pour la plupart. Les rares silhouettes qu'on apercevait ne s'attardaient pas et profitaient du couvert des ombres.

— Que font-ils ? s'enquit Claire en ajustant son sac à dos sur son épaule.

Ne s'attendant pas à obtenir de réponse d'Oliver, elle fut surprise de l'entendre.

— Ils consolident nos positions. Cette guerre ne se livrera pas de jour, Claire. Ni ouvertement. Nous avons nos places fortes, ils ont les leurs. Ils enverront peut-être les humains qu'ils ont recrutés, mais ils ne sortiront pas eux-mêmes.

— Recrutés ? s'étonna Hannah. Vous voulez plutôt dire « armés de force », non ? Pour l'essentiel, les humains veulent juste rester tranquilles.

— Pas nécessairement. Morganville regorge d'humains ayant une dent contre nous ou le système dont ils s'estiment victimes. Certains seront même prêts à croire que Bishop représente la solution. D'autres agiront poussés par la peur, pour protéger ceux qui leur sont chers. Il saura sur quelle corde jouer. En d'autres termes, il se dégotera sans problème de la chair à canon.

— Comme vous, dit Hannah.

Ils s'affrontèrent du regard quelques secondes, puis Oliver inclina légèrement la tête.

— Si vous voulez.

— Je ne veux rien du tout. Je vous signale seulement que si je suis habituée à me battre en première ligne, d'autres non.

L'expression d'Oliver demeurait indéchiffrable.

— Peut-être pas, mais dans l'immédiat nos ennemis rassemblent leurs forces et nous devons les imiter.

Hannah acquiesça.

— Je sors la première, Eve tu me suivras. Garde tes clés à la main. Tu ne dois pas hésiter. Cours, ouvre la portière et mets le contact. J'escorterai Claire.

Eve hocha la tête, visiblement inquiète.

— Une dernière chose, reprit Hannah. Tu as une lampe torche ?

Après avoir fouillé dans sa poche, Eve en tira une minuscule lampe au faisceau particulièrement puissant.

— Bien, approuva l'ex-Marine. Avant de t'installer derrière le volant, tu examines l'avant et l'arrière de la voiture. Balaie bien le plancher ; je te couvrirai depuis la porte du café.

Elles se dirigèrent toutes les trois vers la sortie.

— Soyez prudentes ! leur lança Oliver.

Elles n'eurent pas le temps de se remettre de leur surprise que son naturel revenait au galop et qu'il ajoutait :

— Il est crucial que ces radios soient distribuées.

Claire résista à l'envie de lui faire un doigt d'honneur. Eve ne se priva pas.

Hannah ouvrit la porte en grand et s'avança sur le trottoir. Contrairement aux acteurs dans les films d'action, elle n'en fit pas des tonnes et se contenta de décrire un tour sur elle-même pour observer les environs, le pistolet appuyé contre la cuisse. Elle indiqua à Eve que la voie était libre : celle-ci fonça jusqu'à la grande voiture noire. Claire aperçut l'éclat de la lampe de poche pendant que son amie vérifiait l'habitacle, puis entendit le moteur rugir. Hannah la poussa alors vers la portière côté passager.

Dans leur dos, la porte du Starbucks claqua et les verrous cliquetèrent. En jetant un coup d'œil par-dessus son épaule, Claire vit que des rideaux métalliques descendaient devant les vitres. Ils se barricadaient pour la journée.

Tout s'était bien déroulé, mais Claire avait du mal à respirer et le cœur qui battait la chamade.

— Ça va ? s'enquit Eve.

Hors d'haleine, Claire opina.

— Ouais, je sais, reprit son amie. La trouille est plus efficace qu'une séance de cardio. Attends un peu qu'ils s'en rendent compte dans les salles de gym, ça aura plus de succès que le pilates.

Éclatant de rire, Claire sentit aussitôt la peur se dissiper.

— Je savais bien que tu n'avais pas perdu ton sens de l'humour, lui souffla Eve. Verrouillez vos portières et n'oubliez pas vos ceintures. Je serai peut-être obligée de piler et je n'ai aucune envie de vous retrouver collées contre M. Pare-Brise.

Elles traversèrent la ville dans une atmosphère surnaturelle. Il régnait un calme... inhabituel. Elles avaient établi un itinéraire leur permettant d'éviter les zones les plus dangereuses, mais elles furent rapidement obligées de s'en écarter à cause de deux voitures garées au beau milieu de la chaussée, portières ouvertes et phares allumés.

Eve ralentit pour les dépasser sur la droite, en montant sur le trottoir.

— Vous voyez quelque chose ? demanda-t-elle d'un ton inquiet. Des corps ou...

Les voitures étaient entièrement vides. Le moteur tournait toujours et les clés n'avaient pas quitté le contact. Un détail clochait, seulement Claire n'arrivait pas à identifier lequel...

— Elles appartiennent à des vampires, expliqua Hannah. Pourquoi les ont-ils abandonnées ainsi ?

Ah, voilà ce qui avait attiré l'attention de Claire : les vitres teintées.

— Une envie pressante ? suggéra Eve. Parfois on ne peut pas se retenir...

Hannah ne releva pas, trop occupée à scruter les environs.

— Oui, c'est bizarre, reprit Eve, tout bas. Peut-être sont-ils sortis aider quelqu'un.

Ou chasser. Claire réprima un frisson.

Elles livrèrent la première radio dans l'une des maisons de la Fondatrice ; Claire ne connaissait pas ses occupants – contrairement à Eve, bien sûr. Elle leur expliqua rapidement le fonctionnement du talkie-walkie et leur indiqua le code. Deux minutes plus tard top chrono, elles remontaient en voiture.

— Vous assurez, les filles, remarqua Hannah. Vous pourriez même donner quelques leçons à mes potes dans la marine.

— Hé ! s'écria Eve. Tu sais comment ça marche ici, Morganville est un immense camp d'entraînement militaire.

Hannah lui tapa dans la main sans quitter la route des yeux ; elle se tenait prête à tirer par la vitre à demi baissée même si, jusqu'à présent, elle n'en avait pas eu l'occasion.

— Encore des bagnoles, observa Claire. Vous avez vu ?

Cette fois, il y en avait plus de deux, abandonnées au hasard. Comme précédemment, le moteur continuait à tourner, les phares n'avaient pas été coupés et les portières étaient ouvertes.

Elles les dépassèrent au ralenti, et Claire repéra qu'il s'agissait du même modèle de voiture, aux vitres teintées. Michael en possédait d'ailleurs une depuis qu'il avait été officiellement transformé en vampire.

— C'est quoi, ce bordel ? s'écria Eve sans dissimuler sa nervosité.

Claire pouvait difficilement lui reprocher sa réaction ; elle-même n'était pas rassurée.

— Pourquoi ont-ils abandonné leurs véhicules à quelques minutes de l'aube ? reprit-elle. Ils ne devraient même plus être dehors à cette heure. Oliver a dit que chaque camp réunissait ses troupes, mais pour moi ça ressemble plutôt à une panique généralisée.

Claire n'avait pas plus d'explication que son amie. Elle extirpa un talkie-walkie de son sac à dos, entra le code qu'Oliver lui avait fourni et pressa la touche « APPEL ».

— Oliver ? Ici Claire. À vous.

Après une petite attente, une voix grave s'éleva à l'autre bout de la ligne :

— Je t'écoute.

— Il se passe un phénomène étrange. Nous avons croisé plusieurs voitures de vampires à l'abandon. Vides. Le moteur tournait toujours.

Un grésillement pour toute réponse.

— Oliver ?

— Tiens-moi au courant, finit-il par lâcher. Fais le compte du nombre de véhicules et relève les numéros des plaques d'immatriculation si possible.

— Euh... c'est tout ? Vous ne voulez pas qu'on rebrousse chemin ?

— Non, continuez la distribution des radios.

Claire tenta d'insister, mais il avait coupé la communication. Elle bloqua le clavier puis se tourna vers son amie, qui haussa les épaules. Elles se garèrent devant la deuxième maison de la Fondatrice.

— Finissons-en, lança Eve. Et laissons les sangsues se préoccuper des problèmes de sangsues.

Ça paraissait raisonnable, cependant Claire craignait que, d'une certaine façon, les ennuis des vampires deviennent rapidement... les leurs.

Trois des maisons de la Fondatrice n'étaient plus qu'un tas de cendres fumantes et le sort d'une quatrième était encore entre les mains des pompiers. Eve continua. L'horizon s'éclaircissait de minute en minute et il leur restait encore deux arrêts à faire.

— Tout va bien derrière ? demanda-t-elle à Hannah au moment de s'engager dans une rue que Claire connaissait bien.

— Oui. On va chez Katherine Day ?

— C'est la prochaine sur ma liste.

— Bien, j'en profiterai pour parler à ma cousine Lisa.

Eve se gara devant l'immense demeure dont toutes les fenêtres étaient éclairées – créant ainsi un contraste étonnant avec le reste du quartier, barricadé. Au moment où elle passait au point mort, la porte d'entrée s'ouvrit et un flot de lumière jaune citron se déversa sur la véranda d'un blanc immaculé. La balancelle vide de Mamie Day opinait dans la brise légère.

Sur le seuil se tenait Lisa Day ; grande et carrée, elle partageait plus qu'un air de famille avec Hannah.

Elle suivit du regard les trois arrivantes de la voiture quand elles en descendirent. Les fenêtres du premier s'ouvrirent et des canons de fusil apparurent.

— Tout va bien, lança Lisa sans sortir sur la véranda pour autant. Claire, c'est ça ? Et Eve ? Salut, Hannah.

— Salut, répondit cette dernière. Entrons vite, ce calme ne me dit rien qui vaille.

Dès qu'elles furent à l'intérieur, Lisa poussa tous les verrous avant de glisser une barre en fer dans les logements prévus de part et d'autre du cadre de la porte. Hannah observa le manège avec amusement.

— Tu t'étais préparée, Lisa ?

— Je savais que ça nous pendait au nez, rétorqua sa cousine. Le matériel était dans la cave, nous n'avions plus qu'à l'installer. Mamie n'était pas très chaude et j'ai dû batailler sec. Elle m'a crié dessus parce que je faisais des trous dans le bois.

— Ouais, du mamie tout craché, remarqua Hannah avec un sourire. Guerre ou pas, interdiction de toucher à sa maison.

— À propos de guerre, vous devriez toutes rester ici si vous voulez être en sûreté.

Après avoir échangé un bref regard avec Claire, Eve refusa.

— On ne peut pas, mais c'est sympa.

— Vous êtes sûres ? insista Lisa, le regard brillant. Ces satanés vampires vont peut-être finir par s'entretuer cette fois, on a intérêt à être soudés. Entre humains. Sans question de bracelets ou de contrats.

— Tu es sérieuse ? lança Eve. Tu voudrais les laisser se débrouiller tout seuls ?

— Pourquoi pas ? En quoi ça nous concerne, de toute façon ? Peu importe qui gagne.

Un sourire amer étira brièvement ses lèvres avant qu'elle ne reprenne :

— On se fait avoir quelle que soit l'issue. Peut-être qu'il est temps qu'un humain prenne les rênes de cette ville et que les vampires aillent s'installer ailleurs.

Danger, pensa Claire. Danger extrême. Hannah dévisagea sa cousine sans rien trahir de ses sentiments, puis hocha la tête.

— Entendu, Lisa, tu es libre de faire ce que tu veux, mais sois prudente, d'accord ?

— On est plus que prudents, tu vas voir.

Arrivées au bout du couloir, débouchant sur le vaste salon, Eve et Claire restèrent clouées sur place.

— Merde… grommela Eve.

Les humains réunis là étaient tous armés — fusils, couteaux, pieux, objets contondants. Quant aux vampires chargés de surveiller la maison, ils étaient ficelés sur des chaises.

— Qu'est-ce qui vous a pris ? bredouilla Eve.

La plupart des prisonniers, attachés et bâillonnés, avaient passé le début de la nuit chez Michael ou avaient combattu au côté d'Amelie lors du bal masqué. Si certains se débattaient, d'autres conservaient un calme olympien. Quelques-uns paraissaient même avoir perdu conscience.

— Ils n'ont pas été blessés, rétorqua Lisa. Je voulais juste les mettre hors d'état de nuire, au cas où ça dégénérerait.

— Tu t'es fourrée dans une situation très délicate, commenta Hannah. J'espère que tu sais ce que tu fais.

— Je protège les miens. C'est que nous devrions tous faire.

Hannah hocha lentement la tête avant de lancer à Eve et à Claire :

— Allons-y.

— Et pour…

— Non. Pas de radio ici.

Lisa se plaça en travers de leur chemin, un fusil dans les mains.

— Vous partez déjà ? s'étonna-t-elle.

Claire retint son souffle. Elle percevait la tension dans l'atmosphère. Les vampires, ceux qui étaient encore conscients, les fixaient. Espéraient-ils être sauvés ?

— Tu ne peux pas faire ça, Lisa, riposta Hannah. Nous ne sommes pas des ennemis.

— Vous êtes dans le camp des vampires, non ?

La bombe était lâchée, et ce devant témoins. La gorge nouée, Claire attendit la réponse de Hannah.

— Notre objectif est que tout le monde réchappe de ce conflit. Humains comme vampires.

Soutenant le regard de sa cousine, Lisa rétorqua :

— Ça n'a aucune chance d'arriver. Alors tu aurais intérêt à choisir ton camp.

Hannah vint se poster juste sous son nez. Après une seconde d'affrontement muet, Lisa s'écarta sur le côté.

— C'est déjà fait. Allons-y, ajouta l'ex-militaire en inclinant la tête vers Eve et Claire.

De retour dans la voiture, elles ne reprirent pas tout de suite la route, conservant le silence un moment. Le visage de Hannah était si fermé qu'il n'invitait pas à la discussion.

— Tu devrais informer Oliver, lâcha soudain Eve. Il vaut mieux le prévenir.

Claire composa le code.

— Oliver, à vous ! Oliver, c'est Claire. J'ai du neuf, Oliver !

De la friture sur la ligne. Pas de réponse.

— Peut-être qu'il te snobe, suggéra Eve. Il avait l'air plutôt agacé la dernière fois.

— Vas-y, alors, proposa-t-elle en lui tendant la radio.

Ça ne servit à rien : Oliver ne décrochait pas. Elles essayèrent son portable, un inconnu leur répondit.

— Allô ?

Eve ferma les yeux de soulagement.

— Qui est-ce ? demanda-t-elle.

— Quentin Barnes.

— Tin Tin ! Comment tu vas, mec ?

— Bien... enfin je crois, répondit-il, l'air nerveux. Oliver est très occupé en ce moment, il essaie de retenir ceux qui veulent partir.

— Partir ? répéta Eve, les yeux écarquillés. Comment ça ?

— Certains vampires ont tenté de filer à l'anglaise. L'aube est trop proche, il a dû en enfermer certains.

La situation devenait décidément de plus en plus étrange.

— Il y a du grabuge chez les Day. Lisa a attaché les vampires, elle a décidé de rester sur la touche pour cette partie. Je pense... je pense qu'elle travaille avec d'autres pour monter une troisième équipe. Composée uniquement d'humains.

— La vache, soupira Tin Tin. Il ne manquait plus que les tueurs de sangsues s'en mêlent. Je vais prévenir Oliver. Autre chose ?

— D'autres caisses abandonnées. Tu crois que les vampires ont voulu se barrer comme ceux du café ? Qu'ils ont, je ne sais pas, été attirés quelque part ?

— Sans doute... Soyez prudentes, d'accord ?

— Promis, salut.

Hannah s'agita sur la banquette arrière.

— Rendons-nous à la prochaine destination, dit-elle.

— Je suis désolée, lui lança Claire, je sais qu'il s'agit de votre famille.

— Lisa est convaincue depuis toujours qu'en se serrant les coudes les humains pourraient reprendre le contrôle de la ville. Elle s'imagine sans doute que c'est le moment de tenter sa chance... Quelle imbécile ! Elle réussira seulement à faire tuer des gens.

Claire n'était peut-être pas général d'armée, mais elle savait que mener une guerre sur deux fronts distincts et diviser leurs forces ne constituait pas un avantage.

— Nous devons absolument retrouver Amelie.

— Autant chercher une aiguille dans une botte de foin, ironisa Eve. À supposer qu'elle n'ait pas encore passé l'arme à gauche.

— Chut, murmura Claire.

Elle frotta le jonc doré à son poignet jusqu'à ce qu'il lui cisaille la peau.

— On a besoin d'elle, conclut-elle.

Sans doute plus que jamais...

Lorsqu'elles eurent déposé le dernier talkie-walkie dans leur propre maison, occupée par une bande d'humains flippés et de vampires qui n'avaient pas encore été attirés dehors par la force mystérieuse, l'aube commençait à s'installer pour de bon. L'horizon s'ourlait d'un liseré bleu Caraïbes moucheté d'or et de rouge. En leur confiant la radio et le code, Claire mit en garde les humains :

— Soyez prudents, vous ne devez pas laisser sortir les vampires en plein jour.

Monica Morrell, qui serrait le talkie-walkie entre ses doigts aux ongles vernis, la considéra en se renfrognant.

— Et tu peux nous expliquer comment on est censés faire, la tocarde ? Leur coller un avertissement écrit et leur tirer les oreilles très fort ? Tu n'es pas sérieuse, là !

— Si vous ne les retenez pas, ils n'atteindront sans doute jamais leur destination, intervint Hannah en haussant ses épaules musclées. Personnellement, ça ne me défriserait pas, mais ils pourraient se révéler utiles plus tard. Et on pourrait vous reprocher d'être restés les bras croisés.

Monica ne semblait pas prête à discuter avec Hannah. Et elle n'était pas la seule. L'ex-Marine dégageait une confiance inébranlable qui n'avait pourtant rien d'arrogant.

— Super, finit par lâcher Monica. Comme si j'avais besoin d'un nouveau problème. Au fait, Claire, ta baraque est vraiment pourrie, je la déteste.

Avec un sourire, Claire riposta :

— Je parie que c'est réciproque. Enfin, tu sauras imposer ta loi, tu appartiens à la classe supérieure, non ?

— La ferme, Claire. Un jour, ton copain ne sera pas dans le coin pour…

Elle écarquilla les yeux avant de poursuivre :

— Oh, mince ! Il n'est pas dans le coin, si ? Et il ne reviendra d'ailleurs sans doute pas. Rappelle-moi d'envoyer des fleurs à son enterrement.

Eve retint Claire par son tee-shirt.

— Ouh là, du calme, Mini-Moi. On doit bouger. J'adorerais assister à votre petit match de catch, mais on a un planning à respecter.

Claire chassa le filtre rouge qui lui voilait le regard en prenant une profonde inspiration. Ses muscles étaient endoloris tant elle les avait contractés et elle s'efforça de les détendre. Ses doigts l'élancèrent quand elle desserra les poings.

— À bientôt, lança Monica en refermant la porte. Attends, j'ai dit une bêtise, la tocarde : on risque de ne jamais se revoir. Et tes fringues sont nazes, au fait !

Cette dernière phrase avait été étouffée par le battant, pourtant Claire la perçut aussi distinctement que le cliquetis des verrous.

— Allons-y, suggéra Hannah en marchant vers la petite barrière blanche.

Devant elle, un vampire remontait la rue en direction du nord. Eve se crispa aussitôt.

— Oh, non…

Le buveur de sang ne semblait pas avoir remarqué leur présence. Il portait un uniforme de police et Claire le reconnut : il faisait équipe avec Richard Morrell de temps à autre. Ce n'était pas un mauvais bougre – enfin, à l'exception de son côté sangsue.

— C'est l'officier O'Malley, s'écria-t-elle. Hé ! Hé, monsieur ! Attendez !

Les ignorant, il poursuivit son chemin. Claire tourna la tête vers l'est : le soleil réchauffait le ciel d'une lueur dorée. Il n'avait pas encore franchi la ligne d'horizon, mais il le ferait dans quelques secondes, quelques minutes au maximum.

— Nous devons l'emmener ailleurs, dit-elle. À l'abri.

— Et jouer les baby-sitters le reste de la journée ? O'Malley n'est pas comme Myrnin, riposta Eve. Tu ne peux pas lui planter un pieu dans le cœur, il n'est pas assez vieux. Soixante-dix, quatre-vingts ans au maximum. À peine plus âgé que Sam.

— On pourrait lui rouler dessus, suggéra Hannah. Ça ne le tuerait pas.

Eve ouvrit des yeux comme des soucoupes.

— Pardon ? Avec ma voiture ?

— On cherche une solution et je n'ai pas d'autre idée pour le moment. À nous trois, nous ne ferons pas le poids face à un vampire décidé à se battre.

Claire s'élança vers lui malgré les cris de protestation de ses compagnes. Jetant un coup d'œil par-dessus son épaule, elle vit que Hannah la suivait et gagnait du terrain. Elle réussit néanmoins à rejoindre le policier la première et lui barra la route. Il se figea une seconde, posa ses yeux verts sur elle, puis l'écarta d'un geste calme mais ferme. Et il reprit sa route.

— Vous devez vous mettre à l'abri ! hurla Claire en se plaçant à nouveau devant lui. Je vous en prie, monsieur ! Tout de suite.

Il la repoussa une nouvelle fois, plus fermement. Il ne prononçait pas un seul mot.

— Oh, mon Dieu, lâcha Hannah. Il est trop tard.

Le soleil apparut dans une explosion colorée et ses premiers rayons frappèrent les voitures garées le long du trottoir, Eve, les maisons... et le dos de l'officier O'Malley.

— Trouvez une couverture ! s'époumona Claire lorsqu'elle le vit s'auréoler de fumée, telle une brume matinale. Faites quelque chose !

Pendant qu'Eve se précipitait à la voiture, Hannah se lança sur Claire pour l'écarter. Le policier continuait à avancer. Le soleil poursuivait sa course dans le ciel, de plus en plus éclatant. Trois ou quatre pas plus tard, O'Malley s'enflammait. Dix pas supplémentaires et il tombait.

Eve les rejoignit en courant, une couverture serrée contre la poitrine.

— Aidez-moi !

Elles couvrirent le vampire avec le rectangle de tissu, qui prit feu. Hannah retint Claire au moment où elle voulut piétiner l'incendie.

— Non, lui murmura-t-elle, il est trop tard.

Dévorée par une rage brute, la jeune fille tenta de se libérer.

— On peut encore…

— Non, Claire. On ne peut plus rien pour lui. Il est condamné. Tu as fait de ton mieux, mais il est en train de mourir. Et il n'acceptera pas ton aide. Regarde, il essaie encore de ramper en direction du nord. Rien ne l'arrêtera.

Hannah avait raison, bien sûr. Claire finit par se jeter dans ses bras, en quête de réconfort. Lorsqu'elle eut le courage de regarder, le vampire n'était plus qu'un tas de cendres fumantes.

— Michael, chuchota-t-elle en tournant la tête vers le soleil. Nous devons trouver Michael !

L'ex-Marine se pétrifia quelques instants avant d'acquiescer.

— Ne tardons pas.

7.

Les grilles de l'université étaient fermées, et des hommes en tenue militaire noire montaient la garde. Armés jusqu'aux dents. Roulant au pas, Eve s'approcha d'eux et baissa sa vitre.

— On a une livraison pour Michael Glass. Ou Richard Morrell.

Le type mastoc qui se pencha vers elle lui parut intimidant jusqu'à ce qu'il aperçoive Hannah sur la banquette arrière : un sourire vint alors illuminer son visage le faisant ressembler à un gamin le matin de Noël.

— Hannah Montana ! s'écria-t-il.

Visiblement contrariée, elle rétorqua :

— Ne m'appelle plus jamais comme ça, Jessup, ou je t'étripe !

— Où est passé ton sens de l'humour ? J'ai appris que tu étais rentrée. C'était comment les Marines ?

— Beaucoup mieux que tes fichus Rangers.

— On ne serait pas un peu jalouse ?

Il se départit de son sourire et recouvra son sérieux pour ajouter :

— Désolé, H, les ordres sont les ordres. Qui t'envoie ? Et qui t'accompagne ?

— Oliver nous a chargées d'une mission, toutes les trois. Tu connais sans doute Eve Rosser... et voici Claire Danvers.

— Vraiment ? Je l'aurais imaginée plus grande... Salut, Eve, désolé de ne pas t'avoir reconnue tout de suite. Ça fait un bail.

D'un signe de tête, Jessup indiqua au second gardien que tout était en ordre : celui-ci passa son fusil en bandoulière pour composer le code qui commandait les immenses battants du portail ; ils se mirent lentement en branle.

— Sois prudente, Hannah, cette ville est plus dangereuse que la frontière entre l'Afghanistan et le Pakistan.

Sur le campus, la vie semblait, étonnamment, suivre son cours. Les oiseaux accompagnaient de leurs trilles le lever du soleil, et des étudiants (oui, des étudiants !) se rendaient en cours comme si aucun événement inhabituel n'était survenu. Ils discutaient en riant ou en hâtant le pas pour ne pas arriver en retard.

— J'y crois pas ! s'exclama Eve, aussi décontenancée que Claire. Je sais qu'on leur a demandé d'éviter la panique, mais là ça frise carrément le ridicule. Où est le bureau du doyen ?

Claire lui indiqua la direction. Après avoir négocié plusieurs virages serrés entre les résidences étudiantes et les amphithéâtres, Eve se gara sur le parking de l'administration. Les voitures de civils étaient rares.

Au moment de gravir les marches menant à l'entrée du bâtiment, Claire avisa deux gardes postés devant la porte principale. Hannah ne les connaissait pas. Après avoir décliné leurs identités et la raison de leur présence, elles furent brièvement fouillées, puis autorisées à entrer.

La dernière fois que Claire s'était rendue dans cet endroit, c'était pour procéder à des modifications d'emploi du temps ; elle se souvenait de couloirs pleins d'employés ronchons et d'étudiants nerveux, plus pressés les uns que les autres. À présent le calme régnait. Les rares employés assis derrière un bureau semblaient s'ennuyer. Elles remontèrent le couloir, au sol recouvert de moquette et aux murs tapissés de portraits officiels des anciens doyens de l'université et de notables. Pour la première fois, Claire se fit la réflexion que, à en juger par leur teint livide, un ou deux des anciens doyens avaient sans doute été des vampires. À moins qu'ils n'aient juste été de vieux barbons blafards. Difficile de trancher.

Dans la pièce où elles débouchèrent, elles trouvèrent non pas un militaire mais une secrétaire. Qui n'avait d'ailleurs rien à envier aux durs à cuire montant la garde dehors. Elle était campée derrière un grand bureau ancien sur lequel il n'y avait pas le moindre grain de poussière ni le moindre objet à l'exception d'une feuille de papier parfaitement centrée, d'un stylo et d'un téléphone noir multilignes. Aucun ordinateur. Ah si, planqué dans un petit meuble à roulettes, sur le côté.

La moquette dans cette pièce était si épaisse que Claire sentit qu'elle s'y enfonçait d'un bon centimètre ; elle avait l'impression de marcher dans de la mousse. D'épais lambris en bois sombre recouvraient les murs. Des tableaux et un éclairage tamisé. Les fenêtres étaient masquées par de beaux rideaux en velours et des haut-parleurs diffusaient de la musique, classique bien sûr. Claire se fit la réflexion que personne ne devait jamais changer de station pour mettre du rock.

— Madame Nance, se présenta la femme, se levant et tendant la main à chacune des trois nouvelles arrivantes.

Elle ne marqua aucune hésitation face à Eve, qui intimidait pourtant souvent ceux qui ne la connaissaient pas. Grande et mince, la femme portait un tailleur gris foncé et un chemisier gris clair. Ses cheveux, également gris, ondulaient avec régularité. Claire n'apercevait pas ses chaussures, mais elle aurait parié qu'elles étaient élégantes et grises.

— Je suis la secrétaire du doyen Wallace, vous avez rendez-vous ?

— Je dois voir Michael, répondit Eve.

— Je vous demande pardon ? Je ne crois pas connaître cette personne.

Le visage d'Eve se referma aussitôt et l'expression d'effroi dans son regard n'échappa pas à Claire. Pas plus qu'à Hannah, qui lança :

— Cessons tout de suite ce petit jeu, madame Nance. Où se trouve Michael Glass ?

La secrétaire plissa ses yeux bleu pâle, délavés comme un jean oublié en plein soleil.

— M. Glass est en réunion avec le doyen. Vous allez devoir patienter, je le crains, jusqu'à...

La porte au fond de la pièce s'ouvrit à la volée et Michael en sortit. Le cœur de Claire faillit exploser de joie. Michael était sain et sauf. Tout allait bien.

Sauf qu'il les dépassa sans s'arrêter. Sans même accorder un regard à Eve, qui le considéra, la mâchoire décrochée, les traits progressivement déformés par la peur.

— Michael ! s'écria Claire.

Aucune réaction.

— On doit le stopper ! ajouta-t-elle.

— Super, observa Hannah avant de se lancer à ses trousses avec les deux amies.

Heureusement pour elles, il ne courait pas. Claire et Eve le doublèrent dans le couloir et se placèrent en travers de son chemin. Ses yeux bleus avaient beau être grands ouverts, il ne semblait pas les voir. Repérant néanmoins un obstacle sur sa route, il s'immobilisa.

— Michael... commença Claire.

Bon sang, pourquoi n'avait-elle pas emporté de tranquillisants ? Pourquoi ?

— Michael, reprit-elle, tu ne peux pas sortir, le jour est déjà levé. Tu vas mourir.

— Il ne t'entend pas, intervint Hannah.

Elle avait raison. Il voulut les écarter de son passage, mais Eve posa une main sur sa poitrine.

— Michael ? C'est moi ! Tu me reconnais, non ? S'il te plaît ?

Il la fixa sans la voir, avant de la repousser. Brusquement. Hannah adressa un regard mauvais à Claire.

— Va chercher de l'aide ! Maintenant ! Je vais tenter de le retenir.

L'indécision de la jeune fille fut de courte durée : l'ex-Marine était, sans le moindre doute, mieux parée qu'elle pour faire face à l'hostilité de Michael. Elle tourna les talons et courut jusqu'à l'entrée, dépassant des employés interloqués et des fonctionnaires qui sirotaient leur café. Elle pila devant un soldat en uniforme noir.

— Richard Morrell, bredouilla-t-elle. Je dois le voir. Tout de suite.

Le militaire n'hésita pas une seule seconde. Il pressa une touche de la radio fixée sur son épaule et lança :

— Administration à Morrell.

— Morrell, j'écoute.

Le garde détacha la radio pour la tendre à Claire — celle-ci était plus lourde que les talkies-walkies.

— Richard ? C'est Claire. On a un gros problème. On doit empêcher Michael de sortir, comme tous les autres...

Comment dire « vampire » sans prononcer le mot ?

— … comme tous ceux qui sont aussi allergiques au soleil.

— Pourquoi diable voudraient-ils…

— Aucune idée ! Sauf que c'est le cas !

L'image de l'officier O'Malley en flammes jaillit dans son esprit et elle dut ravaler un sanglot.

— Aidez-nous, Richard. Ils sont tous attirés à l'extérieur.

— Repasse-moi le garde, ordonna-t-il. Je veux que vous accompagniez cette jeune fille et que vous l'aidiez. Sans poser de questions.

— Oui, monsieur. Après vous, ajouta-t-il à l'intention de Claire après avoir coupé la radio.

Au moment où ils atteignaient le couloir, un bruit de verre brisé leur parvint. Presque aussitôt, Hannah termina un vol plané à leurs pieds. Michael l'enjamba. Cramponnée à son bras, Eve tentait de le ralentir, mais il se débarrassa d'elle sans difficulté.

— On doit le retenir ! s'écria Claire.

Elle tenta de s'interposer, mais autant vouloir arrêter un train lancé à toute vitesse. Elle avait oublié qu'il était aussi fort depuis sa transformation.

— Écartez-vous, commanda le soldat en tirant un pistolet de sa ceinture.

— Non, ne…

Les fonctionnaires plongèrent sous leurs bureaux, abandonnant leurs cafés et agrippant la moquette. Le militaire visa la poitrine de Michael et tira à trois reprises. Au lieu des détonations retentissantes auxquelles Claire s'attendait, trois petits coups étouffés se succédèrent et trois flèches se fichèrent dans le torse de son ami, au-dessus de son cœur. Après avoir parcouru trois pas supplémentaires en direction de son assaillant, il tomba à genoux, au ralenti, et enfin s'écroula visage contre terre.

— La voie est libre, annonça le soldat avant de retourner Michael sur le dos et de retirer les flèches. Il restera inconscient environ une heure, sans doute pas davantage. Emmenons-le dans le bureau du doyen.

Hannah essuya le filet de sang qui s'échappait de sa bouche, toussa et se releva lestement. Elle aida les autres à soulever Michael. La plupart des tableaux allaient avoir besoin d'une restauration et d'un nouveau cadre. Enjambant les éclats de bois et de verre, ils rejoignirent le bureau de Mme Nance.

Au premier coup d'œil, celle-ci comprit la situation et se dirigea vers la porte qui comportait une plaque en cuivre discrète indiquant PR WALLACE – DOYEN. Elle cogna, puis ouvrit et les laissa passer.

Le doyen Wallace était une femme, ce qui prit Claire au dépourvu. Elle s'attendait à un homme d'âge moyen, grassouillet, et se retrouvait devant une grande femme gracieuse et élégante. Et jeune. Celle-ci avait des cheveux bruns, raides, qui lui tombaient aux épaules, et portait un tailleur noir tout simple qui ressemblait à celui de Mme Nance en moins classique. Et en plus « habité » surtout.

La doyenne ouvrit la bouche avant de se raviser. Elle désigna alors la banquette à l'extrémité de la pièce, face à son immense bureau.

— Mettez-le là. Que s'est-il passé ?

Elle avait un accent anglais. Non, définitivement, elle n'était pas originaire du Texas.

— On n'en sait rien, répondit Hannah en calant Michael avec des coussins. Mais ils sont tous victimes du même phénomène. Ils veulent sortir comme s'ils ignoraient ou se fichaient que le soleil soit levé. C'est plus fort qu'eux, ils sont attirés dehors.

Après quelques secondes de réflexion, la doyenne pressa un bouton sur son bureau.

— Madame Nance ? Je dois diffuser un message d'information via le système de communication d'urgence. Tous les vampires du campus doivent être immédiatement immobilisés ou neutralisés. Sans exception. C'est la priorité.

Le front plissé par l'inquiétude, elle considéra la petite troupe dans son bureau, puis expliqua :

— Michael semblait parfaitement maître de lui-même, je n'ai repéré aucun signe avant-coureur. J'ai cru qu'il devait se rendre quelque part. Rien dans son attitude ne m'a étonnée, du moins au début.

— Combien y a-t-il de vampires ici ? s'enquit Hannah.

— Certains professeurs, naturellement, cependant ils sont absents dans l'immédiat, puisqu'ils n'enseignent que de nuit. Aucun étudiant, à l'évidence. À l'exception de ceux qui accompagnaient Michael et Richard, je dirais cinq sur le campus. Il y en avait davantage, mais ils sont partis chercher refuge ailleurs avant l'aube.

La doyenne gardait son sang-froid, malgré la gravité des événements.

— Vous êtes Claire Danvers, je suppose, reprit-elle.

— Oui, madame, répondit celle-ci en acceptant la main qu'elle lui tendait.

— J'ai eu une discussion récente avec votre Protectrice, au sujet de vos progrès. Malgré les... défis que vous avez dû relever, vos résultats sont excellents.

Elle avait beau savoir que c'était débile, Claire ne put s'empêcher d'être flattée. Elle se sentit rougir et secoua la tête.

— Je ne suis pas sûre que ça ait beaucoup d'importance maintenant.

— Au contraire, croyez-moi.

Eve s'assit en tailleur, à côté de la banquette, et prit la main inerte de Michael dans la sienne. Elle avait l'air brisée. Adossée au mur, Hannah salua le militaire lorsqu'il quitta le bureau, avant de lancer :

— Alors, vous voulez bien m'expliquer comment vous avez pu déployer la moitié de l'armée américaine sur ce périmètre sans provoquer de panique ?

— Nous avons annoncé aux étudiants et à leurs parents que l'université prenait part à un exercice national de sécurité et que toutes les armes utilisées étaient factices. Ce qui, jusqu'à présent, constitue la stricte vérité, ou presque. Maintenir les étudiants sur le campus se révèle plus délicat, mais nous avons réussi en arguant de l'exercice. Ça ne pourra pas durer longtemps, néanmoins. Les étudiants originaires de Morganville trouvent toujours le moyen de s'informer, c'est donc une question de temps avant que les autres ne se rendent compte que nous les maintenons confinés et coupés du monde extérieur. Nous filtrons toutes les communications Internet et téléphoniques.

Elle secoua la tête, puis ajouta :

— C'est mon problème, pas le vôtre. Vous avez des questions bien plus urgentes à régler. On ne peut pas anesthésier tous les vampires de la ville, et surtout on ne peut pas les maintenir longtemps dans cet état.

— On n'aura jamais assez de tranquillisants, convint Hannah. L'alternative est la suivante : régler le problème à la source ou leur laisser la voie libre.

Après avoir signalé son arrivée d'un petit coup frappé à la porte, Mme Nance pénétra dans le bureau.

— Richard Morrell, annonça-t-elle avant de s'effacer devant lui.

Claire n'en crut pas ses yeux : le frère de Monica semblait être passé sous un rouleau compresseur – épuisé, hâve, les yeux rouges, il ne tenait sans doute que grâce à l'adrénaline et à une consommation intense de caféine. Comme eux tous, d'ailleurs. Tandis que la secrétaire refermait délicatement la porte derrière elle, Richard s'avança, le regard rivé sur le corps sans vie de Michael.

— Il est inconscient ? demanda-t-il d'une voix cassée, comme s'il avait beaucoup crié.

— Il dort du sommeil du juste, rétorqua Hannah. Ou du drogué. Claire, la radio.

Celle-ci avait complètement oublié qu'elle avait toujours son sac sur le dos. Elle en sortit aussitôt le dernier talkie-walkie et le remit à Richard en lui donnant les instructions d'Oliver. Il hocha la tête.

— Je pense que la situation exige une réunion stratégique, dit-il en approchant un fauteuil de la banquette.

Hannah et Claire l'imitèrent, alors qu'Eve restait par terre – comme si elle craignait de s'éloigner ne serait-ce qu'une seconde de Michael. Installée derrière son bureau, les mains jointes par le bout des doigts, la doyenne les observait avec intérêt.

— Je compose le code, c'est ça ? lança Richard.

Claire répondit d'un signe de tête et un petit bip confirma que la connexion était établie.

— Richard Morrell, à vous.

Au bout de quelques secondes, une voix inconnue s'éleva :

— Bien reçu, Richard. Vous êtes le dernier à venir au rapport. Ne quittez pas, bulletin à suivre.

Après une série de déclics, une nouvelle voix retentit :

— Ici Oliver. Ce message s'adresse à l'ensemble du réseau et présentera les mesures d'urgence. Maîtrisez les vampires de notre camp par tous les moyens nécessaires. Confinement en cellules, utilisation de chaînes ou de tranquillisants, servez-vous de ce que vous avez sous la main. Tant que nous n'aurons pas compris la raison et la cause de ce phénomène, nous ne devons lésiner sur aucune précaution durant le jour. Il semblerait que certains d'entre nous opposent une résistance à cet appel, ou qu'ils soient immunisés, toutefois cela pourrait changer à tout instant. Restez sur vos gardes. Dorénavant, nous ferons un point toutes les heures et chaque poste viendra au rapport. Université, à vous.

— Michael Glass et les autres vampires de notre groupe sont sous contrôle, expliqua Richard. Nous avons réussi à contenir les étudiants sur le campus mais ça ne marchera pas éternellement. Nous devrons ouvrir les grilles demain matin au plus tard. Même sans téléphone ni Internet, quelqu'un finira par cracher le morceau.

— On s'en tient au plan, dit Oliver. Les antennes relais devraient être hors d'usage d'ici une dizaine de minutes. Comme les lignes fixes sont déjà coupées, nous ne pourrons plus communiquer que par l'intermédiaire de ces radios. De quoi d'autre avez-vous besoin ?

— Un miracle ? Rien, tout va bien pour le moment. Je ne pense pas que quiconque tentera une attaque en plein jour avec le nombre de soldats déployés sur le campus.

Richard hésita avant d'ajouter :

— Oliver, des rumeurs me sont parvenues... au sujet de factions. Composées d'humains. Ça risque de compliquer la situation.

Oliver conserva le silence un instant, puis lâcha

— Oui, je comprends. Nous réglerons ce problème le moment venu.

Le patron du Starbucks passa ensuite au poste suivant, autrement dit la maison de Michael. Monica se chargea du rapport et Claire dut réprimer une envie irrépressible de grincer des dents. Après avoir dressé un rapide état des lieux, la sœur de Richard céda la place au suivant. À mesure que les comptes rendus s'enchaînaient la situation apparaissait de plus en plus claire : les vampires se divisaient en deux catégories, ceux irrésistiblement attirés dehors et les autres. Plongé dans ses pensées, Richard prit à nouveau la parole lorsque chacun eut parlé.

— Oliver, c'est Richard. Que se passe-t-il si tu te transformes en zombie ?

— Ça n'arrivera pas.

— Mais si ça arrive. Fais-moi plaisir, réponds à cette question : qui prend la tête des opérations dans ce cas-là ?

À l'évidence, Oliver n'avait aucune envie de considérer cette possibilité, et Claire perçut la colère à peine contenue dans sa voix quand il rétorqua .

— Toi. Et je me fiche de tes plans. Si nous en venons à confier la défense de Morganville à de simples humains, c'est que la bataille est déjà perdue. Terminé. Prochain rapport dans une heure.

La connexion fut interrompue.

— Voilà qui devrait vous rassurer, remarqua la doyenne. Il a fait de vous son héritier incontestable si l'Apocalypse a lieu. Félicitations.

— Ouais, sacrée promotion, riposta Richard en se levant. Cherchons un endroit pour Michael.

— Nous avons des caves au sous-sol. Les portes sont en acier, il n'y a pas de fenêtre. C'est là qu'ils emmènent les autres.

— Ça ira pour le moment. Je voudrais les conduire dès que possible en prison pour rassembler les détenus.

Le regard de Claire passa du visage d'Eve à celui, ensommeillé, de Michael. Elle l'imagina seul dans une cellule comme celle de Myrnin... Myrnin ! Avait-il ressenti cette attraction étrange, lui aussi, et Oliver avait-il réussi à le retenir dans ce cas ? Sans doute pas. L'alchimiste était de ceux que rien ne pouvait arrêter...

Elle soupira et aida les autres à transporter Michael dans sa prison temporaire, sous le regard effaré des fonctionnaires.

La vie reprit son cours, étrangement. La vie humaine en tout cas. Les gens s'aventurèrent dehors pour nettoyer les rues et trier les décombres des maisons ravagées par les incendies. La police rétablit progressivement l'ordre. Cependant, elle ne pouvait pas tout contrôler. Des groupes se formaient au coin des rues. Les gens discutaient. Se disputaient. Ce spectacle ne rassurait pas davantage Eve que Hannah ou Claire.

Les heures s'écoulaient. Elles avaient rejoint la voiture d'Eve et parcouru la ville pour récolter des informations sur la formation de factions, quand elles aperçurent une centaine de personnes réunies dans le parc. Un type que Claire ne connaissait pas avait même un porte-voix.

— Sal Manetti, expliqua Hannah. Un fauteur de trouble dans l'âme. Je crois qu'il a bossé dans l'équipe de Cap'taine Flagrant pendant un temps, mais ils se sont brouillés. Sal voulait plus d'action et moins de blabla.

Ça sentait mauvais. Très mauvais même quand on voyait le nombre de personnes assemblées pour l'écouter.

Eve proposa de se rendre au Starbucks pour faire un compte rendu précis à Oliver. Elle confia sa voiture à Hannah, qui, après avoir livré une cargaison de poches de sang récupérées dans les réserves de l'université, devait ramener Claire à la maison. C'est à ce moment-là que la situation se mit à dégénérer. La radio réclama subitement leur attention. Claire composa le code et un bruit assourdissant s'échappa aussitôt du haut-parleur.

Elle crut entendre quelqu'un appeler « Oliver », mais elle n'aurait pu l'affirmer. Les questions qu'elle hurlait dans le micro restaient sans réponse. Comme si quelqu'un avait appuyé sur le talkie-walkie par accident, au milieu d'une bagarre, et que tout le monde était trop occupé pour répondre. La communication fut brusquement coupée. Claire échangea un regard avec Hannah.

— Il vaudrait mieux…

— Filer au Starbucks ? Oui, reçu cinq sur cinq.

À leur arrivée, Claire repéra d'abord les éclats de verre. Les rideaux de fer étaient relevés et les deux vitrines avaient été fracassées de l'intérieur : les brisures éparpillées sur le trottoir allaient jusqu'à la chaussée. Il régnait un calme irréel.

— Eve ?

Claire s'élança avant que Hannah ait pu lui intimer de ne pas quitter la voiture.

Elle se jeta contre la porte d'entrée, qui résista. Fermée à double tour.

— Hé ! Tu vas m'attendre, oui ? s'emporta l'ex-Marine.

Elle retint Claire par le bras au moment où celle-ci se baissait pour passer par une des vitrines brisées.

— Tu vas te faire mal, ajouta-t-elle. Une seconde.

À l'aide de la crosse de son pistolet, elle fit tomber des pans de verre et, sans laisser le temps à Claire de se faufiler dans le café, enjamba la première le rebord en bois. La jeune fille la suivit et Hannah ne tenta pas de l'en empêcher : elle savait sans doute que ce serait vain.

— Bon sang… souffla-t-elle.

Claire découvrit quelques secondes plus tard l'état des lieux ; la plupart des tables et des chaises étaient renversées ou repoussées contre les murs, le sol était jonché de vaisselle brisée, et cinq personnes étaient à terre, inanimées. Hannah établit un bilan rapide des victimes. Pour deux d'entre elles, il était trop tard : la militaire secoua la tête d'un air désolé. Bien que blessées, les trois autres étaient encore en vie.

Il n'y avait pas un seul vampire dans le café et pas plus de signe d'Eve. Claire disparut derrière le rideau et découvrit de nouvelles traces de lutte. Pas un seul corps, en revanche. Prenant une profonde inspiration, elle ouvrit l'immense armoire réfrigérée. Elle était toujours remplie de poches de sang mais ne contenait aucun cadavre.

— Tu as trouvé quelque chose ? lui lança Hannah de l'autre côté du rideau.

— Il n'y a personne ici. Ils ont laissé le sang.

— Bizarre... On aurait pu croire que c'était leur priorité numéro un, non ? Pourquoi attaquer cet endroit et repartir sans le butin ?

Elle examina attentivement le café saccagé.

— Le verre a été brisé de l'intérieur, conclut-elle. Aucun signe d'effraction au niveau des portes, que ce soit à l'avant ou à l'arrière. Je ne pense pas qu'il y ait eu d'agression extérieure.

Le ventre noué par une angoisse profonde, Claire referma l'armoire avant de répliquer :

— Tu penses que les vampires se sont battus pour sortir.

— Oui. Oui, exactement.

— Oliver aussi.

— Oliver, Myrnin, tous. Le signal qui les attire a dû être poussé au maximum.

— Et où est passée Eve, alors ?

— Nous n'avons aucune certitude, répondit Hannah en secouant la tête. Nous devons nous contenter de suppositions. Appelons des renforts, nous analyserons ensemble la situation.

Elle continuait à observer la rue.

— S'ils sont sortis, ajouta-t-elle, la plupart d'entre eux auront supporté le soleil un moment, mais ils en garderont des blessures. Certains en revanche n'auront pas été très loin.

Comme le policier que Claire avait vu brûler sous son nez.

— Tu penses que c'est Bishop ? demanda-t-elle d'une toute petite voix.

— J'espère.

— Pourquoi ? rétorqua Claire, interloquée.

— Parce que si ce n'est pas lui, la surprise risque d'être encore pire.

8.

Trois heures plus tard, les humains n'étaient pas beaucoup plus avancés.

N'étant pas parvenues à repérer la trace de ceux qui s'étaient échappés du Starbucks, Hannah et Claire avaient fini par se replier chez Michael, pour des raisons stratégiques – la maison était à la fois centrale et proche de la mairie. Richard Morrell les rejoignit, accompagné de plusieurs autres policiers, et établit son QG dans la cuisine. Claire se creusait la tête pour trouver le moyen de nourrir tout le monde quand on frappa à la porte.

Mamie Day. La vieille femme, drapée dans sa fierté et appuyée sur sa canne, posa sur Claire des yeux décolorés par la vieillesse.

— Je refuse de rester avec ma petite-fille, dit-elle. Je ne veux pas prendre part à ça.

Claire s'effaça aussitôt pour la laisser entrer.

— Comment êtes-vous venue ? lui demanda-t-elle en poussant les verrous.

— À pied, je sais encore très bien me servir de mes jambes. Personne ne m'a embêtée.

Qui prendrait un risque pareil ?

— Mon petit Richard ? reprit la vieille dame. Êtes-vous ici ?

— Madame ? Que faites-vous là ?

Le fils Morrell sortit de la cuisine ; il paraissait dix ans de moins – Mamie Day avait cet effet sur les gens.

— Ma folle de petite-fille a perdu la tête. Il est hors de question que je sois mêlée à ce micmac. Pousse-toi, mon garçon, je vais vous préparer à déjeuner.

Sous le regard mi-amusé mi-inquiet de Claire, elle déplora l'état de la cuisine et l'absence de provisions, avant de lui distribuer des ordres – la jeune fille se prêta au jeu de bonne volonté. Un quart d'heure plus tard, tout le monde était attablé autour d'un monceau de sandwichs et d'un pichet de thé glacé, tandis que Mme Day se reposait dans le salon. À l'invitation de Richard, Claire avait pris un siège, non sans hésitation. Les inspecteurs Joe Hess et Travis Lowe, également présents, se restauraient avec appétit. Si Claire se sentait épuisée, ils étaient dans un état bien pire. Le premier, grand et mince, avait le bras gauche en écharpe et, comme son collègue plus trapu, il portait des traces de coups et des plaies prouvant qu'ils avaient joué des poings une ou deux fois.

— Alors, lança Joe, on a une idée de l'endroit où se dirigent les vampires ?

— Toujours pas, répondit Richard. On les a pris en filature, mais ils parviennent toujours à nous semer.

— Ils ne sont pas ralentis par le soleil ? s'étonna Claire. Je croyais...

— Ils fument... expliqua Travis entre deux bouchées de sandwich à la dinde et au fromage. L'étape suivante, c'est la carbonisation. Cependant, les plus vieux s'adaptent. Ils ne sortent pas sans protection, ils mettent des chapeaux et s'emmitouflent dans des manteaux ou des couvertures. J'en ai même vu un entortillé dans une couette Bob l'Éponge. C'est pour les jeunes vampires que le danger est le plus grand. Ceux qui ne sont pas assez prudents n'atteindront pas leur destination.

Claire songea aussitôt à Michael avec un coup au ventre. Avant qu'elle n'ait eu le temps de poser la question, Richard, qui avait interprété son expression, secoua la tête.

— Ton ami va bien. Je m'en suis assuré personnellement. Il est enfermé dans une pièce capable de résister à ses assauts, comme tous les vampires que nous avons pu attraper à temps. Michael est d'ailleurs moins puissant que d'autres. Il ne peut pas tordre des barreaux d'acier à mains nues. Pas encore en tout cas.

— Des nouvelles de…

Richard, qui lisait décidément en elle comme dans un livre ouvert, ne la laissa pas terminer sa question :

— Aucun signe d'Eve. J'aurais voulu la localiser via son téléphone portable, seulement pour ça il aurait fallu rétablir les lignes et c'est trop dangereux dans l'immédiat. J'ai demandé aux gars qui patrouillent d'ouvrir l'œil, malheureusement nous avons beaucoup d'autres problèmes à régler, Claire.

— Je sais, mais…

Les mots lui manquaient. Au fond d'elle, elle sentait qu'Eve était dans une situation dangereuse et qu'ils devaient la retrouver.

— Alors, s'écria Joe Hess en s'approchant de la carte de la ville scotchée au mur. Elle est à jour ?

Le plan était couvert de points de couleur : bleu pour les positions tenues par Amelie, rouge pour celles de Bishop, noir pour celles réduites en cendres ou saccagées, autrement dit trois maisons, l'hôpital et la banque du sang.

— Plus ou moins, répondit Richard. On ne sait pas si les vampires abandonnent les positions de Bishop. Quant aux postes en bleu, ceux d'Amelie, ils ont tous été désertés.

— Où les vampires ont-ils été vus pour la dernière fois ?

Après avoir consulté ses notes, Richard ajouta des gommettes jaunes sur la carte. Claire comprit presque aussitôt la signification de leur emplacement.

— Ce sont les portails, dit-elle. Myrnin a rétabli le réseau pour leur permettre de se déplacer.

Si les inspecteurs ne cachaient pas leur perplexité, Richard, lui, acquiesça.

— Oui, j'en ai entendu parler, et ton hypothèse est très plausible. Mais où se rendent-ils ?

Elle haussa les épaules d'impuissance.

— Ça pourrait être n'importe où. Je ne connais pas toutes les destinations. Seuls Myrnin et Amelie détiennent cette information, je crois.

Elle éprouvait un soulagement inexplicable à l'idée que les vampires ne déambulaient pas en plein jour, risquant de se transformer en torches vivantes à tout instant. Elle ne tenait pas à ce que ça leur arrive... pas même à Oliver.

Enfin, peut-être que si, mais pas aujourd'hui.

Les trois hommes l'étudièrent quelques secondes avant de reporter leur attention sur la carte, discutant périmètres et stratégies pour les patrouilles, autant de sujets qui ne concernaient pas directement Claire. Après avoir terminé son sandwich, elle gagna le salon où Mamie Day, ratatinée dans l'immense fauteuil à oreilles et les pieds posés sur la table basse, discutait avec Hannah.

— Hé, ma petite, installe-toi, lança la vieille dame.

Claire se percha sur l'accoudoir du canapé et observa la pièce. La plupart des vampires avaient disparu – ou plutôt avaient été enfermés quand ils ne s'étaient pas échappés. Incapable de contrôler sa nervosité, Claire se frottait sans arrêt les mains. Shane aurait déjà dû être là. D'après Richard Morrell, l'équipe aux commandes de la Collecte-Mobile avait été remplacée par une autre, du coup Shane était autorisé à rentrer se reposer. Et Claire avait besoin de lui.

Mamie Day la considérait de ses prunelles délavées et empreintes de sympathie.

— Tu te fais du souci ? demanda-t-elle avec un sourire. Je te comprends.

— Vraiment ?

Claire ne chercha pas à dissimuler sa surprise : la plupart des adultes continuaient à prétendre que tout allait bien.

— Bien sûr, mon canard. Morganville est sous la coupe des vampires depuis longtemps et ils n'ont pas toujours été très miséricordieux. Certains citoyens ont été blessés, d'autres tués sans raison. L'injustice nourrit les rancœurs.

Inclinant la tête en direction de la bibliothèque, elle ajouta :

— Apporte-moi ce livre rouge là-bas, celui avec la lettre N.

Il s'agissait du volume d'une encyclopédie, que Claire déposa sur les genoux de la vieille dame. De ses doigts noueux, cette dernière le feuilleta à la recherche d'une page particulière. Elle tendit ensuite l'ouvrage à Claire. L'article était intitulé : « New York, émeutes de la conscription, 1863 ». Les illustrations montraient le chaos : foule déchaînée, bâtiments en feu. Et d'autres choses plus terribles. Bien plus terribles.

— Les gens ont la mémoire courte, reprit la vieille dame. Ils oublient ce qui peut arriver lorsque les mécontentements s'accumulent. Ces New-Yorkais étaient en colère parce qu'on les envoyait au front. Et sur qui ont-ils passé leurs nerfs, à ton avis ? Sur des Noirs essentiellement. Des gens trop faibles pour riposter. Ils ont même brûlé un orphelinat et ils auraient tué tous les enfants qui s'y trouvaient s'ils en avaient eu l'occasion.

Elle secoua la tête et fit claquer sa langue pour manifester sa désapprobation.

— Le même phénomène s'est produit à Tulsa en 1921, lors des émeutes de Greenwood. Les gens prétendaient que les Noirs leur piquaient le travail. Et quand les Français ont fait la révolution, ils ont arrêté tous les gens riches pour leur couper la tête. Qu'ils soient ou non directement responsables. C'est toujours pareil : on se met en colère et on prend des boucs émissaires à qui le faire payer, peu importe qu'ils soient innocents. L'histoire se reproduit constamment.

— Comment ça ? demanda Claire, parcourue d'un frisson.

— Réfléchis un peu à ce qui s'est passé en France, ma petite. Les vampires nous tiennent sous leur coupe depuis un moment, exactement comme ces aristocrates. En tout cas, c'est que les gens de Morganville semblent croire. Et subitement, après des générations de ressentiment accumulé, ils se retrouvent libres. À ton avis, ils ne se retourneront pas contre nous, à un moment donné ?

Le sang de Claire se figea. Elle songea au père de Shane, au fanatisme qui allumait son regard. Il aurait pris sans hésiter la tête d'une de ces émeutes. Il aurait été du genre à aller débusquer les collaborateurs et les renégats pour les pendre aux lampadaires.

Hannah tapota le fusil dans son giron – elle avait rangé le pistolet spécial vampires maintenant qu'ils avaient disparu.

— Ils ne viendront pas ici, mamie. Morganville ne sera pas le nouveau Greenwood.

— Je ne m'inquiète pas vraiment pour toi ou moi. C'est plutôt aux Morrell que je pense. Ils viendront les chercher tôt ou tard. Cette famille est l'incarnation par excellence de l'Ancien Régime.

Se demandant si Richard en était conscient, Claire prit congé pour retourner dans la cuisine, où les policiers étaient toujours en pleine discussion.

— Mamie Day estime qu'il va y avoir du grabuge. Pas du côté des vampires, mais de celui des citoyens ordinaires. Comme cet attroupement dans le parc. Sans négliger la menace que constitue Lisa Day. Selon Katherine, vous devriez protéger votre famille, Richard.

Il acquiesça.

— C'est déjà fait. Mes parents se trouvent à la mairie, et Monica est en route pour les rejoindre.

Il marqua une pause, puis ajouta :

— Mais tu as raison, je vais m'assurer qu'elle arrivera là-bas entière et ne viendra pas gonfler les statistiques.

Son visage s'était crispé, démentant son ton détaché. Il avait sans doute toutes les raisons d'être inquiet. Joe Hess et Travis Lowe échangèrent un regard qui en disait long. « Elle le mérite, songea Claire. Monica Morrell mérite tout ce qui risque de lui arriver. » Pourtant, les images de l'encyclopédie ne cessaient de la hanter.

La porte d'entrée claqua et elle pivota aussitôt sur les talons pour se précipiter vers la porte de la cuisine... où elle tomba nez à nez avec Shane, qui la souleva dans ses bras.

— Tu es là, dit-il en la serrant si fort qu'elle eut l'impression qu'il allait lui casser des côtes. La vache, Claire, tu me rends la vie impossible. J'ai passé la journée à flipper. Pour commencer, j'apprends que tu es lâchée en plein Vampire City, ensuite que tu te balades avec Eve en ville comme un appât à roulettes...

— Tu es bien placé pour parler ! rétorqua-t-elle avant de s'écarter pour examiner son visage. Tout va bien ?

— Pas une égratignure, répondit-il avec un sourire. Dingue, non ? En général, je suis le spécialiste des blessures de guerre. Le plus dur que j'ai eu à faire, ça a été de me garer pour laisser descendre une poignée de sangsues qui auraient dézingué la camionnette sinon. Tu aurais été fière de moi, je les ai même déposés dans un endroit à l'abri du soleil.

Son sourire disparut, mais son regard conserva toute sa chaleur quand il ajouta :

— Tu as l'air fatiguée.

— Ah oui, tu trouves ?

Elle ne put retenir un bâillement et s'excusa.

— Tu devrais profiter qu'il fasse encore jour pour t'allonger un peu.

Examinant autour de lui, il ajouta :

— Où est Eve ?

Personne n'avait tenu Shane au courant. Claire ouvrit la bouche, pourtant les mots ne parvinrent pas à franchir le nœud dans sa gorge. Ses yeux s'emplirent de larmes. « Je ne sais pas, aurait-elle voulu répondre. Elle a disparu. » Seulement le dire tout haut reviendrait à admettre la réalité.

— Hé, murmura-t-il en lui caressant la tête. Hé, qu'est-ce qui ne va pas ? Où est-elle ?

— Elle était au Starbucks, finit-elle par bafouiller, et...

Il suspendit le mouvement de ses mains et écarquilla les yeux.

— Elle s'est envolée, réussit-elle à articuler avant qu'une vague de désespoir la submerge. Elle est quelque part, je ne sais pas où.

— Sa voiture est dehors.

— C'est Hannah qui l'a conduite jusqu'ici, répliqua Claire en inclinant la tête vers l'ex-Marine, qui s'était approchée et les observait en silence.

Il la gratifia à peine d'un coup d'œil.

— Bon, conclut-il, Michael est en sûreté, nous deux aussi. On va partir à la recherche d'Eve.

Richard Morrell s'agita sur son siège.

— Ce n'est pas une bonne idée.

Le regard que Shane lui jeta aurait sans doute collé la frousse à un vampire.

— Tu veux essayer de m'en empêcher, Richie ?

Richard le dévisagea un instant, puis reporta son attention sur la carte.

— Personne ne te retiendra. On a bien d'autres problèmes à régler, et notamment une ville entière de citoyens à servir et protéger. Eve n'est qu'une parmi d'autres.

— Peut-être bien, mais c'est celle qui compte le plus à nos yeux. Viens, ajouta-t-il en prenant Claire par la main.

— Ça vous embête si je monte devant, demanda Hannah, négligemment adossée au mur.

— Si ton fusil t'accompagne, aucun problème.

Dehors régnait une atmosphère étrange – paisible et pourtant vibrante d'excitation. Il y avait du monde dans les rues, des groupes continuaient à se former. Si, pour l'essentiel, les boutiques étaient fermées, Claire remarqua non sans angoisse que ce n'était ni le cas des bars, ni de l'armurier. Et ça ne laissait rien présager de bon.

Les portes de l'université avaient ouvert et les gardes distribuaient des laissez-passer aux étudiants qui le souhaitaient – l'histoire de l'exercice militaire semblait toujours tenir.

— Purée, grommela Shane en s'engageant dans une rue qui menait au cœur de la ville et à la place de la Fondatrice.

Les attroupements étaient encore plus nombreux dans ce coin-là.

— Je n'aime pas ça, reprit-il. J'aperçois Sal Manetti là-bas. C'était un des potes de beuverie de mon père, à la grande époque.

— Les flics ne le portent pas non plus dans leur cœur, observa Hannah en indiquant les véhicules de patrouille qui bloquaient la rue devant eux.

En plissant les yeux, Claire constata que les policiers étaient sortis pour se placer en ligne, prêts à réagir en cas de débordement.

— La situation peut déraper à tout instant, ajouta la militaire. Il suffit que quelqu'un craque une allumette et ce sera l'explosion généralisée.

Claire se rappela ce que Shane lui avait dit, au sujet de l'arrivée en ville de son père ; il y pensait sans doute aussi.

— Nous devons retrouver la trace d'Eve, lança-t-il en secouant la tête. Des suggestions ?

— Elle nous a peut-être laissé des indices, proposa Claire. Au Starbucks. On aurait sans doute intérêt à repartir de là.

Le café était toujours désert, les rideaux de fer baissés et la porte d'entrée fermée à double tour. Ils se garèrent dans l'allée, à l'arrière, où il n'y avait rien hormis les poubelles et…

— Qu'est-ce que c'est... commença Shane en pilant.

Il bondit aussitôt dans l'impasse pour ramasser un petit objet, qu'il apporta à Claire : un petit bonbon blanc en forme de tête de mort. Elle cligna des yeux avant de scruter le reste de l'allée.

— Elle a semé des pastilles à la menthe ? s'étonna-t-elle.

— Apparemment. On va devoir les suivre à pied.

Hannah ne semblait pas très chaude, mais Shane n'avait pas l'intention d'organiser un vote à main levée. Ils verrouillèrent la voiture et partirent à la chasse aux petits crânes blancs.

— Par ici ! s'écria Hannah à l'angle d'une rue. On dirait qu'elle en a laissé un à chaque intersection. Malin. Elle est passée par là.

Ils progressèrent de plus en plus vite. Les bonbons, bien en vue, se repéraient facilement. Claire remarqua qu'ils étaient le plus souvent dans des endroits à l'ombre, ce qui semblait logique si Eve se trouvait avec Myrnin ou d'autres vampires. Pourquoi les avait-elle suivis ? Peut-être n'avait-elle pas eu le choix.

Ils perdirent sa trace au bout de quelques pâtés de maisons. Les pastilles les avaient conduits dans un quartier où Claire n'avait jamais vraiment mis les pieds – il consistait essentiellement en vieux immeubles désaffectés qui s'effritaient sous les assauts constants du temps et du soleil. Cet endroit désert respirait le désespoir.

— Et maintenant ? demanda Claire en promenant son regard autour d'elle.

Un objet brillant coincé sous une poubelle en métal rouillé retint soudain son attention : un collier en cuir noir avec des picots argentés. Celui qu'Eve portait le matin même. Sans un mot, Claire le tendit à Shane qui décrivit un lent tour sur lui-même tout en observant les immeubles à l'abandon.

— Allez, Eve, marmonna-t-il, encore un petit effort. On a besoin d'un signe, n'importe quoi.

Il se pétrifia tout à coup.

— Vous entendez ?

Hannah pencha la tête. Postée à l'entrée de la ruelle, elle tenait le fusil avec une décontraction qui forçait le respect.

— Quoi ? fit-elle.

— Vous n'entendez pas ?

Claire avait identifié un bruit elle aussi : la sonnerie d'un téléphone portable. Plus exactement une sonnerie à ultrasons – elle avait entendu dire que, passé un certain âge, on ne les percevait plus, et les lycéens s'en servaient pour s'appeler ou échanger des textos pendant les heures de cours.

— Je croyais que le réseau ne marchait plus, observa-t-elle en sortant son portable de sa poche.

Le réseau avait apparemment été rétabli. Claire se demanda si c'était le fait de Richard ou si le camp d'Amelie avait perdu le contrôle des relais téléphoniques. Les deux solutions étaient aussi plausibles l'une que l'autre.

Ils mirent la main sur le portable à temps, juste avant la dernière sonnerie. C'était celui d'Eve, avec sa coque rouge et ses porte-bonheur en forme de têtes de mort ; il avait été abandonné dans l'embrasure d'une porte branlante.

— Qui appelait ? interrogea Claire.

Shane consulta le journal des appels avant de répondre :

— Richard. On dirait bien qu'il la cherchait pour de bon, lui aussi.

Le portable de Claire vibra, une fois. Un sms. Il venait d'Eve et elle le lui avait envoyé plusieurs heures auparavant – au moment où le réseau était hors service. « SOS@ German » indiquait-il. Claire le montra à Shane.

— Tu comprends quelque chose ?

— SOS, c'est un appel à l'aide, mais German...

Il se tourna vers Hannah, qui les rejoignit.

— German, l'usine à pneus. Saleté ! Elle s'étend sur l'équivalent d'au moins deux terrains de foot, je n'aime vraiment pas ça.

— On devrait prévenir Richard, suggéra Claire.

Quand la ligne n'était pas occupée, le réseau se montrait capricieux.

— Je ne poireaute pas plus longtemps, lança Shane. Allons chercher la caisse.

9.

L'usine à pneus était située à un jet de pierre de l'ancien hôpital, qui rappelait à Claire de très, très mauvais souvenirs. Shane et elle avaient failli laisser leur peau dans cet endroit sordide. Bref, elle n'en était pas dingue. Lorsque l'imposante bâtisse apparut au détour d'une rue, elle se rappela soudain que sa démolition avait été programmée et s'étonna à haute voix de le voir toujours debout.

— Apparemment, il y a eu du retard, lui répondit Shane, qui ne semblait pas s'en réjouir plus qu'elle. Une histoire de patrimoine. Je parie que ceux qui veulent préserver cet endroit ne se sont jamais retrouvés coincés à l'intérieur avec des fous sanguinaires.

Claire observait la silhouette monstrueuse de l'hôpital ; les colonnes fissurées et penchées paraissaient tout droit sorties d'un des jeux vidéo de zombies de Shane.

— Ne sois pas planquée ici, Eve, murmura-t-elle. Je t'en supplie…

Elle n'était pas sûre d'avoir le courage d'aller les chercher, Myrnin et elle, s'ils se terraient là.

— Voici German, dit Hannah en indiquant le côté opposé de la rue.

Claire n'avait prêté aucune attention à l'usine lors de sa précédente visite – sans doute trop obnubilée par sa propre survie. Le bâtiment carré, à quatre niveaux, était de cette couleur beigeasse qui avait visiblement la faveur de tout le monde dans les années 1960. Les rares vitres intactes étaient recouvertes de peinture. Bref, l'usine formait un cube de béton uniforme qui n'avait rien de remarquable à l'exception de sa taille – il s'étendait sur au moins trois blocs.

— Tu es déjà entrée là-dedans ? demanda Shane à Hannah, qui étudiait le lieu avec concentration.

— Pas depuis une éternité. Ça nous arrivait de nous réfugier là quand on séchait les cours. Comme tous les jeunes à cette époque. C'était le boxon à l'intérieur, une vraie décharge. Du matos partout, des murs qui tombaient en ruine et des plafonds qui ne valaient pas mieux. Si vous voulez monter au premier étage, faites gaffe à vous. Regardez bien où vous posez les pieds et ne vous fiez pas aux escaliers en fer, les marches étaient déjà branlantes à mon époque.

— On va entrer ? s'enquit Claire d'une petite voix.

— Non, répondit Shane. Toi, tu ne vas nulle part. Tu restes ici et tu te charges de contacter Richard pour lui communiquer notre position. Hannah et moi, on va partir en éclaireurs.

L'ex-Marine n'avait pas l'intention de discuter... et, de toute façon, il ne lui en laissa pas le temps, claquant déjà sa portière. Après avoir signifié à Claire de s'enfermer, ils se faufilèrent par un trou dans la clôture rouillée. Elle les suivit du regard jusqu'à ce qu'ils disparaissent à l'angle du bâtiment. Elle se rendit alors compte qu'elle ne sentait plus ses doigts tant ils étaient crispés sur son portable. Après avoir pris une profonde inspiration, elle composa à nouveau le numéro de Richard. Rien. Le réseau jouait au yoyo. Le signal de la radio était faible, mais elle tenta malgré tout sa chance. Elle obtint une réponse, malheureusement noyée dans la friture. Dans l'espoir, un peu fou, que quelqu'un réussirait à l'entendre malgré le bruit, elle expliqua où elle se trouvait.

Elle laissa échapper le talkie-walkie en hurlant lorsque quelqu'un tambourina brusquement contre sa vitre. Claire reconnut la blouse en soie – sa blouse en soie – avant celle qui la portait : Monica n'était plus que l'ombre d'elle-même. Hors d'haleine, transpirante, les cheveux emmêlés, le visage barbouillé de maquillage. Elle avait pleuré. Une estafilade lui barrait la joue droite, où un bleu était en train d'apparaître. Des taches de boue et de sang maculaient le top. Elle se tenait le bras gauche comme si elle était blessée.

— Ouvre-moi ! s'époumona-t-elle en frappant à nouveau au carreau. Fais-moi monter !

Claire jeta un coup d'œil par la lunette arrière : une foule de trente ou quarante personnes remontait la rue, au pas de course pour certains, plus calmement pour d'autres. Quelques-uns brandissaient des battes de base-ball, des planches et des tuyaux. Quand ils aperçurent Monica, ils poussèrent un cri qui n'avait rien d'humain, et Claire retint son souffle devant une telle sauvagerie et une telle soif de violence.

Pour la première fois depuis que Claire la connaissait, Monica semblait vulnérable.

— S'il te plaît, aide-moi, répéta-t-elle en appliquant sa paume sur la vitre.

Claire souleva aussitôt le loquet, mais la fille du maire s'éloignait déjà en boitant. Se faufilant sur le siège avant, Claire constata que Shane avait laissé les clés sur le contact. Elle démarra, enclencha le levier de vitesse et appuya si fort sur la pédale d'accélérateur qu'elle faillit percuter le trottoir avant d'avoir redressé le volant. Elle rattrapa rapidement Monica, qu'elle dépassa. Elle pila, se pencha pour ouvrir la portière côté passager et hurla :

— Grimpe !

Celle-ci bondit à l'intérieur et Claire accéléra au moment où quelque chose heurtait l'arrière de la voiture – une brique peut-être. Une pluie de pierres plus petites suivit une seconde plus tard. Claire fit une grande embardée, puis reprit le contrôle du véhicule. Son cœur battait la chamade et ses mains moites glissaient sur le volant.

— Ça va ? demanda-t-elle.

Pantelante, Monica lui jeta un regard noir.

— Non, bien sûr que non, ça ne va pas ! cracha-t-elle tout en essayant de se recoiffer de ses mains tremblantes. Je n'en reviens pas que tu poses une question aussi débile. En même temps, qu'est-ce que j'attendais d'une tocarde de ton espèce...

Claire arrêta la voiture et se tourna vers elle.

— Je vais t'expliquer un truc très simple. Soit tu te conduis comme un être humain pour changer, soit tu te débrouilles toute seule. Pigé ?

Monica lança un coup d'œil par-dessus son épaule.

— Ils arrivent !

— Oui, bien observé. Alors, c'est pigé ?

— D'accord, oui, O.K. ! Comme tu veux ! balbutia-t-elle avant de considérer avec terreur la foule qui approchait.

De nouvelles pierres arrosèrent la carrosserie et l'une d'elles atterrit sur la lunette arrière, si violemment que Claire tressaillit.

— Sors-moi de là ! S'il te plaît ! reprit Monica.

— Accroche-toi, je ne conduis pas très bien.

C'était l'euphémisme du siècle. Non seulement la voiture d'Eve, massive, semblait n'en faire qu'à sa tête, mais en plus Claire, qui n'avait pas pris le temps de régler le siège, avait du mal à atteindre les pédales. On pouvait en revanche lui reconnaître une chose : elle roulait à peu près droit et vite. Les roues ne frottèrent contre le trottoir que deux fois.

Une fois qu'elles furent hors d'atteinte de la pluie de caillasses et que le plus coriace de leurs poursuivants se fut découragé, Claire se rappela enfin qu'elle devait respirer. Cette partie de la ville était décidément déserte... en même temps, elle avait eu cette impression précédemment jusqu'à ce que Monica et son fan-club déboulent. La carcasse massive de l'usine filait toujours du côté passager – un mur de briques et de fenêtres aveugles long de plusieurs kilomètres.

Claire gara la voiture en face, devant un ancien entrepôt abandonné à la rouille.

— Viens, dit-elle.

— Quoi ? s'étouffa Monica en la voyant retirer la clé du contact et sortir. Tu vas où ? On doit dégager d'ici ! Ils étaient prêts à me tuer !

— Et c'est sans doute encore le cas, rétorqua Claire. Je te conseille donc de descendre, à moins que tu n'aies envie de les attendre.

Elle fit mine de ne pas entendre ce que Monica grommelait – et qui n'avait rien d'un compliment –, et croisa les doigts pour que la voiture ne soit pas victime d'un carnage ; cependant la foule semblait déterminée et le simple fait que Monica y ait posé son derrière la condamnait sans doute à la destruction. Avec un peu de chance, le plan de Claire fonctionnerait et les émeutiers s'imagineraient qu'elles s'étaient engouffrées dans l'entrepôt. Elle conduisit Monica, qui boitillait, à l'opposé, en direction du grillage qui clôturait l'usine de pneus. Le treillis métallique était déchiré à proximité de l'un des poteaux, ce que dissimulait un enchevêtrement de verdure. Après s'y être faufilée, Claire écarta le pan de grille pour sa compagne.

— Tu te décides ? demanda-t-elle en la voyant hésiter. Parce que tu sais quoi ? Je me fous carrément que tu viennes ou pas. Autant que tu le saches.

Monica la suivit sans faire le moindre commentaire et le grillage retomba en place. Sauf pour un observateur très scrupuleux, l'ouverture passerait inaperçue.

L'usine projetait une immense ombre noire sur le parking envahi par les mauvaises herbes. Quelques camions rouillés étaient encore garés ici et là ; Claire s'en servit pour masquer leur progression vers le bâtiment principal, même si elle doutait que les excités de service aient déjà gagné suffisamment de terrain. Monica suivait le mouvement sans rechigner : cette petite course-poursuite lui permettrait peut-être de gagner en humilité. Peut-être.

— Attends, lança-t-elle au moment où Claire s'apprêtait à bondir vers une fenêtre brisée du rez-de-chaussée pour pénétrer dans l'usine. Tu peux m'expliquer ce que tu fabriques ?

— Je cherche mes amis. Ils sont à l'intérieur.

— Il est hors de question que j'entre là-dedans, déclara Monica avec un air de dédain qui aurait été plus convaincant si elle n'avait pas été aussi débraillée et collante de sueur. Je me rendais à la mairie quand ces abrutis se sont jetés sur ma caisse pour crever mes pneus. Je dois rejoindre mes parents.

Elle espérait sincèrement que Claire s'inclinerait devant de tels arguments ?

— Tu ferais mieux de te mettre tout de suite en route alors, répondit celle-ci en haussant les sourcils, parce que ce n'est pas la porte à côté.

— Mais… mais…

N'attendant pas que Monica ait fini de bafouiller, Claire s'élança vers le bâtiment plongé dans une obscurité dense. Assise à califourchon sur le rebord, elle s'apprêtait à basculer à l'intérieur lorsque Monica la rejoignit en criant :

— Hé ! Tu ne peux pas me laisser ici toute seule ! Tu as vu de quoi ces tocards sont capables !

— Parfaitement.

— Tu prends ton pied, hein ?

— En quelque sorte.

Claire atterrit sur un sol en béton recouvert d'une couche de poussière uniforme – elle le voyait aussi loin que portait la lumière, c'est-à-dire pas très.

— Tu viens ? lança-t-elle au moment de disparaître dans le noir.

Monica enjamba la fenêtre en lâchant une bordée d'injures.

Il ne fallut pas plus de quelques minutes à la fille du maire pour commencer à pleurnicher :

— Je n'ai pas un mauvais fond.

Claire regretta de ne pas avoir une planche pour l'assommer ; l'usine avait beau être envahie par les détritus et les décombres, aucun bout de bois ne semblait être assez grand pour faire l'affaire. En revanche, il y avait des conduits métalliques qui auraient très bien pu la dépanner... si elle n'avait pas été fondamentalement opposée à l'idée de frapper quelqu'un. Ça faisait sans doute partie de ses défauts.

— Si, tu as un sacré mauvais fond, rétorqua-t-elle avant de se glisser sous un fil électrique.

Le genre de câble qui, dans les films d'horreur, s'enroule autour du cou de l'héroïne et la soulève de terre, la mettant ainsi à la merci du tueur psychopathe. De façon générale, le décor avait tout pour inquiéter, de sa hauteur de plafond vertigineuse qui se perdait dans les ténèbres aux silhouettes squelettiques et découpées des machines hors service. Les graffitis – exécutés sur plusieurs décennies et dans les styles les plus divers – rougeoyaient sous les quelques rais de lumière qui filtraient, évoquant du sang. Un artiste particulièrement bien inspiré avait dessiné un énorme visage de clown terrifiant, se servant de fenêtres pour ses yeux et d'une immense porte pour sa bouche. « Plutôt mourir que passer par là », songea Claire, même si la configuration des lieux ne lui laisserait sans doute pas d'autre choix.

— Pourquoi tu dis ça ?

— Ça quoi ? demanda Claire d'un air absent.

Elle se concentrait pour guetter le moindre bruit, pourtant rien n'émergeait du silence dans cet endroit immense et angoissant – Hannah l'avait bien mise en garde.

— Pourquoi tu dis que j'ai un mauvais fond !

— Oh, aucune idée... peut-être parce que tu as essayé de me tuer ? Et que tu as poussé une bande de mecs à me violer lors d'une soirée ? Sans parler...

— Tu l'avais cherché. Et je ne pensais pas vraiment à mal.

— Ça me réchauffe le cœur. Écoute, est-ce qu'on pourrait éviter de perdre du temps avec ces faux débats ? Je suis occupée, sérieusement. Chut !

Claire ajouta ce dernier ordre pour éviter que Monica tente, une nouvelle fois, de se justifier. Se faufilant entre un empilement de cartons et d'objets de métal, Claire approcha d'un rai de lumière qui pénétrait à travers une fenêtre cassée en surplomb. Elle avait l'impression que le clown suivait le moindre de ses mouvements et elle s'efforçait de ne pas étudier de trop près ce qui jonchait le sol. Carcasses d'animaux, canettes, emballages plastiques et autres détritus abandonnés par des gamins aventureux à la recherche d'une planque. Claire les voyait cependant mal rester longtemps ici. Cet endroit semblait trop... hanté.

Monica lui agrippa subitement le bras, à l'endroit précis où Amelie lui avait laissé un bleu plus tôt.

— Tu as entendu ? souffla-t-elle au visage de Claire.

— Oh, mon Dieu ! ajouta-t-elle. Nous ne sommes pas seuls !

— Ça pourrait être un vampire.

Monica ricana avant de faire tinter le jonc argenté à son poignet et de rétorquer :

— Ils ne me font pas peur. Personne n'a envie de contrarier Oliver.

— Tu te sens d'attaque pour l'expliquer aux fous furieux qui t'ont prise en chasse ? Je ne suis pas sûre qu'ils aient eu l'info.

— Je voulais parler des autres vampires. Je suis protégée.

À en croire son ton, Monica n'envisageait en aucun cas qu'il puisse en être autrement. La terre était ronde, le soleil brillait et aucun vampire ne s'en prendrait jamais à elle parce qu'elle s'était vendue, corps et âme, à Oliver. Dans ses rêves, peut-être...

— Tu as raté un épisode, murmura Claire. Oliver a disparu. Amelie aussi. En fait, la plupart des vampires de la ville se sont envolés, ce qui fait de ces bracelets des accessoires branchés, pas franchement des gilets pare-balles.

Monica voulut répondre, mais Claire lui cloua le bec d'un froncement de sourcils avant de pointer le doigt vers l'obscurité. Le bruit, sorte de soupir qui se répercutait sur l'acier et le béton, s'amplifiait, semblait sortir tout droit de la gueule sombre du clown.

Naturellement.

Claire plongea la main dans sa poche. Elle avait encore la fiole de poudre d'argent qu'Amelie lui avait confiée, même si celle-ci ne lui servirait sans doute à rien. Si les vampires de son camp se trouvaient entre les mains de leurs ennemis, elle ne pourrait pas l'utiliser. Pas plus que si elle devait affronter des humains plutôt que des sangsues...

Shane et Hannah étaient là. Quelque part. Et, espérait-elle, Eve. Claire contourna un canapé défoncé qui empestait le chat mouillé et le moisi, puis évita un rat d'une taille monstrueuse qui ne se donna pas la peine de s'écarter de son chemin. Assis là, il l'observait de ses yeux vifs et étranges.

Dès que Monica le découvrit, elle recula avec un cri, percutant un tas de cartons, qui s'effondra sur elle. Claire l'aida à se relever, mais celle-ci ne cessait de se tortiller et de gémir en se tapotant la tête et le buste.

— Oh, mon Dieu ! Elles sont sur moi ? Les araignées ? Est-ce qu'il y en a ?

Si c'était le cas, Claire espérait qu'elles la mordraient.

— Non, répondit-elle sèchement.

En réalité, il y en avait quelques-unes, minuscules, que Claire chassa de son dos.

— Tais-toi maintenant ! ajouta-t-elle.

— Tu te fiches de moi ? Tu as vu ce rat ? Il avait la taille de Godzilla !

Pour Claire, ce fut la goutte de trop. La fille Morrell allait continuer toute seule, hurlant chaque fois qu'elle croiserait une petite bestiole, jusqu'à ce que quelqu'un vienne la bouffer. Tant pis pour elle. Au bout de quelques mètres, pourtant, Claire s'arrêta.

— S'il te plaît, murmurait Monica d'une voix de petite fille apeurée. Ne m'abandonne pas, Claire, je t'en prie.

Il était certainement trop tard pour se soucier de discrétion de toute façon, et si des vampires se cachaient dans cette usine, ils savaient déjà exactement où les trouver et connaissaient sans doute même leur groupe sanguin. Elle se leurrait en espérant passer inaperçue.

Les mains posées en porte-voix, Claire cria de toutes ses forces :

— Shane ! Eve ! Hannah ! Il y a quelqu'un ?

L'écho de son appel réveilla des oiseaux invisibles et des chauves-souris bien au-dessus de leurs têtes, lesquels se mirent à battre des ailes avec frénésie. Sa voix se répercuta sur la moindre surface plane, se démultipliant en autant de fantômes moqueurs. Dans le silence assourdissant qui suivit, Monica chuchota :

— Waouh, moi qui croyais que l'idée c'était de ne pas se faire repérer...

Claire s'apprêtait à lui retourner une réplique bien sentie lorsqu'une voix rebondit sur les murs de la vaste salle.

— Claire ?

Shane.

— Ici !

— Ne bouge pas ! Et tais-toi !

Elle perçut aussitôt la panique dans ses intonations, qui lui fit regretter de ne pas s'en être tenue à son plan d'origine – la discrétion. Presque simultanément, Monica retint son souffle et referma ses doigts sur le bras de Claire, toujours à l'endroit exact des bleus. Elles se pétrifièrent : quelque chose sortait de la bouche du gigantesque clown, quelque chose de blanc, de fantomatique, dérivant comme de la fumée... Un visage, non plusieurs. Il s'agissait d'un groupe de vampires livides et mutiques, qui fondaient sur elles.

Rester là où elles se trouvaient ne semblait pas la meilleure solution aux yeux de Claire. Elle opta plutôt pour la fuite et entraîna Monica par le poignet.

Voyant leurs proies se défiler, les vampires sortirent alors de leur silence, poussant des ricanements menaçants ponctués de sifflements inquiétants, qui firent se dresser les poils sur la nuque de Claire. La petite fiole contenant la poudre d'argent serrée dans une main, elle força la cadence, bondissant par-dessus les obstacles quand elle les voyait venir, manquant de s'étaler au sol dans le cas contraire. Monica tenait le rythme même si sa respiration s'apparentait davantage à un gémissement douloureux continu. Sa jambe droite devait être sacrément amochée.

Un être pâle atterrit juste devant elles, avec la grâce silencieuse d'une araignée. Plusieurs informations parvinrent au cerveau de Claire : un visage blanc, des yeux rouges, une bouche grande ouverte et des crocs luisants. Elle arma son bras pour jeter la fiole... et réalisa seulement alors qu'il s'agissait de Myrnin.

Son hésitation lui fut fatale : un vampire la heurta par-derrière, l'envoyant sur une poutre en acier. Le flacon lui échappa lorsqu'elle tenta d'amortir sa chute et elle entendit le verre se briser. Un nuage de poussière argentée s'éleva au-dessus d'elle. Monica poussa un cri strident qui provoqua à nouveau la panique des oiseaux en hauteur. Claire la vit reculer pour s'écarter de Myrnin, hors d'atteinte du nuage de poussière argentée. L'alchimiste représentait en réalité un danger beaucoup moins grand que les autres vampires qui se déversaient par la bouche du clown, sautaient par-dessus les détritus jonchant le sol, attirés par l'odeur de sang frais.

Ils approchaient à vitesse grand V.

En basculant sur les genoux, Claire ramassa une poignée de poussière et d'éclats de verre. Elle se retourna et jeta la poudre en direction de leurs assaillants. Au moment de se disperser dans l'atmosphère, celle-ci forma une fine brume scintillante et, quand les vampires l'atteignirent, chaque minuscule grain s'enflamma.

Le spectacle était à la fois sublime et terrifiant. Les particules d'argent s'accrochaient à leur peau, la grignotant. Claire ignorait si elles les tueraient, en tout cas elles les avaient immobilisés.

Elle attira Monica vers elle. Myrnin n'avait pas bougé d'un pouce, accroupi sur une pile de palettes en bois. Son visage ne comportait pas la moindre trace d'humanité. Puis il cligna des paupières et la lueur rouge qui allumait son regard s'éteignit. Ses crocs se rétractèrent et il passa sa langue sur ses lèvres pâles avant de demander, l'air perdu :

— Claire ?

Un sentiment de soulagement si puissant l'envahit qu'elle eut l'impression de faire une chute de plusieurs étages.

— Oui, c'est moi.

— Ah…

Il se laissa glisser au pied des palettes et Claire constata qu'il portait les mêmes vêtements qu'au Starbucks – un long manteau en velours sans chemise dessous et le pantalon blanc de son costume de pierrot. Il aurait dû avoir l'air ridicule et pourtant... il semblait dans son élément.

— Tu ne devrais pas être ici, Claire, c'est dangereux.

— Je sais…

Un souffle glacial lui effleura la nuque et elle entendit Monica étouffer un cri. Faisant volte-face, Claire se retrouva nez à nez avec un vampire enragé, dont la peau fumait encore par endroits. Myrnin poussa un hurlement menaçant qui déchira l'air, et le vampire recula, visiblement impressionné. Les cinq autres sangsues l'imitèrent et se retirèrent dans l'obscurité.

Claire se tourna vers Myrnin, qui suivait la retraite des buveurs de sang avec concentration.

— Merci, dit-elle.

Il haussa les épaules.

— J'ai été élevé selon le vieux principe de « noblesse oblige ». Et j'ai une dette envers toi, tu sais. Es-tu en possession du remède ?

Elle lui tendit la dernière dose dont elle disposait et qui permettrait de garantir sa lucidité – au moins en partie. Myrnin versa plusieurs cristaux dans le creux de sa main avant de lâcher un soupir de satisfaction profonde.

— Bien mieux, dit-il en empochant le flacon. Maintenant, explique-moi la raison de ta présence ici.

Claire s'humecta les lèvres. Elle entendait Shane – à moins qu'il ne s'agisse de quelqu'un d'autre, approcher dans le noir. Elle apercevait déjà une silhouette qui émergeait des ténèbres dans le dos de Myrnin. Deux silhouettes, plus exactement, et qui n'étaient pas des vampires. Shane, flanqué de Hannah, sans doute.

— Nous sommes à la recherche de mon amie Eve. Vous vous souvenez d'elle, non ?

— Eve, répéta-t-il avec un sourire. La jeune fille qui m'a suivi. Oui, bien sûr.

Claire sentit monter une poussée d'espoir, rapidement étouffée par la peur.

— Que lui est-il arrivé ?

— Rien, elle s'est assoupie. Elle courait un danger trop grand ici, je l'ai mise en sûreté.

Après avoir écarté le dernier obstacle sur sa route, Shane s'avança dans un rai de lumière à une quinzaine de mètres d'eux. Il s'immobilisa en découvrant Myrnin.

— Voici un autre de tes amis, observa l'alchimiste en avisant le jeune homme. Celui qui compte tant pour toi.

Claire n'avait jamais parlé de Shane avec Myrnin, du moins pas en détail. Sa surprise devait se lire sur son visage, car le sourire du vampire s'élargit.

— Tes vêtements sont imprégnés de son odeur, dit-il. Et les siens de la tienne.

— Beurk, lâcha Monica.

Myrnin posa sur elle un regard aussi précis qu'un rayon laser.

— Et qui est cette charmante demoiselle ?

Claire dut se retenir de lever les yeux au ciel quand elle répondit :

— Monica. La fille du maire.

— Monica Morrell, rectifia celle-ci en tendant une main que Myrnin accepta et baisa, la tête courbée.

Claire songea qu'il en profitait sans doute aussi pour examiner le bracelet qu'elle portait.

— Oliver, conclut-il lorsqu'il se redressa. Je vois. Je suis sous le charme, ma chère, envoûté.

Sans lâcher sa main, il ajouta :

— Je suppose que vous n'êtes pas disposée à offrir quelques centilitres de sang à un pauvre hère assoiffé ?

Le sourire de Monica se figea aussitôt.

— Je… eh bien, je…

Il l'attira contre lui d'un mouvement brusque. Laissant échapper un cri de surprise, Monica tenta de se libérer, mais en dépit de sa petite taille le vampire était puissant. Claire souffla bruyamment.

— Myrnin, s'il vous plaît, dit-elle.

— S'il vous plaît quoi ? riposta-t-il d'un ton agacé.

— Ce n'est pas une brebis égarée. Vous ne pouvez pas la mordre. Lâchez-la.

Comme il ne paraissait guère convaincu, elle s'entêta :

— Je suis sérieuse, Myrnin, lâchez-la.

— Très bien.

Il écarta les bras et Monica recula, les deux mains serrées sur son cou. Le souffle court, elle s'affala sur une poutre voisine.

— Vous savez, dans ma jeunesse, les femmes faisaient la queue pour m'accorder leurs faveurs. Je suis quelque peu froissé.

— Cette journée est difficile pour nous tous, rétorqua Claire. Shane, Hannah, je vous présente Myrnin. C'est un peu mon patron.

Shane les rejoignit, pourtant son expression demeurait froide et distante.

— Ah ouais ? Tu veux dire le type qui t'a emmenée au bal ? Celui qui t'a plantée et t'aurait laissée crever ?

— Euh... oui.

— Il me semblait bien.

Shane lui décocha un direct du droit. Pris au dépourvu, Myrnin trébucha et percuta la pile de palettes avant de sortir les crocs. Shane tira alors un pieu de sa poche arrière et se tint prêt à frapper.

— Non ! s'écria Claire en s'interposant. Je vous assure, ce n'est pas ce que vous pensez. Calmez-vous tous les deux, je vous en prie.

— Oui, ajouta Myrnin, question pieu, j'ai été amplement servi pour la journée, merci. Je respecte ton désir de vengeance, mon garçon, mais Claire est capable de défendre son honneur toute seule.

— Je n'aurais pas dit mieux, conclut-elle. S'il te plaît, Shane, non. On a besoin de lui.

— Je peux savoir pourquoi ?

— Parce qu'il est sans doute en mesure de nous expliquer ce qui arrive aux vampires.

— Ah, ça ! lança l'alchimiste d'un ton impliquant qu'ils n'étaient qu'une bande d'idiots de ne pas avoir encore résolu ce problème. Ils sont convoqués par un signal. Un signal qui attire tout vampire ayant juré allégeance par voie de sang... À une époque, c'était ainsi que l'on rassemblait son armée en temps de guerre.

— Oh... fit Claire. Alors... pourquoi pas vous ? Ni le reste des vampires présents ici ?

— Selon toute apparence, ton sérum m'apporte une forme d'immunité. J'éprouve la force de l'appel, bien sûr, cependant de façon plus théorique que pratique. C'est plutôt étrange d'ailleurs. Je me souviens des sensations passées, la vague de panique qui vous submerge. Quant aux autres, eh bien, ils ne sont pas de la même lignée.

— C'est possible ?

— Oui. Des créatures inférieures, ou des expériences ratées si tu préfères.

Il détourna le regard et Claire sentit un doute terrible l'assaillir.

— Ce sont des gens ? Des humains je veux dire ?

— Une expérience ratée, répéta-t-il. Tu es une scientifique, Claire, tu dois savoir que toutes les expérimentations ne se retrouvent pas couronnées de succès.

Myrnin les avait sacrifiés à sa quête d'un remède pour les siens. Il les avait transformés en êtres hybrides, mi-vampires, mi-humains, mi... En vérité, il n'y avait pas de mots pour les décrire. Et ils n'avaient de place nulle part.

Pas étonnant qu'ils se terrent ici.

— Ne me regarde pas avec ces yeux, Claire, reprit-il. Ce n'est pas ma faute si les tests présentaient des failles. Je ne suis pas un monstre.

Elle secoua la tête.

— Parfois, si.

Eve allait bien – épuisée, elle tremblait comme une feuille et avait le visage maculé de traces de larmes, mais elle était en bonne santé.

— Il n'a pas... dit-elle avant de pointer deux doigts en direction de sa gorge. Il est plutôt gentil, abstraction faite de sa folie. Même s'il est difficile de faire abstraction.

Claire était bien placée pour savoir que c'était pratiquement impossible ; force lui était de reconnaître, cependant, que Myrnin s'était conduit en gentleman. Noblesse oblige. Peut-être avait-il réellement le sentiment d'avoir une dette.

L'endroit où avait été confinée Eve avait dû servir de pièce forte au moment où l'usine était encore en activité : quatre murs épais et une seule porte qu'il avait bloquée avec un tube métallique. Shane n'avait pas dissimulé sa colère en le découvrant.

— Et s'il vous était arrivé quelque chose ? avait-il demandé pendant que le vampire tordait le tube comme s'il s'agissait d'une feuille d'aluminium. Elle aurait été coincée à l'intérieur, toute seule. Elle serait morte de faim.

— En réalité, répondit Myrnin, c'est peu probable. La soif l'aurait tuée en quatre jours, je suppose. Elle n'aurait pas eu le temps de souffrir de la faim.

Constatant que Claire lui jetait un regard noir, il haussa les sourcils.

— Quoi ?

Elle secoua simplement la tête.

— Je crois que ce n'est pas l'essentiel du message que Shane essaie de faire passer.

Terrifiée par Myrnin, Monica collait aux basques de Claire (au grand dam de cette dernière !) et ne cessait de lorgner nerveusement du côté de Shane. Au moins, elle avait avalé sa langue et l'apparition soudaine d'un second rat, énorme et blanc, ne lui arracha aucun hurlement.

Eve, elle, fut désagréablement surprise de voir la fille du maire.

— Vous plaisantez, là, lâcha-t-elle tandis que son regard naviguait de celle-ci à Shane. Et ça ne te pose aucun problème, à toi ?

— Aucun, c'est peut-être exagéré. Disons plutôt que j'en prends mon parti.

Hannah, qui se tenait juste à côté de lui, prête à dégainer, ricana dans sa barbe.

— Tant qu'elle n'ouvre pas la bouche, ajouta Shane, je peux toujours prétendre qu'elle n'existe pas.

— Ah ouais ? Eh ben pas moi, riposta Eve en échangeant un regard assassin avec Monica. Claire, il faut que tu arrêtes de recueillir tous les chiens errants. Tu ne sais pas où ils ont traîné avant.

— Tu es bien placée pour parler, riposta Monica, tu collectionnes les microbes.

— Là, c'est pas l'hôpital qui se fout de la charité, mais carrément la Croix-Rouge ! Sorcière !

— Traînée !

— Tu as envie de retourner jouer avec tes nouveaux copains là-bas ? intervint Shane. Les mecs qui n'ont pas vu le soleil depuis des lustres et qui raffolent d'hémoglobine ? Parce que, crois-moi, je me ferai un plaisir de remettre ton sale petit cul entre leurs griffes, si tu ne la fermes pas, Monica.

— Je n'ai pas peur de toi, Shane !

Levant les yeux au ciel, Hannah arma son fusil.

— Et de moi ?

La discussion fut aussitôt close.

Adossé au mur, les bras croisés, Myrnin avait observé le débat avec beaucoup d'intérêt.

— Tes amis sont très... pittoresques, dit-il à Claire. Ils débordent d'énergie.

— Bas les pattes, Myrnin, rétorqua-t-elle.

Elle ne précisa pas que Monica ne comptait pas parmi ses amis.

— Oh, mais c'est entendu. Je ne les toucherai jamais.

La main posée sur le cœur, le vampire affectait un air angélique, ce qui tenait du tour de force avec sa tenue de poète romantique dévoyé.

— Simplement, je vis à l'écart de la société humaine depuis si longtemps... Dis-moi, les échanges sont-ils toujours aussi vifs ?

— Non, soupira-t-elle. Monica est un cas à part.

Et encore, elle était gentille : la fille du maire méritait carrément l'internement. De toute façon, Claire n'avait pas de temps à perdre en exposant à Myrnin la dynamique complexe de la relation qui unissait Monica, Shane et Eve.

— Vous nous avez expliqué que quelqu'un rassemble les vampires en vue d'une bataille... s'agit-il de Bishop ? demanda-t-elle.

— Bishop ? répéta-t-il, visiblement surpris. Non, bien sûr que non. Amelie est à l'origine de l'appel. C'est elle qui consolide ses lignes défensives. La confrontation approche à grands pas, je crois.

Claire redoutait cette réponse.

— Savez-vous qui a été attiré par l'appel ?

— Tous ceux qui partagent un lien de sang avec elle. À part moi, bien sûr. Ce qui implique à peu près la totalité des vampires de Morganville, hormis ceux qui ont juré fidélité à Oliver. Malgré tout, leur asservissement à celui-ci les attache également à Amelie, puisqu'il lui a fait allégeance en venant s'installer ici. L'appel a dû exercer une pression moindre sur eux, ce qui ne les a sans doute pas empêchés de le sentir.

— Comment Bishop réunit-il son armée ? Tous les vampires n'appartiennent-ils pas à Amelie ici ?

— Il a mordu ceux qu'il voulait garder dans son camp, rétorqua Myrnin avec un haussement d'épaules. Il les lui a volés, si tu veux. Certains s'y sont prêtés de bon cœur, d'autres non, mais tous se retrouvent sous sa coupe à présent. Et quand je dis tous, je parle de ceux qu'il a réussi à convertir, ce qui représente un nombre considérable, il me semble.

La détaillant de son regard perçant, il reprit :

— L'appel s'est poursuivi après le lever du soleil... Michael ?

— Michael va bien. Ils l'ont enfermé dans une cellule.

— Et Sam ?

Claire secoua la tête. Après Michael, Sam, son grand-père, était le vampire le plus jeune en ville, et Claire ne l'avait pas revu depuis qu'Amelie l'avait envoyé en mission, bien avant les autres vampires. La Fondatrice avait une confiance toute particulière en lui, plus qu'en d'autres qu'elle fréquentait depuis des siècles. Sans doute parce qu'elle connaissait la nature des sentiments de Sam à son égard. Un amour à toute épreuve, un amour qui ne se souciait ni des détails pratiques ni du danger, un amour invincible.

Elle se surprit à poser les yeux sur Shane. Un amour à toute épreuve. Elle était sans doute trop jeune pour connaître une telle chose et pourtant ses sentiments étaient si intenses, si réels... Quand bien même Shane ne trouvait pas le courage de lui faire une déclaration. Prenant une profonde inspiration, elle se força à chasser ces pensées.

— Et maintenant ? s'enquit-elle. Myrnin ?

Après avoir conservé le silence un long moment, il s'approcha d'une des fenêtres enduites de peinture et l'ouvrit. Le soleil se couchait, il ne tarderait pas à disparaître complètement à l'horizon.

— Vous devriez rentrer. Les humains occupent le terrain pour le moment, mais des factions se forment. Il y aura des luttes de pouvoir cette nuit, et pas seulement entre les vampires.

Les bleus qui ornaient le visage de Monica étaient la preuve criante que les ennuis avaient déjà commencé... Shane lorgna du côté de Myrnin.

— Et vous ? Qu'allez-vous faire ?

— Rester ici. Avec mes amis.

— Vos amis ? Qui, les... euh... l'expérience ratée ?

— Exactement. Ils me considèrent comme une sorte de figure paternelle. Et leur sang vaut presque celui de n'importe qui d'autre.

— Je ne demandais pas autant de détails, répondit Shane en inclinant la tête vers Hannah. Allons-y.

— Je surveille tes arrières, mon gars.

— Charge-toi de Claire et d'Eve, je vais ouvrir la marche.

— Et moi ? gémit Monica.

— Tu as vraiment besoin qu'on te mette les points sur les i ? répondit-il en lui décochant un regard qui aurait pu la consumer vive. Estime-toi heureuse que je ne t'abandonne pas ici en guise de digestif pour monsieur.

Myrnin se pencha pour susurrer à l'oreille de Claire :

— Ton jeune galant me plaît bien.

Voyant qu'il avait semé la confusion dans l'esprit de la jeune fille, il brandit les deux mains en souriant.

— Pas dans ce sens-là, ma chère. Il me semble juste digne de confiance.

La gorge serrée, elle rétorqua :

— Vous vous en sortirez ici ? Vraiment ?

— Vraiment ? répéta-t-il avant de plonger les yeux dans les siens. Dans l'immédiat, oui. Cependant l'ampleur de la tâche est incommensurable, Claire, et nous ne disposons que de peu de temps. Je ne peux pas me terrer longtemps. Tu as bien conscience que la pression précipite la progression de la maladie et que nous sommes tous soumis à une pression énorme. D'autres tomberont malades, perdront la raison. Il est vital que nous mettions au point le sérum.

— Je tenterai de vous ramener au laboratoire demain.

Ils le laissèrent dans un rayon de lumière déclinante, à côté d'une immense grue rouillée, dont le sommet disparaissait trois étages plus haut, dans le royaume des oiseaux. En compagnie de ses expériences ratées, blessées et enragées, qui rôdaient dans le noir, attendant peut-être leur heure pour se venger de leur créateur. Ce qu'ils ne pourraient que regretter, Claire le savait.

Les émeutiers avaient disparu, mais ils avaient passé leur colère sur la voiture d'Eve avant de partir. Elle manqua de s'étrangler en découvrant la tôle froissée et les vitres brisées... Au moins les quatre roues étaient toujours là et en état de rouler. Autrement dit, les dommages étaient surtout superficiels. Le moteur démarra au quart de tour.

— Pauvre trésor, dit Eve en tapotant l'énorme volant d'un geste tendre. On te refera bientôt une beauté. Pas vrai, Hannah ?

— Et moi qui me demandais comment j'allais bien pouvoir occuper ma journée de demain, rétorqua celle-ci, installée sur le siège passager. Un petit lifting pour la demoiselle et de nouvelles vitres.

Sur la banquette arrière, Claire jouait le rôle de la Suisse entre les deux nations en guerre, Monica et Shane, chacun près d'une portière. C'était tendu ; personne ne décrochait un mot.

Le soleil déclinait à l'ouest dans un embrasement glorieux, ce qui, en temps normal, faisait de Morganville le terrain de chasse privilégié des buveurs de sang. Pas ce soir-là pourtant, ainsi qu'ils le constatèrent en quittant la zone industrielle à l'abandon pour rejoindre le centre de Vampire City.

Il y avait des humains dans les rues. Au coucher du soleil. Et ils étaient de mauvais poil.

— Aïe, mes oreilles ! lâcha Eve en dépassant un type perché sur une caisse en bois qui invectivait la foule assemblée autour de lui.

Quand elle vit qu'il distribuait des pieux, elle ajouta :

— Ouh là, ça sent méchamment mauvais.

— Tu trouves ? ironisa Monica, ratatinée sur son siège. Ils ont essayé de me faire la peau ! Et je ne suis même pas un vampire !

— Ouais, mais tu es toi, ce qui suffit à comprendre leur geste... Ça bouchonne, ajouta Eve pour expliquer un brusque ralentissement.

De la circulation ? À Morganville ? Claire se pencha en avant et constata qu'il y avait au moins six voitures devant eux. La première, garée en travers de la rue, bloquait la seconde – une grosse caravane qui tentait de faire marche arrière –, gênée par la troisième. Le camping-car, aux vitres teintées, contenait sans doute un vampire. Les deux véhicules qui le prenaient en tenailles, des berlines cabossées, appartenaient vraisemblablement à des humains.

— C'est la caisse de Lex Perry qui barre la route, expliqua Hannah. Je crois que la troisième appartient aux frères Nunally. Des potes de beuverie de Sal Manetti.

— Le Sal qui invitait la foule à la révolte ?

— Exactement.

À présent les humains avaient encerclé la caravane et la faisaient tanguer. Les roues de la caravane tournaient dans le vide, puis elle se mit à osciller dangereusement et bascula sur le côté. Avec un cri enragé, la foule grimpa dessus pour piétiner les vitres.

— On doit intervenir, lâcha Claire.

— Ah oui ? rétorqua Hannah sans agressivité. Et comment ?

— En appelant la police ?

Sauf que les forces de l'ordre étaient déjà sur place. Deux véhicules de patrouille occupaient le terrain, mais les policiers étaient impuissants. Ou plutôt, ils ne semblaient même pas prêts à tenter une intervention.

— Allons-y, suggéra Shane. On ne peut rien faire.

Sans un mot, Eve enclencha la marche arrière et recula dans un crissement de pneus.

— Qu'est-ce que tu fabriques ? s'écria Claire. On ne peut pas partir comme ça...

— Réfléchis deux secondes, riposta Eve d'un ton amer. Si quelqu'un aperçoit la princesse Morrell avec nous, on est cuits. Ils nous considéreront comme des traîtres, sans oublier que tu portes le bracelet de la Fondatrice. On ne peut pas courir ce risque.

Claire s'affaissa sur la banquette, tandis qu'Eve repassait en marche avant pour s'engager dans une rue apparemment dégagée.

— Qu'est-ce qui se passe ? demanda Monica. Qu'est-ce qui arrive à notre ville ?

— La révolution, répondit Claire en se rappelant les paroles de Mamie Day. Comme en France.

Eve navigua à travers un dédale de ruelles. Les maisons, ainsi que les rares lampadaires, commençaient à s'illuminer. Les voitures, de plus en plus nombreuses, allumaient leurs phares et klaxonnaient, comme si l'équipe de foot du lycée venait de remporter un match important. À croire qu'il y avait des raisons de se réjouir.

— Je veux rentrer chez moi, lança Monica d'une petite voix étouffée. S'il te plaît...

Eve lui jeta un coup d'œil dans le rétroviseur et acquiesça. Elle s'était à peine engagée dans la rue des Morrell qu'elle pila. La maison du maire était sens dessus dessous, comme après les fêtes sauvages que Monica organisait... sauf que cette fois ça frisait carrément la barbarie et que ceux qui s'incrustaient n'étaient pas seulement à la recherche d'alcool gratuit.

— Que font-ils chez moi ? Hé ! s'indigna-t-elle en voyant deux types sortir avec un gigantesque écran plasma. Ils le volent ! Ils sont en train de nous piller !

Les invités s'en donnaient effectivement à cœur joie : matelas, meubles, œuvres d'art... Claire en aperçut même certains au premier qui jetaient, par les fenêtres ouvertes, du linge et des vêtements ; d'autres attendaient en bas pour les ramasser. Soudain surgit un type, muni d'une bombe artisanale : il embrasa la mèche plongée dans une bouteille pleine d'essence, avant de la lancer en plein dans la fenêtre du salon. Les flammes, d'abord hésitantes, crûrent rapidement.

— Non ! haleta Monica en agrippant la poignée.

Heureusement, Eve avait verrouillé les portières. Tout en immobilisant Monica, Claire hurla :

— Emmène-nous loin d'ici !

— Mes parents pourraient très bien être dans la maison !

— Non. Richard m'a dit qu'ils se trouvaient à la mairie.

Monica se débattit longtemps après qu'ils eurent quitté sa rue. Puis, tout à coup, elle se calma et fondit en larmes. Claire aurait voulu penser : « Bien fait pour toi », mais ne réussissait pas à se montrer aussi insensible. Shane, lui, n'eut apparemment pas à se forcer.

— Hé, regarde le bon côté des choses : au moins ta petite sœur n'est pas à l'intérieur.

Monica retint son souffle un instant, cependant ses larmes continuèrent à couler. Elle s'était à peu près ressaisie lorsqu'ils tournèrent dans West Lot Street, et réclama un mouchoir pour sécher ses joues. Eve en sortit un de la boîte à gants.

Leur quartier semblait calme. La plupart des maisons étaient allumées, y compris la leur et même si des gens discutaient sur le trottoir, il n'y avait pas d'attroupement. Pas dans l'immédiat, en tout cas.

— La voie a l'air libre, observa Shane. Rentrons.

Ils convinrent que Monica devait être encadrée par deux d'entre eux et couverte par Hannah. Eve partit la première, remontant au pas de course l'allée jusqu'à la porte d'entrée.

Le reste de la troupe atteignit le perron sans attirer l'attention sur eux, ni surtout sur Monica – dont il fallait bien reconnaître qu'elle ne se ressemblait plus vraiment. On aurait presque dit une mauvaise doublure.

Dès que Shane eut fermé à double tour, Claire sentit la maison s'animer autour d'elle, comme si elle les accueillait avec chaleur. Des cris d'exclamation lui parvinrent aussitôt depuis le salon ; ce n'était pas un tour que lui jouait son imagination, le bâtiment avait bien réagi, et avec vigueur, au retour en son sein de trois de ses quatre occupants réguliers. Claire se colla contre un mur.

— Moi aussi, je suis contente de te revoir, dit-elle en posant la joue sur la surface lisse.

Elle eut presque l'impression que la maison lui rendait son accolade.

— Hé, c'est qu'une baraque, lança Shane derrière elle. Réserve tes câlins pour ceux qui en ont vraiment besoin.

Elle se jeta dans ses bras et crut qu'il ne la lâcherait jamais. Il la souleva de terre et appuya la tête sur son épaule durant de longs instants précieux avant de la reposer délicatement.

— On ferait mieux d'aller voir qui est là, dit-il en effleurant ses lèvres des siennes. On verra pour l'acompte plus tard, d'accord ?

Claire se désengagea de son étreinte mais lui tint la main pour gagner le salon bondé. La foule ne comptait pas un seul vampire, il n'y avait que des humains.

Certains d'entre eux étaient familiers, du moins de vue : le propriétaire du magasin de disques où travaillait

Michael, deux infirmières qu'elle avait croisées à l'hôpital et qui n'avaient pas quitté leurs blouses de couleur vive ou leurs chaussures confortables. Si Claire ne connaissait pas les autres, elle remarqua aussitôt qu'ils avaient un point en commun : la terreur. Une femme d'un certain âge, au visage dur, empoigna Claire par les épaules.

— Dieu merci, vous êtes rentrés, dit-elle en l'étreignant.

Claire lança un regard interloqué à Shane, auquel il répondit d'un haussement d'épaules.

— Cet endroit refuse de nous obéir. Les lumières ne cessent de s'éteindre, les portes refusent de s'ouvrir, la nourriture tourne dans le frigo... Comme si on ne voulait pas de nous ici !

C'était probablement le cas. La maison de Michael aurait pu chasser ses hôtes à n'importe quel moment. Incertaine des désirs de ses résidents permanents, elle avait cependant hésité et s'était contentée de faire de la vie des intrus un enfer. Claire sentit que la climatisation se mettait en marche pour rafraîchir l'atmosphère surchauffée, entendit des portes s'ouvrir au premier et vit des lumières s'allumer dans les recoins sombres.

— Salut, Celia, lança Shane lorsque la femme lâcha enfin son amie. Qu'est-ce qui t'amène ici ? J'aurais parié que le Barfly était rempli ce soir.

— Ça serait le cas si des imbéciles n'avaient pas décrété que je devais les servir gratos sous prétexte que je porte un bracelet. Ça ferait de moi une sympathisante. Quand j'ai demandé : « Sympathisante à quoi ? », l'un d'eux a tenté de me frapper.

Shane haussa les sourcils ; Celia n'était pas une frêle jeune fille.

— Comment as-tu réagi ? s'enquit-il.

— J'ai fait appel au Régulateur, répondit-elle en brandissant une batte de base-ball appuyée contre le mur et polie avec soin. J'ai marqué deux ou trois points, mais j'ai décidé de ne pas rester pour les manches suivantes, si tu vois ce que je veux dire. Je te parie qu'ils sont en train de vider toutes mes bouteilles à l'heure qu'il est. Ça me donne envie d'arracher ce bracelet, je ne te le cache pas. Où sont ces satanés vampires quand on a besoin d'eux, hein ?

— Tu n'as pas retiré ton bracelet ? Alors que tu en as eu l'occasion ?

La surprise de Shane était sincère ; Celia le fusilla du regard.

— Non. Je ne trahirai pas ma parole à moins d'y être contrainte. Pour le moment, ce n'est pas le cas.

— Si tu l'enlèves maintenant, tu n'auras sans doute plus jamais à le remettre.

— Écoute, Collins, riposta-t-elle en agitant un doigt ridé dans sa direction, je suis au courant pour ton père et toi. Je ne partage pas vos idées. Morganville est un endroit correct. Il suffit de suivre les règles et d'éviter les ennuis. Comme n'importe où, je suppose. Vous rêviez du chaos, eh bien voilà à quoi ça ressemble : blessés, boutiques pillées, maisons brûlées. Évidemment, ça finira par se tasser, mais pour laisser place à quoi ? Sans doute pas un endroit où j'aimerais vivre.

Elle se détourna, la batte appuyée sur son épaule, et rejoignit un groupe de personnes de son âge. Shane remarqua que Claire l'observait et soupira :

— Oui, je sais, elle n'a pas tort. Comment peut-on savoir que tout n'ira pas mieux si les vampires viennent tout simplement à...

— Tout simplement à quoi, Shane ? Mourir ? Et Michael, tu as pensé à lui ? Ou à Sam ?

Elle s'éloigna d'un pas furieux.

— Où vas-tu, Claire ?

— Chercher un Coca !

— Tu pourrais…

— Non !

Le frigo s'était rempli en leur absence (sans doute une faveur de la maison, même si Claire ne s'expliquait pas comment celle-ci pouvait se rendre au supermarché !). La boisson fraîche et sucrée lui procura des sensations violentes. Loin de lui apporter un regain d'énergie, elle lui souleva le cœur. Claire se laissa tomber sur une chaise et abandonna sa tête entre ses mains, soudain submergée par la situation. Tout tombait en ruine. Amelie rassemblait ses troupes, afin d'affronter Bishop dans un combat à mort. Morganville partait en lambeaux, et Claire ne pouvait rien faire. Rectification : il y avait une chose, si.

Elle ouvrit quatre autres bouteilles de Coca qu'elle apporta à Hannah, Eve, Shane et, parce qu'elle ne se sentait pas le courage de l'ostraciser dans un moment comme celui-ci, à Monica. Celle-ci examina la bouteille couverte de buée avec suspicion – elle s'imaginait sans doute que Claire y avait glissé de la mort aux rats.

— C'est quoi ?

— À ton avis ? lui répliqua Claire. Rien ne t'oblige à le boire. Je m'en fous, tu sais.

Elle déposa la bouteille sur la table basse, à proximité de Monica, puis alla se blottir contre Shane, sur le canapé. Elle vérifia son téléphone portable. Le réseau était de retour, du moins momentanément, et elle avait une tonne de messages en attente. La plupart venaient de Shane et elle décida de les garder pour plus tard ; elle effaça les deux provenant d'Eve, qui expliquait où la trouver. Le dernier avait été déposé par sa mère. Retenant son souffle, elle sentit les larmes lui brûler les yeux au moment où la voix maternelle, plutôt calme, s'éleva :

« Claire, ma puce, je sais que je ne devrais pas me faire du souci, mais je n'y arrive pas. Appelle-nous, trésor. Aux dernières nouvelles, ce qui se passe dehors est plutôt inquiétant. Certaines des personnes que nous hébergeons évoquent des bagarres et des pillages. Si tu ne me donnes pas signe de vie rapidement... je ne sais pas très bien ce que nous ferons. Ton père tourne dingue. Passe-nous un coup de fil, s'il te plaît. Nous t'aimons, trésor. Au revoir. »

Claire réussit à reprendre le contrôle de sa respiration, en se répétant qu'elle devait rassurer ses parents si elle ne voulait pas qu'ils décident de la rejoindre et soient pris dans la folie qui régnait dehors. Elle avait à peu près recouvré son sang-froid lorsque sa mère décrocha le combiné.

— Salut, maman, parvint-elle à lancer d'une voix qui ne tremblait pas trop. J'ai eu ton message. Tout va bien chez vous ?

— Chez nous ? Oh, Claire, ne t'en fais pas pour nous ! Nous allons très bien. Et toi, chérie, ça va ? Vraiment ?

— Je vais bien, je t'assure…

Elle ne pouvait tout de même pas prétendre que tout allait pour le mieux dans le meilleur des mondes. En se montrant optimiste, elle pouvait dire que la situation était stable. Pour le moment.

— C'est calme ici, reprit-elle. Shane et Eve sont avec moi.

Prête à tout pour apaiser les craintes maternelles, et se rappelant que sa mère appréciait Monica Morrell, elle ajouta à contrecœur :

— Monica est là également, tu sais la fille de mon dortoir.

— Ah oui, je l'aime beaucoup.

Cette remarque enthousiaste n'était pas très rassurante sur les capacités de jugement de Mme Danvers…

— Son frère est passé prendre de nos nouvelles il y a environ une heure, dit-elle. Un gentil garçon.

Claire n'aurait jamais parlé de Richard comme d'un « garçon », mais elle ne releva pas.

— C'est lui qui tient les rênes de la ville pour le moment, expliqua Claire. Vous avez bien votre talkie-walkie ? Celui que nous vous avons déposé plus tôt ?

— Oui. Nous avons suivi toutes les instructions à la lettre. Tu sais, ma puce, je préférerais vraiment que tu nous rejoignes ici. Nous voulons t'avoir avec nous.

— Je sais, maman, je sais, seulement je préfère rester chez Michael dans l'immédiat. C'est important. Je tenterai de vous rejoindre demain, d'accord ?

Elles discutèrent quelques minutes supplémentaires, de la pluie et du beau temps, prétendant mener les vies les plus banales de la terre. Sa mère tenait le coup, mais difficilement : Claire le sentait aux intonations hystériques dans sa voix. Elle aurait parié que celle-ci avait les yeux brillants de larmes quand elle lui expliqua qu'ils avaient dû remiser la plupart des cartons dans la cave afin de libérer de la place pour leurs hôtes – Claire se demandait de qui il pouvait bien s'agir – et qu'ils craignaient que les affaires de leur fille prennent l'humidité. Mme Danvers évoqua d'ailleurs les nombreux jouets qu'ils contenaient et que sa fille adorait petite. Bref, des inquiétudes de maman.

Claire ne l'interrompit pas, se contentant d'acquiescer régulièrement. Ça lui faisait du bien d'entendre sa mère et elle savait que celle-ci avait besoin de parler. Lorsque, à la fin de l'appel, Mme Danvers se mit à débiter très vite une liste de recommandations – être prudente, ouvrir l'œil et s'habiller chaudement –, Claire dit amen à tout.

Elle finit par prendre congé et son « au revoir » lui parut douloureusement définitif. Une fois qu'elle eut raccroché, elle conserva le silence plusieurs minutes, les yeux rivés sur l'écran de son portable. Par réflexe, elle composa le numéro d'Amelie, malheureusement l'appel sonna dans le vide. La Fondatrice n'avait pas de répondeur.

De son côté, Shane avait organisé des tours de veille. La plupart des invités s'étaient déjà effondrés sur un lit de fortune fait d'un oreiller et d'une couverture, quand ce n'était pas à même un tapis. Zigzaguant entre les corps étendus, Claire signifia à Shane qu'elle montait au premier. Il hocha la tête et, s'il poursuivit sa conversation avec deux types, il ne la quitta pas une seconde du regard.

Eve s'était réfugiée dans sa chambre, sur la porte de laquelle elle avait affiché un mot :

NE PAS FRAPPER SOUS PEINE DE MORT.

CE MESSAGE EST POUR TOI, SHANE.

Claire envisagea de lui faire une blague et de cogner au battant, mais elle était trop fatiguée pour courir.

Sa propre chambre était plongée dans l'obscurité. Lorsqu'elle avait quitté la maison le matin même, la copine d'Eve, Miranda, l'occupait. Elle était partie depuis, laissant un lit au carré. Claire s'assit dessus, le regard perdu par la fenêtre, avant de trouver l'énergie de sortir des sous-vêtements propres et un jean ainsi que la chemise noire qu'Eve lui avait prêtée la semaine précédente.

La douche fut paradisiaque. Il y avait assez d'eau chaude pour une fois. Après s'être séchée et avoir essayé de se coiffer, elle s'habilla. En sortant de la salle de bains, elle tendit l'oreille : Shane s'était tu. Soit il n'avait plus rien à dire, soit il était monté se coucher. Elle marqua un arrêt devant sa chambre, regrettant de ne pas avoir le courage de frapper, et regagna la sienne.

Shane l'attendait, assis sur le lit. Il releva la tête en l'entendant arriver et ouvrit la bouche, mais aucun son ne franchit ses lèvres durant plusieurs secondes.

— Je ferais mieux d'y aller, finit-il par lâcher sans se lever pour autant.

Claire s'installa à côté de lui. Leur conduite avait beau être irréprochable – ils ne s'effleuraient même pas –, elle eut la sensation qu'ils se tenaient tous deux au bord d'un précipice et risquaient de s'y précipiter d'un instant à l'autre. Ce qui était excitant et terrifiant. Tout en allant à l'encontre d'un millier de règles.

Elle rompit le silence :

— Raconte-moi ta journée. Comment ça s'est passé, dans la Collecte-Mobile ?

— Oh, rien de spécial. On a roulé jusqu'aux faubourgs de la ville et on s'est garés dans un endroit pratique pour repérer d'éventuels attaquants. Deux vampires se sont pointés, ils voulaient une dose d'hémoglobine et on les a envoyés balader. Bishop n'a jamais montré le bout de son nez. Une fois qu'on a perdu le contact avec les vampires, on a décidé de rentrer en ville pour voir ce qui se passait. On a failli avoir un accident à cause d'une bande d'ivrognes, puis les sangsues qui nous accompagnaient ont pété un câble. Je suppose qu'Amelie venait de lancer son appel. Je les ai déposés au silo à grains, le seul endroit qui fournissait assez d'ombre dans le coin et j'ai passé le volant à Cesar Mercado. Il est censé conduire la Collecte-Mobile jusqu'à Midland cette nuit, enfin s'il peut quitter la ville. C'est ce qu'il y a de mieux à faire.

— Et le livre ? Tu lui as confié ?

En réponse, Shane plongea la main dans la ceinture de son jean et en sortit un petit volume relié en cuir. Amelie avait ajouté un cadenas, comme ceux des journaux intimes. Claire pressa le petit fermoir métallique. Il était verrouillé, bien entendu.

— Tu es sûre que c'est très malin de jouer avec ce truc ? demanda Shane.

— Sans doute pas.

Elle tenta d'écarter quelques pages pour apercevoir l'intérieur : elle put seulement constater que le texte était manuscrit et le papier vieux. Bizarrement, en approchant les narines, elle remarqua une odeur chimique.

— Qu'est-ce que tu fabriques ? lança Shane, dont le cœur semblait balancer entre répulsion et fascination.

— Je crois que quelqu'un a restauré le papier. Ça se fait pour les œuvres d'art et les ouvrages anciens. Même pour des BD parfois. Ils mettent des produits pour ralentir le vieillissement du papier, le rendre plus blanc.

— Passionnant, se moqua Shane. Rends-moi ça.

Il lui arracha le livre des mains et le plaça à l'autre bout du lit, hors de sa portée. Lorsque Claire voulut le récupérer, il s'interposa ; ils luttèrent quelques instants et, sans qu'ils l'aient prévu, elle se retrouva allongée sur lui. Elle manqua de glisser sur le côté, il la retint.

— Oh, murmura-t-elle, on ferait mieux de…

— Carrément.

— Dans ce cas, tu devrais…

— Ouais, tu as raison.

Sauf que Shane ne bougeait pas et elle non plus. Ils se regardèrent au fond des yeux un long moment puis, très lentement, elle approcha ses lèvres des siennes.

Leur baiser, tendre, langoureux et merveilleux, sembla se prolonger une éternité et, paradoxalement, ne pas durer assez longtemps. Les mains de Shane descendirent sur les hanches de Claire avant de remonter le long de son dos et de s'emmêler dans ses cheveux humides, tandis qu'il l'embrassait encore plus passionnément. Cette étreinte-là était pleine de promesses.

— Ouh là, stop ! dit-il sans la lâcher mais en mettant un petit centimètre d'air entre leurs deux bouches.

Claire se sentait vivante des orteils au sommet du crâne, tant son corps entier vibrait ; son pouls battait dans ses poignets et ses tempes, la chaleur rayonnait dans sa cage thoracique telle une flaque de lumière.

— Tout va bien, insista-t-elle. Je te jure, Shane, fais-moi confiance.

— Eh, mais c'est ma réplique, ça !

— Pas aujourd'hui.

Embrasser Shane était sa récompense pour avoir survécu à cette longue et terrifiante journée. Ainsi blottie entre ses bras, elle avait l'impression de monter au paradis sur un rayon de lune. Elle retira ses chaussures et se glissa tout habillée sous la couette. Shane hésita.

— Fais-moi confiance, répéta-t-elle. Et garde tes vêtements si tu n'y arrives pas.

Ils s'étaient déjà retrouvés ensemble dans le même lit, pourtant ça n'avait jamais été aussi... intense. Claire se serra tout près de lui, dos contre torse, et il l'enlaça. Une douce torpeur s'empara aussitôt d'elle. La gorge serrée, elle se raccrocha de toutes ses forces à sa raison, tandis que le souffle de Shane lui caressait la nuque. Il l'effleura de ses lèvres avant de chuchoter :

— Danger… Tu me rends dingue, tu sais.

— Pas du tout.

— Sur ce point, c'est toi qui vas devoir me faire confiance.

Le soupir qui lui échappa tira un frisson à Claire. Il reprit :

— Je n'en reviens pas que tu aies voulu ramener Monica ici…

— Oh, allez ! Même toi, tu ne l'aurais pas laissée là-bas, toute seule. Je te connais assez pour le savoir, Shane Collins. Elle a beau être mauvaise...

— Tu veux dire qu'elle est le Mal incarné !

— Peut-être, mais je te vois mal l'abandonner entre leurs griffes...

En se tortillant, elle se retourna pour lui faire face et ils se disputèrent quelques instants les couvertures.

— Que va-t-il se passer maintenant ? Tu as une idée ? lança-t-elle.

— Tu me prends pour Miranda-la-médium, ou quoi ? Non, je n'en ai pas la moindre idée. Tout ce que je sais, c'est que quand on se lèvera demain matin, soit les vampires auront repris le contrôle, soit... pas. Et dans ce cas, on devra décider de la prochaine étape.

— Peut-être qu'il n'y aura pas d'autre étape. Peut-être qu'il faudra juste attendre.

— J'ai une seule certitude, Claire : il ne faut jamais se planquer au même endroit deux jours de suite. Il faut rester en mouvement. Ce qui peut impliquer d'aller dans la mauvaise direction, mais peu importe. À chaque seconde, la situation évolue, que cela nous plaise ou non.

Elle le dévisagea avec attention, avant de demander :

— Ton père est ici ?

— Tu veux la vérité ? rétorqua-t-il avec une grimace. Je n'en sais rien. Ça ne me surprendrait pas. S'il y a bien quelqu'un qui serait capable de profiter de la situation pour prendre les commandes, ce serait bien lui. Son amitié avec Manetti remonte à des siècles, je ne serais pas étonné que mon vieux soit celui qui tire les ficelles en réalité.

— Et s'il prend les commandes, comme tu dis, qu'arrivera-t-il à Michael ? À Myrnin ? Et à tous les autres ?

— Tu as vraiment besoin que je te fasse un dessin ?

Claire secoua la tête avant de hasarder :

— Il dira aux habitants de Morganville de tuer tous les vampires, puis il s'attaquera aux Morrell et à tous ceux qui, d'après lui, sont responsables des malheurs de ta famille, je me trompe ?

— Non, tu as sans doute raison, soupira-t-il.

— Et tu resteras les bras croisés ?

— Ce n'est pas ce que j'ai dit.

— Tu n'as pas non plus dit le contraire. Et ne me réponds pas que c'est compliqué, parce que ce n'est pas vrai. Soit on se bat pour les causes auxquelles on croit, soit on dépose les armes. C'est toi qui me l'as expliqué un jour, et tu voyais juste.

Elle enfouit son visage dans son torse et conclut :

— Tu voyais juste à l'époque, Shane. Il ne faut pas que ça change aujourd'hui.

Du bout des doigts, il suivit le contour de sa joue et de ses lèvres. Personne ne l'avait jamais regardée de la sorte.

— Dans cette ville de tarés, tu es la seule à m'avoir toujours fait du bien, chuchota-t-il. Je t'aime, Claire.

Elle aperçut ce qui pouvait bien ressembler à un éclair de panique dans ses yeux, mais il le chassa rapidement.

— Je n'arrive pas à croire que je dis un truc pareil, pourtant c'est la vérité, Claire. Je t'aime.

Il ajouta autre chose, seulement le monde s'était déjà refermé sur elle. Les lèvres de Shane avaient beau continuer à remuer, elle n'entendait plus que l'écho de ces trois mots, qui résonnait indéfiniment dans son crâne, tel le carillon d'une cloche. Je t'aime.

Il paraissait déstabilisé par sa propre déclaration, pris au dépourvu – comme s'il n'avait découvert ses propres sentiments qu'à cet instant. Elle cligna des yeux. Elle eut soudain le sentiment de ne l'avoir réellement vu auparavant. Il était beau. Plus beau que tous les hommes qu'elle avait croisés au cours de sa vie. N'écoutant plus, depuis un moment déjà, ce qu'il disait, elle l'interrompit d'un baiser. Ou plutôt de plusieurs. Elle le bâillonna ainsi pendant de longues minutes. Lorsqu'il finit par s'écarter, de quelques centimètres à peine, elle découvrit qu'un désir intense et dévastateur consumait ses prunelles. Elle en éprouva un plaisir infini.

— Je t'aime, dit-il avant de l'embrasser avec une telle ferveur qu'elle en eut le souffle coupé.

Il se faisait plus passionné, plus avide, plus... tout. S'abandonnant à la vague qui l'emportait, Claire songea que si elle ne devait plus jamais toucher le rivage, elle se contenterait de s'ébattre éternellement dans cette effusion sensorielle. « Stop ! lui cria une petite voix intérieure. Arrête-toi ! Qu'est-ce qui te prend ? » Elle aurait voulu la faire taire.

— Je t'aime aussi, susurra-t-elle.

Sa voix tremblait, tout comme ses mains, posées sur les pectoraux de Shane. Sous le tissu doux du tee-shirt, elle sentait ses muscles contractés et chacune des inspirations profondes qu'il prenait.

— Je ferais n'importe quoi pour toi, ajouta-t-elle.

Alors qu'elle l'entendait comme une invitation, il reçut sa déclaration comme un électrochoc.

— N'importe quoi... répéta-t-il en fermant les yeux. Ouais, je vois ça. Mauvaise idée, Claire. Très, très mauvaise.

— Même aujourd'hui ? riposta-t-elle avec un petit rire nerveux. Le monde est devenu fou, pourquoi pas nous ? Juste une fois ?

— Parce que j'ai fait une promesse, dit-il en la serrant contre lui et en poussant un profond soupir. À tes parents, à Michael, à moi-même. Et à toi, Claire. Je ne peux pas revenir sur ma parole. C'est à peu près tout ce qui me reste ces derniers temps.

— Mais… et si…

— Chut, lui murmura-t-il au creux de l'oreille. S'il te plaît. C'est déjà assez difficile comme ça.

Il l'embrassa à nouveau, tendrement, et son baiser avait un goût triste cette fois. Comme s'il s'agissait d'un adieu.

— Je suis très sincère, Claire, je t'aime, souffla-t-il tandis qu'il lui essuyait les joues, mouillées de larmes. Seulement je ne peux pas. Pas maintenant.

Avant qu'elle ait le temps de le retenir, il sortit du lit, remit ses chaussures et se dirigea vers la porte. Elle s'assit, la couverture serrée contre sa poitrine comme si elle était nue dessous, et il hésita, une main sur la poignée.

— S'il te plaît, Shane, reste...

Il secoua la tête.

— Si je reste, la situation va nous échapper. Tu le sais, je le sais, et on ne peut pas faire ça. Le monde est en train de s'écrouler autour de nous, mais...

Après avoir pris une inspiration profonde et douloureuse, il conclut :

— Non.

En se refermant, la porte poussa un murmure déchirant. Elle serra piteusement l'oreiller qui avait conservé l'odeur des cheveux de Shane, puis s'allongea à l'endroit qui avait gardé la chaleur de son corps. D'abord tentée de s'abandonner aux larmes pour trouver le sommeil, elle se rappela alors l'émerveillement qu'elle avait lu dans son regard à l'instant où il lui avait avoué son amour.

Non, elle n'avait aucune raison de pleurer.

Bercée par un sentiment de sécurité, elle finit par s'endormir.

10.

Le lendemain, il n'y avait aucune trace des vampires. Aucune. Claire vérifia le réseau aérien de transport parallèle, mais à ce qu'elle pouvait en voir il était hors service. N'ayant rien de particulier à faire, elle fila un coup de main dans la maison – pour nettoyer, ranger, préparer à manger. Richard Morrell passa prendre de leurs nouvelles. Ça lui avait réussi de dormir quelques heures, même s'il n'avait pas bonne mine pour autant.

Lorsque Eve descendit, elle était presque aussi défaite que lui. Elle ne s'était pas donné la peine de masquer son visage derrière l'habituel maquillage gothique, et ses cheveux noirs formaient une masse emmêlée et aplatie sur le dessus. Elle servit un café à Richard, puis demanda :

— Comment va Michael ?

Le policier souffla sur sa tasse avant de répondre, sans la regarder :

— Il est à la mairie. Nous avons déplacé tous les vampires détenus là-bas. Pour des raisons de sécurité.

L'inquiétude déforma les traits d'Eve, et Shane lui posa une main sur l'épaule. Elle se concentra sur sa respiration pour retrouver le contrôle d'elle-même.

— Bien, dit-elle, c'est sans doute pour le mieux, tu as raison.

Après avoir avalé quelques gorgées de café, elle ajouta :

— Ça se déroule comment dehors ?

Par « dehors » elle entendait « au-delà de West Lot Street », leur rue étant plongée dans un calme irréel.

— Pas terrible, répondit Richard d'une voix enrouée (sans doute à force de crier). La moitié des magasins sont fermés, certains ont été incendiés ou pillés. Nous n'avons pas assez d'agents ou de volontaires pour être partout. Une partie des commerçants se sont armés afin de se défendre eux-mêmes... Ça ne me plaît pas, mais c'est sans doute la meilleure option jusqu'à ce que la situation se tasse et que tout le monde reprenne ses esprits. Enfin, tous ne posent pas problème, cependant il y a une bonne partie de la ville qui ronge son frein depuis longtemps. Vous savez qu'ils ont attaqué le Barfly ?

— Ouais, on a entendu ça, confirma Shane.

— Eh bien, ce n'était que le début des réjouissances. Le bar de Dolores Thompson a été cambriolé, puis ils sont allés dans la zone industrielle et ils ont découvert l'entrepôt contenant les stocks d'alcool. Je peux vous dire que ceux qui s'imaginent que la solution à tous leurs problèmes est au fond d'une bouteille s'en sont donné à cœur joie.

— On a croisé quelques agités, lança Eve en jetant un coup d'œil à Claire. À propos de ta sœur...

— Merci de vous être occupés d'elle. On peut compter sur cette idiote pour parader dans sa décapotable rouge en pleine émeute. Elle a de la veine qu'ils ne l'aient pas tuée.

Ils n'auraient pas hésité, Claire le savait.

— Je suppose que tu l'emmènes avec toi ?

Avec un petit sourire, Richard rétorqua :

— Tu veux dire que ce n'est pas une invitée plaisante ?

En réalité, Monica s'était montrée très discrète. Claire l'avait trouvée roulée en boule sur le canapé et entortillée dans une couverture. Dormant à poings fermés, elle paraissait incroyablement jeune avec son teint pâle et ses contusions.

— Elle n'a pas fait d'histoires, reconnut-elle en haussant les épaules, mais elle préfère sans doute être avec sa famille.

— Famille qui a été mise sous protection. Mon père a failli être enlevé par une bande d'abrutis qui criaient des slogans sur les impôts ou un truc dans le genre. Ma mère...

Richard secoua la tête comme pour chasser une image de sa tête, avant de reprendre :

— Bref, à moins que ma sœurette n'ait beaucoup changé, je crains qu'elle n'apprécie pas la perspective d'être enfermée entre quatre murs avec eux. Et vous connaissez Monica, quand elle n'est pas contente...

— Personne ne l'est, compléta Shane. Il n'empêche que je veux la voir dégager. Désolé, mec, mais on a déjà fait notre devoir. Il faudrait que ce soit une amie pour qu'on la garde chez nous, ce qui n'est pas le cas. Et ne le sera jamais.

— Dans ce cas, je vais vous libérer de ce poids, rétorqua-t-il en se levant. Merci pour le café. Je ne sais pas comment je tiendrais sans en ce moment.

— Richard... lança Eve, qui s'était levée elle aussi. Sérieusement, parle-nous de la situation. Quelle va être la suite des événements ?

— Avec un peu de chance, les saoulards vont dégriser ou perdre connaissance, quant à ceux qui arpentent la ville à la recherche de souffre-douleur sur qui passer leurs nerfs, ils finiront par avoir des ampoules aux pieds et rentrer se coucher.

— Ce n'est pas comme si la chance était vraiment de notre côté ces derniers temps, observa Shane.

— Non, convint Richard. En effet. Mais on ne peut pas maintenir le couvre-feu éternellement. Les gens doivent travailler, les écoles rouvrir et, pour cela, il faut qu'on retrouve un semblant de normalité. On s'y emploie, d'ailleurs. L'électricité et l'eau ont été rétablies, tout comme les lignes téléphoniques. La télé et la radio peuvent à nouveau diffuser leurs émissions.

J'espère que ça contribuera à apaiser les esprits échauffés. Des patrouilles de police quadrillent la ville et sont en mesure d'intervenir n'importe où en moins de deux minutes. Il y a un os, malgré tout, côté météo. Une énorme perturbation qui arriverait sur nous ce soir. Ça ne me réjouit pas, mais le mauvais temps forcera peut-être les excités de service à rester chez eux quelques heures. Les révoltés n'aiment pas plus la pluie que nous.

— Et l'université ? voulut savoir Claire. Vous avez rouvert ?

— Oui, et les cours ont repris, crois-le ou non. Nous avons raconté que les émeutiers étaient partie intégrante de la simulation, ainsi que le pillage et la destruction de certains magasins. Ça en a convaincu une partie.

— Et... pas de nouvelles des vampires ?

Richard ne répondit pas immédiatement.

— Non. Pas vraiment.

— C'est-à-dire ?

— On a trouvé des corps avant l'aube. Tous de vampires. Tués par des armes en argent ou décapités. J'en connaissais quelques-uns. Et si vous voulez mon avis, ces meurtres ne sont pas à porter au crédit de Bishop. Les vampires sont apparemment tombés dans une embuscade tendue par des humains.

Claire retint son souffle et Eve se couvrit la bouche.

— Qui... ?

— Bernard Temple, Sally Christien, Tien Ma et Charles Effords.

Eve baissa sa main pour demander :

— Charles Effords ? Le Charles de Miranda ? Son Protecteur ?

— Ouais. Vu l'état de sa dépouille, je dirais même qu'il était la cible principale. Les pédophiles n'ont pas la cote.

— Sauf avec Miranda, riposta Eve. Elle va être terrorisée maintenant.

— Eh bien, justement... hésita Richard. Elle est partie.

— Partie ?

— On est à sa recherche. Ses parents nous ont signalé sa disparition hier, en début de soirée. J'espère qu'elle n'accompagnait pas Charles quand il a été agressé. Si vous la voyez, vous m'appelez, d'accord ?

Eve articula un consentement sans qu'aucun son ne franchisse ses lèvres.

— Je dois y aller, reprit Richard après avoir regardé sa montre. Les recommandations d'usage : verrouillez les portes et vérifiez l'identité de tout visiteur non prévu. Si vous entendez parler de vampires, contactez-moi immédiatement. Servez-vous des radios, pas des lignes téléphoniques. Et soyez prudents.

Eve déglutit avant de demander :

— Je peux voir Michael ?

Il marqua un temps, comme si l'idée ne lui avait pas traversé l'esprit, puis haussa les épaules.

— Suis-moi.

— On vient aussi, intervint Shane.

Le trajet jusqu'à la mairie, où Michael était détenu, fut des plus inconfortables. Le véhicule de patrouille de Richard avait beau être grand, il n'était pas conçu pour accueillir cinq passagers et ils durent se tasser. Monica s'était installée devant, à côté de son frère, et Claire se glissa entre Shane et Eve sur la banquette arrière.

Ils n'échangèrent pas un seul mot du voyage, pas même lorsqu'ils dépassèrent les décombres calcinés des maisons et boutiques. Il n'y avait plus ni incendie, ni troubles dans les rues. Richard franchit une barrière de police à proximité de la mairie et se gara dans le parking souterrain.

— Je conduis Monica à mes parents. Descendez aux cellules, je vous rejoins dans une minute.

Il leur fallut bien plus d'une minute pour pouvoir accéder à Michael ; les vampires, plus exactement les cinq que les humains avaient réussi à séquestrer, étaient parqués dans un endroit spécifique du bâtiment, à l'abri de la lumière naturelle, dans des cellules renforcées. Les lieux rappelèrent un mauvais souvenir à Claire, celui de la prison où Myrnin s'enfermait généralement de lui-même, pour son propre bien. Quelqu'un s'était-il chargé de nourrir les vampires qui s'y trouvaient encore ?

Si trois des prisonniers étaient des inconnus, elle connaissait les deux derniers.

— Sam ! s'écria-t-elle en se précipitant vers les barreaux.

Le grand-père de Michael gisait sur une paillasse, une main pâle posée sur les yeux. Il se redressa dès qu'il entendit son nom. Une fois de plus, Claire fut saisie par la ressemblance entre son petit-fils et lui : ils avaient la même forme de visage et seule la couleur des cheveux variait – ceux de Michael étant d'un blond clair et ceux de Sam, roux.

— Sors-moi d'ici, lança-t-il en se jetant sur la porte de son cachot.

Il la secoua avec une violence inattendue. Claire recula, la mâchoire décrochée.

— Ouvre la porte et fais-moi sortir, Claire ! s'entêta-t-il. Tout de suite !

— Ne l'écoute pas, intervint Michael, adossé aux barreaux de sa propre cellule, les traits tirés. Eh, les amis, vous m'avez apporté un gâteau fourré avec un passe-partout ?

— C'était prévu, mais j'ai bouffé le gâteau. Les temps sont durs, mec, rétorqua Shane en lui tendant la main.

Pendant que Michael la lui serrait avec gravité, Eve se plaqua contre les barreaux pour tenter de le prendre dans ses bras. Claire vit le soulagement se peindre sur les traits de Michael en dépit de l'obstacle de fer entre eux deux. Quand il embrassa Eve, Claire détourna les yeux, gênée. Sam agrippa à nouveau les barres métalliques et les secoua de toutes ses forces.

— Claire, ouvre-moi ! Je dois rejoindre Amelie !

Le policier qui les avait escortés s'écarta du mur contre lequel il s'était posté.

— Du calme, monsieur Glass. Vous n'irez nulle part et vous le savez.

Il se tourna vers Shane et Claire pour ajouter :

— Il est comme ça depuis le début. On a dû lui injecter des tranquillisants à deux reprises : il allait finir par se blesser à force de chercher à sortir par n'importe quel moyen. Il est pire que les autres. Eux ont retrouvé un semblant de calme, lui non.

Effectivement, Sam était loin d'être apaisé. Claire le vit bander ses muscles pour tenter de forcer la serrure avant de renoncer, pantelant de frustration, et de s'écrouler sur sa paillasse.

— Je dois y aller, grommela-t-il. Je vous en prie, c'est important. Elle a besoin de moi. Amelie…

Claire reporta son attention sur Michael, loin d'être aussi perturbé.

— Euh... désolée de demander ça... tu ressens la même chose que lui ?

— Non, répondit-il en gardant les paupières closes. Pendant un temps, il y a eu cet... appel, mais ça a cessé depuis trois heures environ.

— Alors pourquoi Sam…

— Ça n'a rien à voir avec l'appel. Il est rongé par l'idée qu'Amelie a des ennuis et qu'il est impuissant.

Le grand-père de Michael se prit la tête à deux mains, dans une posture qui trahissait son désespoir.

— Sam, lança Claire après avoir échangé un regard avec Shane, quelle est la situation actuelle ? Tu le sais ?

— Des gens meurent, voilà la situation. Amelie est en danger, je dois la retrouver. Je ne peux pas rester assis là !

Il se jeta à nouveau contre les barreaux, les heurtant avec tant de violence que le métal tinta comme une cloche.

— Vous resterez ici pourtant, rétorqua le policier d'un ton qui ne manquait pas de compassion. Vous êtes incapable de vous contrôler, vous seriez prêt à sortir en plein jour, ce qui ne ferait le bien de personne, ni le sien, ni le vôtre.

— J'aurais pu partir il y a des heures, avant le lever du soleil, cingla Sam. Plusieurs heures.

— Et maintenant vous devez attendre la tombée de la nuit.

Sam sortit les crocs et cracha tandis que ses yeux viraient au cramoisi. Le mouvement de recul fut général et, cette fois, le vampire battit en retraite pour de bon. Il s'allongea sur sa paillasse et leur tourna le dos.

— Purée, souffla Shane, il ne plaisante pas.

D'après le récit du policier, puis de Richard lorsqu'il les rejoignit, tous les vampires captifs s'étaient montrés violents, au début. À présent, seul Sam s'entêtait. Et selon Michael, il n'était pas poussé par l'appel d'Amelie mais par la peur de ce qui risquait de lui arriver. Par l'amour.

Eve donna un dernier baiser à Michael avant de la lâcher. Après avoir reculé, d'un tout petit pas, elle lança :

— Ça va, toi ? Vraiment ?

— Oui, ne t'inquiète pas. Ce n'est pas le Ritz, mais ce n'est pas non plus l'enfer. Ils ne nous veulent pas de mal, je le sais.

Michael tendit la main pour lui effleurer les lèvres.

— Je serai bientôt de retour.

— Tu as intérêt, dit-elle en faisant mine de lui mordre les doigts. Je pourrais parfaitement accepter un rancard avec un autre mec, tu sais.

— Et je pourrais louer ta chambre.

— Et je pourrais mettre ta console de jeux en vente sur eBay.

— Hé ! intervint Shane. Ça, c'est de la méchanceté pure.

— Tu comprends ce que je veux dire ? Il faut absolument que tu rentres, sinon le chaos total menace. Des chats et des chiens sous le même toit.

Elle baissa la voix pour ajouter :

— Et tu me manques. J'ai besoin de te voir. Tu me manques constamment.

— Toi aussi, murmura Michael. Enfin, vous me manquez tous, ajouta-t-il en regardant Shane et Claire.

— Évidemment, rétorqua celui-ci. Mais pas de la même façon, j'espère.

— La ferme, mec. Ne me force pas à venir te botter le train.

— Vous voyez ? lança Shane à l'intention du policier, il va très bien.

— Je m'inquiétais surtout pour vous, avoua Michael. Ça se passe bien à la maison ?

— Je vais devoir brûler une blouse que Monica m'a empruntée, répondit Claire, à part ça aucun problème.

Ils discutèrent quelques minutes supplémentaires, seulement le silence entêté de Sam rendait leur conversation plus triste que joyeuse. Sa souffrance était sincère et Claire ignorait comment l'apaiser – autrement qu'en le laissant piquer un sprint en plein soleil. Elle ne savait pas où Amelie se trouvait et, sans les portails, elle n'avait pas le semblant d'un début de piste. La Fondatrice avait réuni une armée, composée de ceux sur lesquels Bishop n'avait pas réussi à mettre la main, quant à son plan de bataille, tout le monde ne pouvait s'en tenir qu'à des suppositions. Pour sa part, Claire n'avait pas la moindre idée.

Après avoir serré Michael dans ses bras et promis à Sam que tout irait bien, elle suivit Shane et Eve.

— S'ils restent calmes toute la journée, je les libérerai ce soir, les informa Richard. Mais je ne suis pas très rassuré à la perspective de les laisser traîner en ville seuls. Ce qui est arrivé à Charles et aux autres pourrait très bien se reproduire. Avant, Cap'taine Flagrant représentait la plus grande menace, aujourd'hui, on ne sait pas à quels fanatiques on a affaire ni quelles sont leurs intentions. Et les vampires sont incapables de se protéger seuls, à l'heure actuelle.

— Mon père te rétorquerait qu'il était temps que la vapeur s'inverse, observa Shane.

Richard plongea ses yeux dans les siens.

— C'est aussi ce que tu penses ?

Shane considéra Michael et Sam avant de répondre :

— Non. Plus maintenant.

Aucun événement notable ne vint perturber le cours de la journée. Claire en passa une bonne partie avec ses livres de cours, même si elle était incapable de se concentrer. Toutes les cinq minutes, elle consultait sa boîte mail et son téléphone portable, dans l'espoir de recevoir un message, n'importe lequel, d'Amelie. « Vous ne pouvez pas nous laisser comme ça. Nous ne savons pas quoi faire. » À part aller de l'avant. Shane avait raison, ils ne pouvaient pas rester les bras croisés. Le monde continuait à tourner.

Dans l'après-midi, Eve conduisit Claire chez ses parents, où elles dégustèrent un gâteau et une tasse de thé en écoutant le flot continu de paroles optimistes de Mme Danvers. Son mari avait mauvaise mine. Comme toujours, Claire s'inquiéta pour le cœur de son père. Il sembla retrouver de l'entrain lorsqu'il lui dit qu'il l'aimait, qu'il se faisait du souci pour elle et qu'il voulait qu'elle se réinstalle chez eux.

Elle qui pensait être enfin débarrassée de ce problème... Elle échangea un regard rapide avec Eve.

— On pourrait en reparler quand la vie aura repris son cours normal ?

Comme si les choses étaient jamais normales à Morganville...

— La semaine prochaine ? ajouta-t-elle.

— Entendu, concéda son père, mais je ne changerai pas d'avis, Claire. Tu seras mieux à nos côtés.

Quel que soit le sort que Bishop lui avait jeté, il fonctionnait toujours à merveille : M. Danvers n'en démordrait pas, sa fille devait quitter la colocation. À moins qu'il s'agisse non pas d'un sortilège mais d'instinct parental.

Enfournant un énorme morceau de gâteau, Claire fit semblant de ne pas avoir entendu et interrogea sa mère sur les nouveaux rideaux. Ce sujet de conversation occupa les vingt minutes suivantes, puis Eve se sentit autorisée à prétendre qu'elle avait besoin de rentrer à la maison.

— La vache ! lança-t-elle en démarrant. Tu vas vraiment y aller ? Tu vas emménager avec eux ?

— Aucune idée, répondit Claire avec un haussement d'épaules. Je ne sais même pas si on va survivre à cette journée, alors j'ai du mal à faire des plans sur la comète.

Après un silence, elle ajouta :

— Shane a dit qu'il m'aimait.

Elle n'avait pas prévu d'aborder ce sujet, pas du tout, mais les mots avaient tourné en boucle dans sa tête toute la journée. Eve pila aussitôt, d'un coup si sec qu'elles furent projetées en avant – heureusement elles avaient mis leurs ceintures.

— Quoi ? Shane a fait quoi ?

— Il a dit qu'il m'aimait.

— D'accord, alors première réaction : sensass, génial, j'espérais avoir bien entendu.

Prenant une profonde inspiration, Eve relâcha le frein et continua sa route dans la rue déserte.

— Deuxième réaction, maintenant, poursuivit-elle. Eh bien, j'espère que vous... euh... comment le dire ? Vous vous surveillez ?

— Tu veux savoir si on couche ensemble ? Non, rétorqua Claire un peu trop vivement. Même si on en avait envie, on ne pourrait pas. Il a promis et il ne reviendra pas sur sa parole. Peu importe que moi, je sois d'accord.

— Ah... lâcha Eve, avant de la fixer avec des yeux ronds comme des soucoupes (et sans se soucier de regarder la route devant elle). Tu plaisantes, là ? Non, tu as l'air sérieuse... Après t'avoir dit qu'il t'aimait, il a...

— Refusé, termina Claire. Il a refusé de coucher avec moi.

— Ah…

Incroyable le nombre de significations que cette simple syllabe pouvait avoir. Cette fois, elle était empreinte - de sympathie.

— Tu sais, Claire, ce refus fait de lui un mec…

— De rêve ? Sublime ? Ouais, je sais. Seulement... C'est juste que j'ai envie de lui, d'accord ? conclut-elle en levant les mains dans un geste d'impuissance.

— Il sera toujours là dans quelques mois. À dix-sept ans, on n'est plus une gamine, du moins au Texas.

— On dirait que tu as réfléchi à la question.

— Pas moi, répondit Eve, l'air penaud.

— Shane ? Attends... tu es en train de m'expliquer que vous en avez discuté ? Shane et toi ?

— Il avait besoin de conseils féminins. Tu sais, il prend votre histoire très au sérieux... beaucoup plus que ce que j'aurais pu m'imaginer. Il veut faire les choses bien. C'est super, non ? Moi, je trouve ça super. La plupart des types cherchent juste... bref.

Claire serra la mâchoire si fort qu'elle en grinça des dents.

— Je n'en reviens pas qu'il t'en ait parlé !

— Tu fais exactement la même chose.

— C'est un mec !

— Crois-le ou pas, ça leur arrive de dire ce qu'ils ont sur le cœur. Ils ne se limitent pas toujours à « Passe-moi la bière » ou « Tu as vu ma revue porno ? »

Eve tourna dans une rue et elles dépassèrent un pâté de maisons, quelques piétons ainsi qu'une école primaire sur laquelle était accroché l'écriteau : « FERMETURE TEMPORAIRE ».

— Tu ne m'as pas demandé mon avis, mais je vais te le donner, Claire : ne te précipite pas. Tu penses peut-être que tu es prête, seulement prends le temps. Ce n'est pas comme si tu avais une date de péremption ou un truc dans le genre.

En dépit de sa contrariété, Claire ne put retenir un éclat de rire.

— J'ai un peu cette impression en ce moment.

— Ah, satanées hormones !

— Alors, toi, tu avais quel âge quand...

— J'étais trop jeune. Je te parle d'expérience, petit scarabée.

Le regard d'Eve se perdit une seconde dans le vide, puis elle ajouta :

— Je regrette de ne pas avoir attendu Michael.

Claire cligna les yeux de surprise. De vieux souvenirs remontèrent à la surface.

— Euh... demanda-t-elle gênée. Est-ce que Brandon... ?

Brandon, le Protecteur de leur famille, était un vampire complètement flippant. Claire ne pouvait imaginer pire cauchemar qu'une première fois avec lui.

— Non, non. Il aurait bien voulu, mais non, ce n'était pas lui.

— Qui alors ?

— Désolée, Claire, ça ne te regarde pas.

— Ah bon ?

La réaction d'Eve la prenait au dépourvu : ça ne lui ressemblait tellement pas...

— Oui, insista-t-elle avant de garer la voiture le long du trottoir. Résumé de la situation : si Shane dit qu'il t'aime, c'est le cas, point à la ligne. Il ne t'aurait pas déclaré son amour s'il n'était pas sincère. Il n'est pas du genre à balancer ça dans le simple but de te faire plaisir. Ce qui signifie que tu as beaucoup, beaucoup de chance. Ne l'oublie pas.

Claire s'y efforçait sincèrement, pourtant, dès qu'elle revivait cet instant, la fulgurance aveuglante au moment où il avait plongé ses yeux dans les siens et prononcé ces mots... Elle rêvait de revoir l'éclat incroyable dans son regard.

Ça avait été romantique. Mais frustrant aussi. D'une façon totalement inédite pour elle. Et à présent un sentiment nouveau s'emparait d'elle : le doute. « C'est peut-être ma faute. J'aurais sans doute dû faire quelque chose. Lui donner un signe. » Eve perçut aussitôt son désarroi.

— Tout ira bien, Claire, dit-elle en s'esclaffant. Lâche un peu de lest. Je ne connais que deux gentlemen, et Shane est l'un d'eux. Ce qui ne signifie pas qu'il ne rêve pas de se jeter sur toi. Ça signifie juste qu'il ne le fera pas dans l'immédiat. Et tu reconnaîtras que c'est craquant, non ?

Formulé ainsi, oui, elle devait bien le reconnaître.

À l'approche de la tombée de la nuit, Richard appela pour annoncer qu'il était prêt à libérer Michael. Pour la seconde fois de la journée, ils s'entassèrent dans la voiture et foncèrent à la mairie. La plupart des barrières de police avaient disparu. Les flashs infos, à la télé comme à la radio, ne rapportaient aucun débordement de violence. Les boutiques – celles tenues par les humains – rouvriraient le lendemain. Et l'école reprendrait.

La vie continuait son cours et le maire était censé faire un discours, que personne n'écouterait, sans doute.

— Ils vont lâcher Sam aussi ? s'enquit Claire lorsque Eve se gara dans le parking souterrain.

— Apparemment. Richard ne pense pas pouvoir détenir de prisonnier plus longtemps. Une sorte d'ordonnance a été prise, établissant que la loi et l'ordre ont été restaurés. Et il a peur qu'il finisse par se faire mal. Enfin,

Richard espère peut-être remonter la piste d'Amelie en suivant Sam.

Eve scruta les environs. Il y avait quelques voitures aux vitres teintées — rien d'inhabituel là-dedans. Le reste des véhicules semblait appartenir à des humains.

— Vous voyez quelque chose ?

— Comme quoi ? Un grand panneau annonçant : « Attention piège » ? l'interrogea Shane en descendant et en tendant la main à Claire. Évidemment, ça ne me surprendrait pas de la part de certains de nos concitoyens les plus remarquables, mais non, je ne vois rien.

Michael sortait justement de sa cellule quand ils arrivèrent. Il y eut des accolades et des poignées de main. Les autres vampires, qui n'avaient pas de comité d'accueil, paraissaient un peu désemparés par la situation. Pas Sam.

— Attends ! s'écria Michael en le retenant par le bras.

Frappée une fois de plus par leur ressemblance, Claire songea que ce serait sans doute toujours le cas, vu qu'aucun d'eux ne vieillirait plus.

— Tu ne peux pas partir tout seul, Sam, ajouta son petit-fils. Tu ne sais même pas où elle est. En arpentant la ville comme un chevalier en armure, tu réussiras seulement à t'attirer des ennuis. Sinon à y perdre le vie.

— Et si je ne fais rien, c'est elle qui risque de mourir. Je ne peux pas, Michael. Sans elle, la vie n'a aucun sens pour moi.

Sam se libéra, puis ajouta :

— Je ne te demande pas de m'accompagner. Je te demande simplement de ne pas te placer en travers de mon chemin.

— Grand-père...

— Exactement. Obéis-moi.

Usant de sa vitesse surnaturelle, Sam disparut avant que ses derniers mots aient atteint les oreilles de Claire. Elle aperçut tout juste la forme floue qui s'évanouissait dans le couloir.

— Bon courage si vous comptez retrouver Amelie en le suivant, ironisa Shane. À moins que ta caisse, Eve, puisse rouler à la vitesse de la lumière, maintenant.

Michael mit quelques instants à détacher son regard de la porte par laquelle son aïeul s'était éclipsé. Colère, regret, tristesse s'y mêlaient. Puis il attira Eve contre lui et déposa un baiser sur le sommet de son crâne.

— Bon, si on réfléchit bien, remarqua-t-il, ma famille n'est pas plus tordue que celle d'un autre.

Elle hocha la tête.

— Récapitulons. Mon père était un trouduc violent...

— Le mien aussi, intervint Shane en levant la main.

— Merci. Mon frère est un fou furieux passé à l'ennemi...

— Pourquoi tu ne veux pas parler de mon père ?

— Parce que. En résumé, Michael, ta famille est géniale comparée aux nôtres. Un peu trop portée sur le sang peut-être. Mais démente.

— Ce n'est pas vraiment l'impression que ça me fait en ce moment, soupira-t-il.

— Ça ne va pas durer, le rassura Eve, subitement sérieuse. Alors que pour Shane et moi il est trop tard. Tu es notre seule famille, maintenant.

— Je sais, conclut Michael. Rentrons chez nous.

11.

Ils avaient à nouveau la maison pour eux tout seuls. Une maison qui avait besoin d'un grand ménage – leurs hôtes ne s'étaient pas particulièrement mal conduits, c'était simplement la rançon d'un grand nombre d'allées et venues. Munie d'un sac-poubelle, Claire entreprit de ramasser les assiettes en carton, les gobelets en polystyrène à moitié remplis de café éventé, les emballages froissés et les papiers qui traînaient. Shane s'installa devant un jeu vidéo, visiblement d'humeur à tuer des zombies. Michael sortit sa guitare de son étui, pourtant tout en l'accordant il ne cessait de jeter des regards nerveux en direction de la fenêtre.

— Quoi ? demanda Eve, qui avait réchauffé un reste de spaghettis et lui tendait une assiette. Tu as vu quelque chose ?

— Non, répondit-il avec un petit sourire crispé en repoussant la nourriture. Je n'ai pas très faim, désolé.

— Il y en aura plus pour moi, intervint Shane avant de prendre l'assiette et d'enfourner une grosse bouchée. Sérieux, mec, tout va bien ? Ce n'est pas ton genre de refuser de la bouffe.

Toujours absorbé dans ses pensées, Michael ne répondit pas.

— Tu es inquiet pour Sam ? insista Eve.

— Sam et les autres. C'est du délire. Ce qui se passe...

Michael se leva pour vérifier que les fenêtres étaient bien fermées ; ses gestes ressemblaient à ceux d'un automate.

— Je ne comprends pas ce que Bishop fabrique. Pourquoi les combats n'ont-ils pas encore commencé ?

— Peut-être qu'Amelie est en train de lui botter les fesses dans un sous-sol... suggéra Shane, qui continuait à s'empiffrer.

— Non, je le sentirais. Je crois… je crois qu'elle se cache. Avec ses partisans. Les vampires, s'entend.

Shane cessa soudain de mastiquer.

— Tu sais où ils se trouvent ?

— Pas vraiment. Je sens juste…

Michael secoua la tête, puis reprit :

— J'ai perdu la connexion, désolé. Mais je sens que les choses changent. On approche du point critique.

Claire venait de se servir de spaghettis, lorsqu'un bruit de cavalcade résonna au-dessus d'eux. Ils levèrent la tête avant d'échanger des regards étonnés. Michael pointa un doigt sur son torse puis sur l'escalier, et ils opinèrent tous. Eve sortit trois pieux du tiroir à l'extrémité de la table. Michael gravit les marches en silence et disparut.

Ce ne fut pas lui qui réapparut quelques instants plus tard, mais un tourbillon de tissus : velours noir du manteau et satin blanc du pantalon bouffant rentré à la va-vite dans des bottes noires.

— En haut, tous, lança Myrnin par-dessus la balustrade. J'ai besoin de vous !

— Euh…

Eve se tourna vers Shane, qui se tourna vers Claire. Elle emboîta aussitôt le pas à l'alchimiste.

— Faites-moi confiance, refuser ne pourra que nous desservir.

Michael les attendait dans le couloir, devant la porte dérobée, menant à la pièce secrète. Il s'engouffra dans l'escalier. Claire s'était imaginé trouver tout sauf la foule massée dans la pièce du deuxième étage. Après avoir promené un regard ébahi autour d'elle, elle s'effaça pour laisser passer Shane et Eve. Myrnin arriva en dernier.

— Claire, tu as déjà fait la connaissance de Theo Goldman et de sa famille, je crois.

Elle repéra les personnes concernées. Elle les avait en effet rencontrées, dans le musée. Theo, qui avait expliqué à Amelie qu'ils ne se battraient pas, lui et les siens. Selon toute apparence, on ne leur avait pas vraiment demandé leur avis. On ne voyait jamais de vampire avec des bleus, mais leurs vêtements déchirés et les traces de sang, sans oublier leurs traits tirés, permettaient de conclure qu'ils en étaient venus aux mains. Theo était le plus mal en point. Son visage doux n'était plus que rides et plis, comme s'il avait pris cent ans en deux jours.

— Je suis désolé, dit-il, nous n'avions pas d'autre endroit où aller. Amelie... J'espérais la voir ici, lui demander l'asile. Nous nous sommes déjà présentés partout ailleurs.

Claire se souvint soudain qu'ils étaient plus nombreux lors de leur précédente rencontre – oui, il manquait au moins deux personnes, un humain et un vampire.

— Que s'est-il produit ? Je pensais que vous étiez en sûreté là-bas !

— C'était le cas. Puis la situation a basculé. Il en va ainsi en temps de guerre. Les endroits sûrs ne le sont plus. Quelqu'un savait où nous étions, ou du moins le soupçonnait. Hier matin, au point du jour, des émeutiers ont fracturé les portes pour nous attaquer. Jochen...

Il échangea un regard avec sa femme, qui inclina la tête.

— Notre fils Jochen, reprit-il, a sacrifié sa vie pour les retenir. Et notre ami humain, William, également. Depuis nous nous cachons, passant d'un endroit à un autre en évitant le soleil.

— Comment êtes-vous arrivés jusqu'ici ? s'enquit Michael.

Il ne dissimulait pas sa méfiance, et Claire ne pouvait pas le lui reprocher.

— C'est moi qui les ai amenés, répondit Myrnin. Je me suis mis en quête de ceux qui manquaient à l'appel.

Il s'accroupit à côté d'une des fillettes vampires et lui caressa les cheveux. Elle lui adressa un sourire apeuré.

— Ils peuvent rester ici pour le moment, ajouta-t-il. Rares sont ceux à connaître l'existence de cette pièce. J'ai laissé ouvert le portail dans le grenier, au cas où ils devraient prendre la fuite, mais c'est l'unique issue. Qui ne servira qu'en ultime recours.

— Il y en a d'autres ? Dehors ? voulut savoir Claire.

— Rares sont ceux qui restent isolés. La plupart ont rejoint Bishop ou Amelie. Quand ils ne se sont pas tout bonnement évaporés, répondit-il en écartant les mains dans un geste d'impuissance.

— Que font-ils ? Amelie et Bishop ?

— Ils déploient leurs forces. Ils tentent de transformer la situation à leur avantage, de trouver le terrain qui leur sera le plus favorable. Ça ne durera pas.

Myrnin haussa les épaules, puis poursuivit :

— Tôt ou tard, sans doute cette nuit, ils finiront par ne plus pouvoir éviter la confrontation. À l'issue de la bataille, il y aura un gagnant et un perdant. Et demain matin, Morganville découvrira son destin.

Cette perspective n'avait rien de réjouissant. Elle était même carrément flippante. Réprimant un frisson, Claire se tourna vers ses amis. Personne ne semblait rien avoir à ajouter.

— Claire, suis-moi, lança Myrnin en se retirant dans un coin de la pièce. As-tu parlé à ton ami médecin ?

— Je n'ai pas réussi à le joindre. Myrnin... tout va bien ?

— Plus pour très longtemps, rétorqua-t-il d'un ton tranchant. Si je ne prends pas une nouvelle dose du remède rapidement, je représenterai un danger pour tous ceux autour de moi. Peux-tu t'en procurer ?

— Il y a des réserves au laboratoire...

— Je m'y suis rendu, Bishop avait déjà tout raflé. Je vais avoir besoin de nouvelles éprouvettes... et de refaire toute ma bibliothèque.

Sa légèreté affichée était démentie par l'ombre qui voilait ses prunelles sombres et luisantes.

— Il a tenté de détruire les portails pour gêner les déplacements d'Amelie. J'ai réussi à rafistoler le réseau, mais je devrai te montrer comment j'ai procédé. Sans tarder. Au cas où...

Il n'eut pas besoin de finir sa phrase. Claire hocha lentement la tête.

— Vous devriez partir, dit-elle. La prison est-elle sûre ? Celle où vous gardez les plus malades ?

— Elle ne représente aucun intérêt aux yeux de Bishop, donc oui. Il ne s'en souciera pas avant un moment. Je m'y enfermerai le temps que tu m'apportes de quoi me soigner.

Myrnin se pencha vers elle, posant sur elle un regard soudain aiguisé, avant d'ajouter :

— Nous devons peaufiner le sérum, Claire. Nous devons le distribuer. L'anxiété, les combats... tous ces sentiments exacerbés précipitent les effets de la maladie. J'en ai repéré les premiers signes chez Theo et chez Sam même. Si nous n'agissons pas vite, je crains que la confusion et la peur n'en emportent plus d'un. Et ceux-là ne seront pas capables de lutter pour leur propre vie.

La gorge serrée, Claire articula :

— Je m'en charge.

Il lui prit la main et y déposa un baiser du bout des lèvres. Celles-ci avaient beau être complètement desséchées, Claire ressentit un fourmillement dans ses doigts.

— J'ai entière confiance en toi, mon enfant. À présent, rejoignons tes amis.

— Combien de temps ces gens vont-ils rester ici ? s'enquit Eve à leur approche.

Sa question ne trahissait aucune animosité, mais elle semblait nerveuse elle aussi. Ce qui aurait été le cas de toute personne se retrouvant sous le même toit qu'une poignée de vampires, inconnus de surcroît.

— Enfin, je veux dire, bredouilla-t-elle, nous n'avons pas beaucoup de sang dans la maison...

Theo sourit. Claire se rappela alors, avec un coup au ventre, ce qu'il avait expliqué à Amelie au musée, et son sourire ne lui parut rien augurer de bon. Même lorsqu'il crut bon de préciser :

— Nous nous contentons de peu. Et nous sommes en mesure de subvenir à nos propres besoins.

— Ce qu'il est en train de dire, s'emporta Claire, c'est qu'ils peuvent mordre leurs amis humains à volonté. Non, monsieur. Pas chez nous.

Myrnin se renfrogna.

— L'heure est mal choisie pour avoir ce genre de...

— L'heure est très bien choisie au contraire, et vous le savez. Est-ce que quelqu'un s'est donné la peine de leur demander s'ils avaient envie d'être transformés en poches d'hémoglobine ambulantes ?

Les deux humains concernés, en l'occurrence deux humaines, affichèrent un air horrifié.

— C'est bien ce que je pensais, conclut Claire.

L'expression de Theo ne se modifia pas.

— Cet arrangement, privé, ne vous regarde pas. Nous ne leur ferons aucun mal, vous savez.

— À moins que vous ne leur préleviez du sang à distance, je vois mal comment vous pouvez garantir une chose pareille.

Theo peinait à contenir le feu qui couvait dans son regard.

— Qu'attendez-vous de nous ? Que nous mourions de faim ? Même les plus jeunes d'entre nous ?

Eve s'éclaircit la voix.

— En fait, je sais où il y a un stock important de sang. Si quelqu'un veut bien m'accompagner...

— Dans tes rêves ! s'écria Shane. On ne sortira pas en pleine nuit. Et puis c'est fermé.

Elle tira de sa poche un porte-clés et passa en revue plusieurs clés avant de trouver celle qu'elle cherchait et de la brandir.

— Je ne l'ai jamais rendue. C'est moi qui m'occupais de l'ouverture et de la fermeture.

Myrnin l'observa avec attention.

— Il n'y a pas de portail permettant de rejoindre le Starbucks. Autrement dit, tout vampire qui y sera au moment du lever du soleil sera bloqué là-bas.

— Non, il existe un accès souterrain, je l'ai vu. Oliver y a envoyé plusieurs personnes lorsque j'y étais, l'autre jour.

Lui adressant un large sourire, Eve conclut :

— Je suggère que nous installions vos amis là-bas. D'autant qu'il y a du café. Vous aimez ça, non ? Tout le monde boit du café.

L'ignorant, Theo se tourna vers Myrnin.

— C'est mieux ?

— C'est une position plus facile à défendre. Il y a des rideaux de fer. Et s'il y a un accès souterrain de surcroît... oui. Ça constituera une bonne base d'opérations.

Il ajouta à l'intention d'Eve :

— Nous allons avoir besoin que tu nous conduises là-bas.

Incroyable ! Il semblait considérer qu'elle était à son service. Le sang de Claire ne fit qu'un tour.

— Pardon ? Vous ne pourriez pas glisser un petit merci ? C'est l'usage, quand on demande un service ?

Le regard de Myrnin s'assombrit.

— Tu parais oublier que je t'emploie, Claire. Que tu m'appartiens, d'une certaine façon. Je ne suis pas tenu de dire s'il te plaît ou merci, ni à toi ni à tes amis. Ni à aucun humain de cette ville.

Il cligna des paupières et ses yeux retrouvèrent instantanément leur éclat habituel.

— Néanmoins, poursuivit-il, je partage ton avis. Oui. Chère demoiselle, nous allons avoir besoin que vous nous conduisiez au Starbucks, s'il vous sied. Je vous en vouerai une reconnaissance éternelle.

Il ne manquait plus que le baisemain ! Eve, évidemment, n'eut d'autre choix que d'accepter. Et Claire, que de lever les yeux au ciel.

— Vous ne tiendrez pas tous dans sa voiture, observa-t-elle.

— Et il est hors de question qu'elle sorte seule, intervint Michael. Prenons aussi la mienne. Shane, Claire…

— On reste ici, vous n'avez pas de place pour nous, l'interrompit-il. Ça me va. Vous feriez bien de filer, surtout s'ils sont recherchés. Je vais appeler Richard. Il pourra envoyer deux flics pour surveiller le Starbucks.

— Non, riposta Myrnin, pas de policiers. Nous ne pouvons pas nous fier à eux.

— Pourquoi ça ?

— Certains sont de mèche avec Bishop, d'autres avec les émeutiers. J'en ai la preuve. C'est un risque que nous ne devons pas courir.

— Mais Richard…

Surprenant le regard foudroyant de Myrnin, Claire laissa la fin de sa phrase en suspens.

— Entendu, rectifia-t-elle. Vous vous débrouillez seuls.

Eve n'avait aucune envie de rendre service, pourtant elle suivit le mouvement sans rechigner – le nombre de paires de canines concentrées dans la pièce n'y était sans doute pas étranger. Au moment où les Goldman, Myrnin, Eve et Michael s'engageaient dans l'escalier, Shane retint Claire.

— On doit réfléchir au moyen de barricader la maison. Au cas où.

— Tu veux dire, contre…

Elle désigna les vampires d'un geste vague. Il opina.

— Vu qu'il y a aussi des humains sous ce toit, on ne peut pas demander à exclure une catégorie d'êtres. Il va falloir agir au cas par cas, j'ai l'impression. Et non, avant que tu me poses la question, je ne sais pas comment les défenses de cette maison marchent. Ni comment les modifier. Seule Amelie détient la clé de ce problème.

Il ne cacha pas sa déception.

— Pourquoi on ne fermerait pas ces portes bizarres que font apparaître Myrnin et Amelie.

— Ce n'est pas parce que je connais le moyen de les utiliser que je suis capable de les désactiver.

— Super…

Après avoir observé la pièce, il se laissa tomber sur le vieux sofa victorien.

— En résumé, reprit-il, on est coincés dans un hall de gare. Ça ne me plaît pas des masses. Bishop peut utiliser ces portails ?

Claire s'était déjà posé la question et la réponse à laquelle elle était parvenue ne lui plaisait pas.

— Aucune idée. Peut-être. À en croire Myrnin, il s'est arrangé pour que le portail du grenier ne fonctionne que dans le sens de la sortie. Alors on va devoir... faire preuve de patience.

Privée de toute mission héroïque – ou même utile –, elle se contenta de réchauffer les spaghettis, qu'ils mangèrent devant une émission de télé abrutissante, sursautant au moindre bruit ou craquement, prêts à saisir les armes qu'ils avaient laissées à portée de main. Lorsque la porte de la cuisine s'ouvrit avec fracas, environ une heure plus tard, Claire faillit bien se retrouver sur la liste des candidats à une transplantation cardiaque. Heureusement, presque aussitôt, elle entendit Eve hurler :

— On est rentrés ! Oh, des spaghettis ! Je meurs de faim !

Elle déboula dans le salon une assiette à la main, et commença à dévorer avant même d'être assise. Michael était sur ses talons.

— Pas d'accrocs ? s'enquit Shane.

Eve, qui avait la bouche pleine, secoua la tête.

— Ils devraient être tranquilles là-bas. Personne ne nous a vus entrer et, tant qu'Oliver ne se pointera pas, personne n'aura l'idée d'aller au Starbucks.

— Et Myrnin ?

Eve manqua de s'étouffer ; Michael lui tapota gentiment le dos et elle lui fit un large sourire.

— Tu soulèves un point très intéressant ! Il s'est transformé en Batman et s'est envolé dans le ciel nocturne. Quel est son problème, à ce type, Claire ? S'il était un superhéros, ce serait Schizoman.

Il avait besoin de médicaments, voilà quel était son problème. Claire devait en produire davantage et approfondir les avancées récentes de Myrnin. C'était aussi urgent que le reste... à supposer qu'il subsiste des vampires au lever du jour.

Après avoir dîné tous les quatre autour de la table, ils discutèrent comme si le monde continuait à tourner rond, alors qu'aucun ne se faisait d'illusions. Contrairement à son habitude, Shane était particulièrement nerveux. De son côté, épuisée par cette journée de peur continue, Claire s'endormit à la seconde où elle posa la tête sur son oreiller.

Sommeil ne rimait pas nécessairement avec repos, pourtant. Elle rêva qu'Amelie jouait aux échecs, déplaçant ses pions à la vitesse de l'éclair. Assis en face d'elle, Bishop souriait à pleines dents. Au moment où il prenait la tour de la Fondatrice, la pièce se transforma en version miniature de Claire... Soudain, les deux vampires devinrent immenses et elle se sentit toute, toute petite, coincée entre eux deux. Bishop l'emprisonna entre ses doigts blancs et les serra. Du sang goutta sur les carrés blancs de l'échiquier. Amelie se renfrogna, avant de récolter une goutte de sang au bout de son doigt, avec délicatesse. Claire se débattait en hurlant. Amelie se lécha le doigt et sourit.

Claire se réveilla en sursaut, puis étreignit sa couette. Il faisait encore nuit, même si le ciel commençait à s'éclaircir ; la maison était plongée dans un silence assourdissant. Son téléphone portable émit un doux bourdonnement sur la table de nuit. Elle découvrit un texto provenant de la fac.

Reprise normale des cours, ce jour à 7 heures.

L'université lui semblait à des années-lumière de là, sorte de planète lointaine qui n'avait plus aucune importance à ses yeux, en revanche elle avait des affaires à régler sur le campus. Elle fit défiler la liste de ses contacts jusqu'au numéro du Dr Robert Mills. Il ne décrocha pas. Elle ne put retenir une grimace en découvrant l'heure matinale, mais se glissa hors du lit pour se préparer. Au moins, elle n'eut pas trop de questions à se poser concernant sa tenue : il ne lui restait presque rien de propre. Faire une lessive figurait désormais en bonne position sur sa liste de priorités.

Elle essaya à nouveau d'appeler le médecin.

— Allô ?

À sa voix engourdie, elle comprit aussitôt qu'elle l'avait tiré d'un sommeil profond. Il n'avait pas dû rêver que Bishop le vidait de son sang, lui.

— Claire à l'appareil. Désolée de vous téléphoner aussi tôt...

— Il est tôt ? Ah... J'ai veillé toute la nuit, je viens juste de m'assoupir, dit-il en bâillant. Je suis heureux d'entendre que tu vas bien, Claire.

— Vous êtes à l'hôpital ?

— Non, l'hôpital va avoir besoin de longs travaux de rénovation avant d'être à moitié prêt pour les expériences que je dois mener, répondit-il en se décrochant à nouveau la mâchoire. Désolé. Je suis à l'université, dans le bâtiment des sciences de la vie. Laboratoire dix-sept. Nous sommes installés sur des lits de camp.

— Nous ?

— Ma femme et mes enfants sont avec moi. Vu les circonstances, je ne voulais pas les laisser seuls.

Claire n'avait aucune intention de lui jeter la pierre.

— J'ai une mission pour vous : je dois récupérer des doses de remède. Ça pourrait se révéler crucial. Je serai sur le campus d'ici une vingtaine de minutes, d'accord ?

— D'accord. Mes enfants dorment, donnons-nous rendez-vous quelque part.

— À la cafétéria ? Elle est située dans le bâtiment central.

— Tu sais, Claire, je pourrais y aller les yeux fermés. À dans vingt minutes.

À peine avait-elle raccroché qu'elle sortit dans le couloir.

N'entendant aucun bruit dans les chambres de ses amis, Claire en déduisit qu'ils devaient dormir à poings fermés. Elle ignorait pourquoi elle était incapable de s'abandonner à sa fatigue extrême, elle aussi, mais elle éprouvait un sentiment lancinant de peur contenue, qui lui soufflait que, si elle cédait au sommeil, quelque chose de terrible surviendrait.

Après s'être douchée et avoir enfilé des vêtements qu'elle n'aurait jamais mis si elle avait eu le choix, elle fit son sac à dos. Elle abandonna son pistolet anesthésiant qui n'avait plus une seule cartouche. Elle rangea les échantillons de sang de Bishop dans une boîte capitonnée. Sur un coup de tête, elle ajouta deux pieux et le poignard en argent qu'Amelie lui avait remis.

Et des livres.

C'était la première fois que Claire se déplaçait à pied depuis que les émeutes avaient commencé et elle découvrit un spectacle surréaliste. La ville avait retrouvé son calme, mais au détour de chaque rue elle tombait sur un magasin à la vitrine brisée, parfois rebouchée au moyen de planches, ou sur la silhouette fantomatique d'un bâtiment calciné aux fenêtres aveugles. Des bris de bouteilles jonchaient les trottoirs et des traces sombres – sans doute du sang – maculaient le macadam.

Claire pressa le pas et ne ralentit pas au moment de dépasser le Starbucks, aux rideaux de fer baissés. Même si elle n'aperçut aucun mouvement, elle imagina Theo Goldman posté derrière et agita légèrement les doigts dans cette direction. Elle n'attendait aucune réponse cependant.

Les portes de l'université étaient grandes ouvertes et plus personne ne surveillait. Claire remonta au petit trot la pente douce, suivit un virage et aperçut soudain des étudiants, déjà nombreux malgré l'heure matinale. À mesure qu'elle approchait de l'ensemble de bâtiments, elle croisait de plus en plus de monde. Ici ou là, des agents de la police du campus patrouillaient, deux par deux, à l'affût du moindre trouble.

Les étudiants ne semblaient rien remarquer d'anormal. Claire se demanda, et ce n'était pas la première fois, si le bouclier invisible qui coupait Morganville du reste du monde n'agissait pas également sur leurs esprits. Elle n'aimait pas penser qu'ils étaient aussi stupides par nature. En même temps, si elle en jugeait par les fêtes où elle s'était rendue...

La cafétéria n'avait ouvert ses portes que depuis quelques minutes et le serveur en était encore à descendre les chaises des tables. C'est Eve qui aurait dû s'en charger, et l'employé de l'université qui avait pris le relais ne paraissait pas particulièrement ravi. Redoublant de politesses, Claire finit par lui tirer un sourire au moment où il lui remettait son Mocha contre quelques billets.

— Je ne serais pas là s'ils ne nous payaient pas le triple, avoua-t-il. Ils comptent appliquer ce tarif jusqu'à la fin de la semaine.

— Le triple ? J'en parlerai à Eve, elle aurait bien besoin de cet argent.

— Ouais, convaincs-la de revenir. Quand je suis derrière une machine à café, je me fais l'impression d'une poule devant un couteau. Appuyer sur le bouton de la cafetière, j'en suis capable, mais dès que c'est plus compliqué je panique.

Claire dut bien en convenir lorsqu'elle trempa ses lèvres dans son Mocha : ce type n'était pas taillé pour le job. Elle le sirota néanmoins en guettant l'arrivée du Dr Mills. Elle eut du mal à le reconnaître.

Bien sûr, elle ne s'attendait pas à le voir débarquer en blouse blanche, pourtant elle n'aurait jamais cru qu'il était du genre à porter un sweat-shirt à capuche, un pantalon de jogging et des baskets. Elle l'aurait davantage imaginé en costard cravate. Il commanda un café filtré – choix judicieux – et la rejoignit à sa table.

Le Dr Mills, au physique des plus quelconques, se fondait aussi bien dans le cadre de l'université que dans celui de l'hôpital. Claire songea qu'il aurait fait un excellent espion. Il avait un de ces visages changeants, qui paraissait jeune ou vieux selon l'angle, sans aucun trait saillant. En revanche, il possédait un sourire agréable et rassurant. Ce qui représentait sans doute un vrai plus pour un médecin. Ses yeux étaient injectés de sang et ourlés de rouge.

— Bonjour, dit-il en avalant une gorgée de café. J'ai prévu de retourner à l'hôpital plus tard dans la journée. Pour établir un bilan des dégâts. Nous avons déjà rouvert les urgences et le service de chirurgie. Je dormirai quelques heures dès que possible histoire d'être capable de filer un coup de main en cas de besoin. Il n'y a rien de plus dangereux qu'un chirurgien exténué.

Sa dernière réflexion ne fit que renforcer le sentiment de culpabilité de Claire.

— Je vais être brève, promit-elle en tirant de son sac à dos la boîte rembourrée, qu'elle poussa vers lui. Ce sont des échantillons de sang. Ils proviennent de Myrnin.

Le médecin se renfrogna aussitôt.

— J'ai déjà une centaine d'échantillons, pourquoi...

— Ils sont différents, faites-moi confiance. J'attire tout particulièrement votre attention sur celui qui porte l'étiquette « B ». Il est très important.

— Important comment ?

— Je ne veux pas vous influencer. Je préfère que vous regardiez d'abord.

Claire savait qu'il valait mieux procéder aux analyses l'esprit vierge de tout a priori. Le Dr Mills, qui le savait aussi, opina du chef en rangeant les échantillons dans la boîte.

— Si vous comptez dormir, reprit-elle, vous ne devriez pas boire ça.

Il lui sourit avant de vider son gobelet de café.

— Pour devenir médecin, il faut développer une immunité à tout un tas de choses, parmi lesquelles la caféine. Crois-moi, à la seconde où je pose la tête sur mon oreiller, je m'endors, et ça ne changerait pas si j'avais du café en intraveineuse.

— Je connais des gens qui paieraient cher pour ça. Le café en intraveineuse, s'entend.

Il partit d'un petit rire, puis recouvra rapidement son sérieux.

— Tu as l'air d'aller bien. Je me faisais du souci pour toi. Tu es trop... jeune pour être mêlée à toutes ces histoires.

— Ne vous inquiétez pas pour moi. Je ne suis pas...

— Si jeune ? Oui, je sais. N'empêche. Tu comprendras qu'un vieux bonhomme comme moi, père de deux filles, se ronge un peu les sangs.

Il visa et envoya son gobelet vide dans la corbeille. Panier à deux points.

— Voilà les seules doses de remède que j'aie pu récupérer. Désolé, c'est un peu maigre, mais une nouvelle fournée est en préparation. Elle sera prête d'ici deux jours.

Il lui remit un sac à l'intérieur duquel s'entrechoquaient de petites fioles en verre.

— Ça devrait aller, dit-elle en évaluant la quantité.

Sauf si, bien sûr, elle devait en distribuer à tout Morganville – auquel cas il ne lui resterait qu'à baisser les bras, de toute façon.

— Désolé de ne pas pouvoir rester plus longtemps...

— Filez, l'encouragea Claire. Merci, docteur Mills.

Elle lui tendit une main, qu'il secoua avec gravité. Il portait au poignet un bracelet en argent frappé du sceau d'Amelie. Il baissa les yeux dessus, puis sur celui en or de Claire et haussa les épaules.

— Je ne crois pas que le moment soit venu de les retirer, conclut-il. Pas encore.

« Au moins le vôtre est amovible. » Claire garda ses réflexions pour elle. Si le médecin avait signé des accords et des conventions qui le liaient à la ville, le contrat que la jeune fille avait conclu avec Amelie faisait d'elle la propriété, corps et âme, de la Fondatrice. Et son bracelet n'avait pas de fermoir, ce qui l'apparentait à un collier d'esclave. Claire éprouvait un malaise chaque fois qu'elle y pensait.

L'heure de son premier cours de la journée approchait et, tout en hissant son sac sur son épaule, Claire se demanda combien d'élèves seraient présents. Beaucoup sans doute. Connaissant les enseignants, ils n'hésiteraient pas à faire une interro surprise.

Ses attentes ne furent pas déçues. Et, contrairement à d'autres, elle ne paniqua pas. Claire ne perdait pas ses moyens lors des examens, sauf dans ses rêves, où elle devait faire des claquettes et jongler pour obtenir une bonne note. De toute façon, les questions n'étaient pas très compliquées, même en physique.

À mesure que la journée avançait, elle remarqua que de moins en moins de gens portaient leurs bracelets. Les natifs de Morganville, qui avaient pris l'habitude de ne jamais les quitter, avaient une marque plus claire à la place. Comme un tatouage en négatif.

Aux environs de midi, elle croisa Monica Morrell, Gina et Jennifer. Les trois filles fonçaient, la tête basse, les bras chargés de bouquins. Elles semblaient loin, les trois tigresses qui arpentaient le campus avec assurance et cruauté. Elles auraient fait baisser le regard à n'importe qui et, qu'on les apprécie ou non, il fallait leur reconnaître un sens de la mode inégalable, qui leur permettait de se présenter toujours à leur avantage. Sauf aujourd'hui.

Monica, généralement la pièce maîtresse du trio, n'avait l'air de rien. Sa magnifique chevelure brillante, devenue terne, frisottait, comme si elle n'avait pas pris le temps de les brosser, sans parler d'utiliser un après-shampoing ou un fer à lisser. À en juger par le petit bout de visage que Claire apercevait, Monica ne s'était pas non plus maquillée. Elle portait un pull informe au motif peu flatteur et un jean trop large – le genre qu'on gardait pour faire le ménage (à supposer qu'elle se charge de ce type de corvées). Gina et Jennifer n'avaient pas plus fière allure, et toutes trois affichaient un air de défaite.

Claire éprouva un soupçon de satisfaction coupable avant de remarquer les regards qu'elles s'attiraient. Les étudiants qui s'étaient débarrassés de leurs bracelets les considéraient avec une animosité affichée. Claire vit un grand type baraqué, un joueur de l'équipe de foot à en juger par son blouson aux couleurs de la fac, bousculer Jennifer et envoyer ses livres valser. Sans rien dire, elle se pencha pour les ramasser.

— Hé ! Tu pourrais faire gaffe, grosse maladroite ! dit-il en la poussant quand elle voulut se redresser.

Ce n'était pas sa véritable cible cependant.

— Salut, Morrell, reprit-il. Comment va ton papounet ?

— Très bien, répondit-elle en soutenant son regard. Je te demanderais bien des nouvelles du tien, mais tu ne dois pas connaître son identité...

Il vint se poster à quelques millimètres d'elle ; elle ne flancha pas, même si la tentation était grande. De petites rides apparurent autour de ses yeux et de sa bouche, et ses articulations blanchirent tant elle serrait ses livres.

— Tu te conduis comme la reine des pourritures depuis toujours, lança-t-il. Tu te souviens d'Annie ? Annie McFarlane ? La fille que tu traitais de grosse vache ? Tu te payais sans arrêt sa tête. Tu as pris une photo d'elle aux toilettes, que tu as diffusée sur Internet. Ça te revient ?

Monica ne répondit pas. Un large sourire étira les lèvres du type lorsqu'il poursuivit :

— Oui, tu te rappelles Annie. Elle était sympa, je l'aimais bien.

— Pas assez pour prendre sa défense. Je me trompe, Clark ? Tu avais plus envie de me mettre dans ton lit que de voler au secours de ton amie le gros tas. Je n'y suis pour rien si elle a planté sa caisse à la sortie de la ville. En revanche, peut-être que tu y es pour quelque chose, toi. Peut-être qu'elle n'a plus supporté cette ville quand tu l'as larguée.

D'un large geste de la main, Clark fit tomber les livres de Monica, puis il la plaqua contre un arbre. Violemment.

— J'ai un cadeau pour toi, raclure.

Il sortit de sa poche un bout de papier, de dix centimètres sur dix environ. Il s'agissait de la photo d'une adolescente timide mais attendrissante qui se forçait à sourire devant l'objectif. Le verso était autocollant et Clark l'appliqua avec force contre la poitrine de Monica. Il décrivit un petit mouvement circulaire pour s'assurer qu'il tiendrait bien.

— Tu n'as pas intérêt à l'enlever, dit-il. Tu vas porter la photo d'Annie. Si je te vois sans, je te jure que tu le regretteras. Et en comparaison, les tortures que tu as infligées à cette pauvre Annie te paraîtront une partie de plaisir.

Sous le cliché d'Annie s'étalait la légende suivante : ASSASSINÉE PAR MONICA MORRELL. Monica piqua un fard avant de devenir pâle comme un linge. Elle releva le menton d'un geste de défi et plongea les yeux dans ceux de Clark.

— Tu as fini ?

— Pour le moment. N'oublie pas, tu l'enlèves et...

— Ouais, Clark, tu as bien fait passer le message, ne t'inquiète pas. Tu crois que j'ai peur de toi ?

Son sourire s'élargit encore lorsqu'il rétorqua :

— Non, je sais que non. Pas encore. Bonne journée, Monica.

Pendant qu'elle observait l'autocollant sur sa poitrine avec un dégoût évident, une autre fille approcha – une native de Morganville, elle aussi, qui avait retiré son bracelet. Monica ne la remarqua que quand elles furent nez à nez. Sans un mot, l'étudiante retira l'arrière d'un autre autocollant qu'elle appliqua sur la poitrine de Monica à côté de la photo d'Annie McFarlane. Celui-ci clamait seulement MEURTRIÈRE en grosses lettres rouges. La fille s'éloigna aussitôt et Monica voulut l'arracher, mais Clark ne la quittait pas des yeux.

— Ça te va bien, dit-il avant de pointer son index et son majeur en direction de ses yeux. On te surveillera toute la journée. On a des autocollants en réserve pour toi.

Clark ne plaisantait pas : la journée allait paraître interminable à la fille du maire. Même Gina et Jennifer battaient en retraite, partant chacune dans une direction différente et la laissant seule affronter les conséquences de ses années de tyrannie.

Les yeux de Monica tombèrent alors sur Claire, qui y lut un mélange de peur, de honte et même de souffrance. Puis Monica se mura à nouveau dans sa carapace et cingla :

— Qu'est-ce que tu regardes, la tocarde ?

— La justice, répondit Claire. Pourquoi tu n'es pas restée avec tes parents ? ajouta-t-elle, les sourcils froncés.

— Mêle-toi de tes affaires, riposta Monica avant de baisser légèrement la garde. Mon père voulait que nous reprenions une vie normale. Pour montrer aux autres qu'il n'y a aucune raison d'avoir peur.

— Et ça se passe comme tu veux ?

Monica serra les livres contre sa poitrine pour cacher les autocollants et s'éloigna rapidement. Elle n'avait pas parcouru trois mètres qu'un type se jetait sur elle pour lui coller dans le dos une photo représentant une fillette gracile et un garçon d'une quinzaine d'années. La légende indiquait : RESPONSABLE DE LA MORT D'ALYSSA.

Avec un sursaut de surprise, Claire comprit que le garçon était Shane. Et la fillette à côté sa petite sœur, Alyssa, qui avait péri dans l'incendie allumé par Monica.

— La justice, répéta tout bas Claire.

Elle avait la nausée tout à coup. Justice et compassion n'étaient pas incompatibles. La sonnerie de son téléphone retentit au moment où elle hésitait sur la suite des événements.

— Tu ferais mieux de rentrer, lui conseilla Michael. Richard a déclaré l'état d'urgence.

12.

Richard, posté à la mairie, se servait des talkies-walkies pour diffuser un message. Claire, qui les croyait hors d'usage depuis la défection d'Oliver, fut surprise de découvrir Michael, Eve et Shane réunis autour d'une des radios dans le salon. Claire laissa aussitôt tomber son sac à dos pour les rejoindre.

— Qu'est-ce que j'ai raté ?

— Chut ! soufflèrent-ils en chœur.

Assis autour de la table, ils observaient tous les trois avec vénération le talkie-walkie placé au centre. Michael tira une chaise pour Claire et elle s'y installa le plus discrètement possible. Richard était en train de parler :

— ... aucune information nous permettant de savoir si cet ouragan nous frappera de front ou non, toutefois dans l'immédiat les prévisions météorologiques semblent aller dans ce sens. Il devrait nous atteindre dans quelques heures, à la tombée du jour. La saison des tornades est passée, mais les risques de dégâts importants sont réels. Ce danger qui vient s'ajouter à tous les problèmes en cours est loin d'être une bonne nouvelle. Je mets tous les services d'urgence et les patrouilles en état d'alerte. Si une tornade arrive sur Morganville, vous devrez tous gagner l'abri qui vous a été assigné.

Claire tourna un regard interrogateur vers Michael, qui haussa les épaules.

— Si vous vous trouvez plus près de la mairie, venez ici, la cave fait office d'abri. Les pompiers volontaires se chargeront de prévenir les résidents, zone par zone, du risque imminent d'ouragan, et de leur transmettre les instructions. Nous nous apprêtons à diffuser un message télévisé et radiophonique. De son côté, l'université se prépare à faire face.

— Richard, ici Hector, lança une voix inconnue. Hector Miller. Des nouvelles du côté du putsch ?

— Il s'agit de rumeurs, aucune information n'a été confirmée. Nous avons entendu parler d'un coup d'État prévu contre la mairie, cependant nous n'avons aucun détail sur l'identité des comploteurs ni sur l'endroit où ils se réunissent. Tout ce que je peux vous dire, c'est que nous avons renforcé la sécurité du bâtiment et que les barrières de sécurité sont toujours présentes autour de la place de la Fondatrice, à supposer qu'elles puissent servir à quelque chose. Je compte sur la vigilance de ceux d'entre vous postés dans les points stratégiques, jour comme nuit. Signalez toute attaque et n'hésitez pas à vous manifester au moindre soupçon. Nous vous enverrons des renforts.

Après avoir échangé un regard avec ses colocataires Michael prit la radio.

— Michael Glass à l'appareil. Tu penses que Bishop est derrière ce complot ?

— Je pense que Bishop se frotte les mains de voir les humains se charger du sale boulot. Il attend son heure pour faire son entrée. Rien ne l'arrangera autant qu'être couronné sur un tas de cendres... Passe-moi Shane.

Michael tendit la radio à son ami, qui la considéra avec méfiance, comme si elle risquait de le mordre, avant de s'en emparer.

— Deux sources qui n'ont pas été confirmées rapportent avoir vu ton père en ville. Je sais que ce n'est pas facile pour toi, mais je dois savoir : Frank Collins est-il de retour à Morganville ?

Après avoir plongé les yeux dans ceux de Claire, Shane répondit :

— Si c'est le cas, il ne m'a pas prévenu.

Mensonge. Claire ouvrit la bouche pour réagir, seulement les mots lui manquaient.

— Shane, murmura-t-elle.

Il secoua la tête, puis poursuivit :

— Tu sais quoi, Richard ? Si vous attrapez mon père, vous avez mon aval pour le jeter au trou, dans la cellule la plus pourrie. S'il est à Morganville, c'est qu'il a un plan.

Par contre, il ne s'associera jamais aux vampires. Pas de son plein gré en tout cas.

— Entendu. S'il te contacte…

— Je vous préviens, pigé.

Shane reposa le talkie-walkie au centre de la table. Claire continuait à le fixer dans l'espoir qu'il se raviserait et dirait quelque chose, n'importe quoi. Il n'en fit rien.

— Tu ne peux pas me mettre dans cette situation, lui chuchota-t-elle. Je me retrouve coincée entre deux camps.

— Pas du tout, rétorqua-t-il. Mes paroles ne contenaient pas un seul mensonge. Mon père m'a prévenu de son intention de venir, pas de son arrivée. Je ne l'ai pas vu et je n'ai pas l'intention d'aller le chercher. J'étais très sérieux. S'il est à Morganville, Richie et ses flics ont carte blanche. Je n'ai plus rien à voir avec mon père.

Si elle demandait encore à être convaincue, Claire savait que Shane ne lui mentait pas délibérément. Il était sans doute sincère. Elle craignait simplement qu'en dépit de ses protestations, il suffise d'un claquement de doigts de Frank Collins pour qu'il accourre. Et ça ne la rassurait pas.

Richard répondait à d'autres questions, mais Michael n'écoutait plus.

— Tu étais au courant ? demanda-t-il, les yeux rivés sur Shane. Tu savais qu'il comptait débarquer et tu ne m'as pas prévenu ?

Mal à l'aise, son colocataire s'agita sur sa chaise.

— Écoute...

— Non, toi, tu écoutes. C'est moi qui ai été poignardé, décapité et enterré dans le jardin, entre autres réjouissances ! Heureusement que j'étais un fantôme !

Baissant les yeux, Shane rétorqua :

— Qui voulais-tu que j'alerte ? Les vampires ? Sérieux, mec !

— Moi ! Tu aurais pu m'en parler à moi !

— Tu es un vampire. Au cas où tu ne te serais pas observé dans un miroir récemment.

Michael se leva brusquement et sa chaise glissa sur près d'un mètre avant de s'immobiliser. Les mains posées à plat sur la table, il se pencha d'un air menaçant vers son ami.

— Oh, je le fais tous les jours, figure-toi. Et toi, Shane ? Depuis combien de temps tu ne t'es pas regardé en face ? Parce que, en ce qui me concerne, je ne suis plus sûr de te connaître.

Shane releva aussitôt la tête, visiblement blessé par cette dernière remarque.

— Je ne voulais pas…

— Je pourrais très bien être le dernier vampire du coin, l'interrompit Michael. Les autres sont peut-être morts. En tout cas, ça nous pend au nez. Entre les humains prêts à nous arracher la tête et Bishop qui attend de prendre le pouvoir, il ne manquait plus que ton père pour que la fête soit plus folle !

— Jamais il ne…

— Il m'a déjà tué une fois, ou plutôt il a essayé. Il recommencerait sans hésiter, et tu le sais, Shane. Tu le sais ! Il me considère comme un traître à la race humaine. Je serai une de ses cibles privilégiées.

Shane ne répondit rien cette fois. Michael récupéra la radio qu'il fixa à la poche de son jean. Il fulminait, sa chevelure blonde paraissait lancer des éclairs, et ses traits d'albâtre s'étaient durcis. Son ami n'osait pas soutenir son regard.

— Si tu as envie de filer un coup de main à ton père dans sa croisade anti-vampires, tu sais où me trouver, mec.

Michael disparut au premier. Soudain, il ne semblait plus y avoir une once d'oxygène dans le salon. Claire avait la respiration lourde. Les grands yeux sombres d'Eve, écarquillés, étaient rivés sur Shane. Elle se leva lentement.

— Eve... lança-t-il en tendant la main vers elle.

Elle s'écarta avant de rétorquer :

— Je n'y crois pas. Tu m'as déjà vue courir lécher les bottes de ma mère ? Non. Et pourtant elle n'a pas commis de meurtre, elle.

— Morganville doit changer.

— Réveille-toi, Shane ! Le changement a déjà commencé ! Ça fait des mois qu'il se passe sous ton nez ! Les vampires et les humains apprennent à vivre ensemble. À avoir confiance les uns dans les autres. Ils essaient. Bien sûr, c'est difficile, mais ils ont des raisons d'avoir peur de nous, de bonnes raisons. Tu es prêt à bazarder tout ça pour aider ton père à installer une guillotine sur la place de la Fondatrice ?

Le regard allumé d'un éclat amer, elle conclut :

— Va te faire voir.

— Je n'ai pas…

Elle gagna d'un pas retentissant l'escalier, laissant Shane et Claire seuls. La gorge nouée, il tenta de détendre l'atmosphère.

— Ça aurait pu mieux se passer…

Quand il la vit se lever à son tour, il ajouta :

— Oh, allez, Claire, pas toi aussi. Ne pars pas, s'il te plaît.

— Tu aurais dû lui dire. Je n'en reviens pas que tu ne l'aies pas fait. C'est ton ami... Du moins je le croyais.

— Où vas-tu ?

Elle prit une profonde inspiration.

— Je vais préparer mes valises. J'ai décidé de m'installer avec mes parents.

Elle n'en fit rien, cependant. Une fois dans sa chambre, porte fermée, elle examina sa maigre garde-robe. Elle consistait pour l'essentiel en linge sale. Assise sur son lit, sans réussir à détacher ses yeux de ses quelques vêtements, elle fut envahie par un sentiment d'abandon et de solitude. Cherchait-elle à faire passer un message ou prenait-elle tout simplement la fuite comme une gamine ? Elle se sentait idiote maintenant qu'elle avait sorti toutes ses affaires, qui formaient un ensemble pathétique.

Elle ne répondit pas immédiatement lorsqu'on frappa à sa porte. Elle savait qu'il s'agissait de Shane. « Laisse-moi », songea-t-elle bien même si elle savait qu'il n'était pas doué pour lire dans les pensées. Il frappa à nouveau.

— Ce n'est pas fermé à clé, dit-elle.

— Mais ce n'est pas non plus ouvert, rétorqua-t-il sans animosité. J'ai quelques manières, quand même.

— Des fois j'en doute.

— O.K., je le reconnais, je me suis conduit comme un trouduc.

Elle entendit le parquet craquer – il devait transférer son poids d'une jambe sur l'autre.

— Claire... hésita-t-il.

— Entre.

Il se figea sur le seuil en découvrant les affaires entassées devant elle, prêtes à rejoindre l'unique valise dont elle disposait.

— Tu es sérieuse, alors ?

— Oui.

— Tu vas tout remballer et partir ?

— Tu sais bien que c'est ce que mes parents veulent.

Il conserva le silence un long moment, puis plongea la main dans la poche arrière de son jean et en sortit un écrin noir, large comme sa paume.

— Tiens, alors. Je comptais te l'offrir plus tard, mais il vaut sans doute mieux que je te le donne maintenant, avant que tu nous laisses.

Il avait beau s'exprimer avec un détachement qui paraissait n'avoir rien de forcé, Claire remarqua qu'il avait les doigts gelés quand elle lui prit la boîte des mains. Elle ne lui avait jamais vu une telle expression – de peur sans doute, comme s'il se préparait à encaisser un coup douloureux.

Après avoir hésité l'espace d'une seconde, elle entrouvrit le couvercle de l'écrin en cuir. Monté sur des ressorts, il se souleva d'un coup sec.

Oh…

La croix en argent délicatement travaillé était sublime ; des lianes s'enroulaient autour des branches. Elle était passée sur une chaîne si fine que Claire eut l'impression de pouvoir la faire fondre d'un souffle. Lorsqu'elle prit le collier dans sa main, elle fut surprise de ne sentir aucun poids.

— Je…

Elle ne trouvait pas de mots pour exprimer ce qu'elle éprouvait. Elle était comme en état de choc.

— C'est magnifique, finit-elle par articuler.

— Je sais que les croix ne marchent pas contre les vampires, expliqua-t-il. Bon, je le reconnais, je croyais que si à l'époque où je te l'ai achetée. Mais c'est de l'argent, et je crois que l'argent permet de les repousser, alors j'espère que ça te servira.

Ce cadeau n'avait rien d'insignifiant. Shane ne roulait pas sur l'or, il bossait de temps à autre et n'était pas dépensier. Or il ne s'agissait pas d'un collier de pacotille, il était en argent véritable.

— Je ne peux pas accepter… C'est trop.

Le cœur de Claire tambourinait si fort dans sa poitrine qu'il l'empêchait de penser. Elle aurait aimé savoir ce qu'elle était censée ressentir, comment elle était censée agir. Sur un coup de tête, elle replaça la chaîne et la croix dans l'écrin, qu'elle referma d'un bruit sec et lui tendit.

— Je ne peux pas, Shane.

Il lui adressa un sourire attristé.

— Ce n'est pas une bague ou un truc dans le genre. Garde-le. De toute façon, ça n'irait pas avec mes yeux.

Il enfonça les mains dans les poches et, épaules baissées, quitta sa chambre. Toujours sous le coup de la surprise, Claire serra la boîte dans sa paume moite avant d'en soulever à nouveau le couvercle. Se détachant sur le velours noir, la croix brillait de mille feux. Elle devint floue et Claire comprit qu'elle avait les yeux embués de larmes. Elle éprouvait enfin quelque chose, un sentiment qui prenait bien trop de place à l'intérieur de son petit corps fragile.

— Oh... murmura-t-elle. Oh, mon Dieu !

Il ne s'agissait pas d'un cadeau quelconque. Il avait dû y consacrer beaucoup de temps et d'effort. C'était une preuve d'amour. D'amour sincère.

Ses doigts tremblaient tellement qu'elle dut s'y reprendre à deux fois pour attacher la chaîne autour de son cou. Puis elle sortit dans le couloir et, sans se donner la peine de frapper, pénétra dans la chambre de Shane. Posté à la fenêtre, il avait le regard perdu dehors. Il lui parut différent. Plus vieux. Plus triste. Lorsqu'il pivota vers elle, ses yeux tombèrent sur la croix au creux de sa gorge.

— Tu es un vrai idiot, dit-elle.

Après avoir pris le temps de la réflexion, il hocha la tête.

— Ouais, la plupart du temps, je suis même pire que ça.

— Mais il t'arrive aussi de faire des trucs absolument incroyables...

— Je sais. C'est pour ça que j'ai précisé « la plupart du temps ».

— Tu as tes moments de gloire.

Son sourire se faisait encore hésitant quand il demanda :

— Alors, elle te plaît ?

Caressant du bout des doigts les fines branches d'argent, elle rétorqua :

— Je la porte, non ?

— Ça ne veut pas dire que nous...

— Tu m'as dit que tu m'aimais, l'interrompit Claire. Tu l'as dit.

Réduit au silence, il la dévisagea avant d'acquiescer. Il rougissait progressivement.

— Eh bien, je t'aime aussi, ce qui ne t'empêche pas d'être un idiot. La plupart du temps.

— On ne se disputera pas à ce sujet.

Lorsqu'il croisa les bras, elle dut faire un effort pour ne pas étudier la courbe de ses muscles saillants ou la lueur de vulnérabilité dans ses yeux.

— Alors, tu déménages ? reprit-il.

— Ce serait plus raisonnable, répondit-elle tout bas. L'autre nuit...

— Claire, sois franche avec moi. Tu déménages ?

Elle tenait la croix entre son pouce et son index à présent, et celle-ci lui paraissait brûlante.

— Je ne peux pas, finit-elle par lâcher. Je dois d'abord faire des lessives et j'en ai au moins pour un mois. Tu as vu le tas de linge sale ?

Il partit d'un éclat de rire qui sembla le vider de toutes ses forces ; il s'affala sur son lit défait. Claire attendit quelques secondes pour venir s'asseoir à côté de lui. Il lui passa un bras autour des épaules.

— La vie exige des efforts constants, dit-il. C'est ce que ma mère répétait toujours. Je suis un peu tire-au-flanc, je sais.

Dans un soupir, Claire s'autorisa à s'abandonner contre lui.

— Heureusement pour toi que je suis travailleuse.

Il s'apprêtait – enfin ! – à l'embrasser quand un son attira leur attention au-dessus de leurs têtes. Il provenait du grenier.

— Tu as entendu ? s'enquit Shane.

— Ouais, on aurait dit des bruits de pas.

— Super, je croyais que ce portail ne devait fonctionner que dans un sens…

Il plongea la main sous son lit et en ressortit un pieu.

— Va chercher Michael et Eve, intima-t-il en lui remettant un second pieu avec une pointe en argent. C'est la Rolls des tueurs de vampires, ne l'abîme pas.

— T'es vraiment zarbi, remarqua-t-elle en l'acceptant malgré tout.

Elle fonça à sa chambre pour récupérer le petit poignard qu'Amelie lui avait offert et le glissa dans sa poche. Elle se précipita dans le couloir : la chambre d'Eve était vide mais, quand elle frappa à la porte de Michael, le petit cri de surprise qui retentit semblait bien sortir de la bouche de celle-ci.

— Quoi ? lança-t-il.

— Des ennuis, répondit Claire. Enfin, sans doute. Du bruit dans le grenier.

Cette nouvelle ne parut pas le réjouir davantage que Shane.

— Super, lâcha-t-il, j'arrive dans une seconde.

Une conversation étouffée, suivie d'un bruissement de tissu, lui parvint. Claire se demanda s'il était en train de s'habiller avant de chasser aussitôt cette image de son esprit – ce n'était pas le moment d'avoir ce genre de pensées, au sujet de Michael en plus : elle avait d'autres sujets de préoccupation. Comme la présence d'un intrus dans leur grenier.

La porte s'ouvrit à la volée, livrant passage à une Eve rouge et échevelée, qui n'avait pas terminé de boutonner son chemisier.

— Ce n'est pas ce que tu crois, commença-t-elle, on était seulement... Oh, et puis mince, peu importe, c'est exactement ce que tu crois. Alors, où est le problème ?

Un objet tomba et roula sur le plancher au-dessus de leurs têtes. Sans prononcer un mot, Claire pointa un index vers le plafond et Eve suivit la trajectoire du regard, comme si elle espérait voir quelque chose à travers le bois et le plâtre. Elle sursauta lorsque Michael, qui avait enfilé une chemise à la hâte – sans la fermer –, posa une main sur son épaule. Il pressa aussitôt un doigt sur ses lèvres.

Shane sortit alors de sa chambre, un pieu dans chaque main. Il en lança un à Michael.

« Et moi ? articula Eve en silence.

— Débrouille-toi comme une grande fille », répondit-il sur le même mode. Après avoir levé les yeux au ciel, elle fila dans sa chambre, dont elle ressortit avec une grande besace noire passée en bandoulière. Claire en déduisit que le sac devait être plein d'armes. Eve farfouilla avant d'en tirer un pieu, sur lequel étaient gravées ses initiales.

— Travaux manuels, murmura-t-elle. Vous voyez bien que j'ai appris quelque chose au lycée !

Michael pressa l'interrupteur permettant d'ouvrir la porte dissimulée dans le mur, qui coulissa sans un bruit. Aucune lumière ne provenait du deuxième étage, l'escalier était plongé dans l'obscurité la plus totale.

D'un accord commun, il s'y engagea le premier – autant que sa vision accrue de vampire lui serve à quelque chose. Shane était sur ses talons, puis Eve. Claire, qui fermait donc la marche, s'efforça de se déplacer le plus silencieusement possible (le poids de leurs quatre corps faisait malheureusement craquer les marches). Arrivée au sommet de l'escalier, elle percuta Eve.

— Quoi ? chuchota-t-elle.

Eve lui serra la main et répondit :

— Michael a senti du sang.

Celui-ci allumait justement une lampe à l'autre bout de la petite pièce silencieuse. Ils ne remarquèrent rien d'étrange ; les meubles étaient à leur place habituelle. Aucun signe ne trahissait la visite de quiconque depuis le départ des Goldman et de Myrnin.

— Comment rejoint-on le grenier ? demanda Shane.

Michael déplaça plusieurs clous sur le mur et une autre porte, à peine visible, s'entrouvrit de l'autre côté de la pièce. Claire s'en souvenait parfaitement : Myrnin la lui avait montrée, lorsqu'ils étaient venus se préparer avant le bal en l'honneur de Bishop.

— Restez ici, ordonna Michael en s'engouffrant dans le petit boyau.

— C'est ça, observa Shane, qui lui emboîta le pas tout en lançant par-dessus son épaule : Non, pas vous deux. Ne bougez pas.

— Il ne se rend pas compte que c'est injuste et sexiste ? s'emporta Eve. Les hommes, je te jure...

— Tu aurais vraiment préféré qu'ils te laissent y aller en premier ?

— Bien sûr que non. Mais j'aurais voulu pouvoir refuser d'y aller en premier.

Elles patientèrent dans un état de tension extrême, aux aguets. Le silence succéda aux bruits de pas. Puis Shane s'écria :

— Michael, mec… par ici.

Si sa voix trahissait une certaine inquiétude, il ne semblait pas prêt à se jeter dans un corps à corps farouche. Après avoir échangé un regard avec Claire, Eve lança :

— Oh, tant pis !

Elle s'engouffra dans le couloir étroit menant au grenier. Claire la suivit, les doigts crispés sur la Rolls des pieux, priant en silence pour ne pas avoir à s'en servir. Shane était accroupi derrière un entassement de valises poussiéreuses, Michael à ses côtés. Eve étouffa un petit cri lorsqu'elle découvrit la silhouette au-dessus de laquelle ils étaient penchés ; elle tendit le bras pour stopper Claire, qui ne s'arrêta pas avant d'avoir aperçu le corps gisant sur les planches en bois. Elle eut du mal à le reconnaître. Sans la queue-de-cheval grise et le manteau en cuir...

— Oliver… murmura-t-elle.

Eve se mordait la lèvre inférieure au point que celle-ci était blanche.

— Qu'est-ce qui s'est passé ? voulut savoir Claire.

— De l'argent, expliqua Michael. En quantité. Ce métal attaque la peau des vampires comme de l'acide, mais il devrait s'en tirer. À moins que...

Il s'interrompit en voyant les paupières pâles et brûlées papilloter.

— Il est en vie, conclut Michael.

— Les vampires sont durs à tuer, souffla Oliver d'un filet de voix qui se brisa soudain. Doux Jésus, ça fait mal.

Michael consulta Shane du regard, puis lança :

— Emmenons-le en bas. Claire, va chercher du sang dans le frigo. Il doit en rester quelques poches.

— Non, grommela Oliver en s'asseyant.

Des auréoles de sang ornaient sa chemise blanche : il devait être écorché à vif en dessous.

— Pas le temps, ajouta-t-il. Il va y avoir une attaque sur la mairie, ce soir. Bishop. Elle servira de diversion pour…

Il ouvrit des yeux ronds comme des soucoupes qui roulèrent dans leurs orbites et perdit connaissance. Michael le souleva par les aisselles. Avec l'aide de Shane, il le transporta jusqu'au sofa, suivi d'Eve qui traînait les pieds. Claire s'apprêtait à quitter le grenier à son tour lorsqu'un raclement attira son attention. Oliver n'était pas venu seul.

Une ombre se détacha soudain de l'obscurité, bondit sur elle et un objet lourd s'abattit sur son crâne. Claire avait dû faire du bruit, peut-être renverser quelque chose, parce qu'elle entendit Shane l'appeler. Elle aperçut même sa silhouette dans l'embrasure de la porte avant que l'obscurité n'engloutisse tout.

13.

Lorsque Claire revint à elle, elle se sentait nauséeuse et transie. Quelqu'un lui appliquait régulièrement des coups de maillet à l'arrière du crâne – c'était en tout cas l'impression que ça lui donnait –, et, quand elle voulut bouger, le monde se mit à tanguer.

— Arrête de gémir, lui lança quelqu'un qui se tenait à moins d'un mètre d'elle. Et t'as pas intérêt à dégobiller, sinon je te fais bouffer ton vomi.

Claire crut reconnaître Jason Rosser, le taré qui servait de frère à Eve. Déglutissant avec difficulté, elle plissa les paupières pour voir plus distinctement la silhouette à côté d'elle. Ouais, ça ressemblait bien à Jason : un échalas difforme et huileux. Désireuse de mettre davantage de distance entre eux, elle voulut s'éloigner en rampant mais rencontra un obstacle dans son dos. Une paroi en bois.

Pourtant, elle n'avait pas le sentiment d'être encore dans le grenier de Michael.

Jason l'avait emmenée ailleurs, sans doute grâce aux portails. Et aucun de ses amis ne pouvait la suivre, parce qu'ils ignoraient comment les faire fonctionner. Elle avait les mains et les pieds entravés. Elle cligna des yeux pour y voir plus clair. Malheureusement, la netteté s'accompagnait d'autre chose : la prise de conscience de la gravité de la situation. Jason Rosser était complètement siphonné. Il avait harcelé Eve. Il avait, du moins à ce qu'on racontait, tué plusieurs filles en ville. Il avait, sans l'ombre d'un doute, poignardé Shane et planté un pieu dans le cœur d'Amelie alors qu'elle volait à son secours pendant le bal costumé.

Personne ne pourrait secourir Claire. Aux yeux de ses amis elle se serait simplement... évanouie.

— Qu'est-ce que tu veux ? demanda-t-elle d'une voix cassée et empreinte de peur.

Jason lui écarta une mèche de cheveux du visage, ce qui la fit tressaillir. Elle n'aimait pas qu'il la touche.

— Détends-toi, mon chou, tu n'es pas mon genre. J'obéis aux ordres, rien de plus. Tu étais recherchée, alors je t'ai ramenée.

— Recherchée ?

Un rire grave et soyeux s'éleva dans l'obscurité, telle une volute de fumée, et Jason tourna la tête au moment où son auteur se levait et s'avançait dans la faible lumière qui pénétrait la pièce.

Ysandre, la compagne de Bishop. Sublime, évidemment. Un teint délicat de fleur de jasmin, de grands yeux sombres et un visage aux rondeurs délicieuses. Un joli flacon pour un poison mortel.

— Voyez-moi ça, dit-elle en s'accroupissant à côté de Claire. Regardez ce que le chat nous a rapporté... Miaou !

Elle passa un ongle pointu sur la joue de Claire, qui conclut, à la douleur fulgurante qui s'ensuivit, qu'elle saignait.

— Où est ton petit camarade de jeux, la miss ? Je n'en avais pas terminé avec lui, tu sais ? À proprement parler, je n'avais même pas commencé.

Le vampire excitait la bile de Claire, qui se mêlait à la peur lui tordant déjà le ventre. La jeune fille réussit toutefois à rétorquer, avec un sourire :

— Il n'en a sans doute pas non plus terminé avec vous.

Claire espérait que son sourire véhiculait une ironie glaciale, de celles dont Amelie et Oliver avaient le secret.

— Vous devriez peut-être essayer de le trouver, ajouta-t-elle. Je parie qu'il serait enchanté de vous revoir.

— Ce mignon passera un moment inoubliable lorsque nos routes se croiseront à nouveau, ronronna Ysandre avant d'approcher son visage à quelques centimètres de celui de Claire. Mais, dans l'immédiat, nous allons avoir une petite conversation entre filles. Bonne idée, non ?

Non. Claire se démenait pour se libérer des cordes qui l'emprisonnaient, en vain : Jason avait fait du bon boulot et elle ne réussirait qu'à se blesser. Lui empoignant l'épaule, Ysandre la redressa et la plaqua contre la paroi en bois, assez violemment pour lui heurter la tête à l'endroit où elle avait déjà reçu un coup. L'espace de quelques secondes de confusion, Claire eut l'impression que le sourire rouge et sanguinaire d'Ysandre flottait dans les airs, comme celui du chat de Cheshire.

— Voilà qui est mieux, non, ma chérie ? roucoula le vampire. Dommage que nous ne puissions demander à M. Shane de se joindre à nous. Mon petit assistant rechigne à l'attaquer. Une vieille histoire, je crois.

Tout bas, elle poussa un rire.

— Nous devrons donc nous débrouiller sans lui, reprit-elle. Amelie t'apprécie, à ce qu'on raconte, et tu portes d'ailleurs son joli bracelet. Tu feras très bien l'affaire.

— C'est-à-dire ?

— Tu ne crois pas que je vais te répondre, trésor ?

Le sourire d'Ysandre était réellement terrifiant.

— Cette ville va connaître une des nuits les plus sanglantes de son histoire, poursuivit-elle. Un vrai déferlement de violence. Et tu seras au premier rang pour assister au spectacle. Tu dois être au comble de l'excitation, non ?

Eve aurait eu une repartie cinglante à disposition, mais Claire dut se contenter de lancer un regard foudroyant tout en priant pour que sa tête cesse de l'élancer. Avec quoi l'avait-il assommée ? Elle avait l'impression de s'être pris un bus de plein fouet. Elle n'aurait jamais cru que Jason avait autant de force.

« N'essaie pas de me trouver, Shane, je t'en supplie. » Elle ne pouvait imaginer pire cauchemar que Shane se lançant à ses trousses et atterrissant face au type qui l'avait poignardé et à la sangsue qui l'avait tenu en laisse.

Décidément, il fallait qu'elle se débrouille seule.

Étape numéro un : découvrir où elle était. Laissant Ysandre divaguer et se perdre dans les détails sordides de tortures que Claire préférait d'autant moins se représenter qu'elle en était la cible, elle se concentra sur son environnement. La pièce n'avait rien de familier, ce qui ne l'avançait pas beaucoup — elle était depuis relativement peu longtemps à Morganville et les endroits où elle n'avait jamais mis les pieds se comptaient par dizaines. Sauf que... Le regard de Claire tomba sur la caisse que Jason chevauchait. Elle comportait une inscription difficile à déchiffrer dans la pénombre, mais elle crut lire : CAFÉ EN VRAC – BRICKS. À présent qu'elle y pensait, elle remarquait une odeur de café. Une odeur réconfortante et matinale, qui dominait celles de poussière et de bois humide. Elle se souvint subitement qu'Eve se moquait d'Oliver qui se fournissait chez un certain BRICKS. « Faut pas s'étonner, après, que son café ait un goût de briques moulues, disait-elle. Tu crois qu'on peut avoir du mortier en extra ? »

Il n'y avait que deux cafés en ville, le Starbucks d'Oliver et la cafétéria de l'université. Or cet endroit ne pouvait pas être sur le campus, de construction plus récente et essentiellement en béton, pas en bois. Ce qui signifiait... qu'elle était au Starbucks ? Non, ça n'avait aucun sens, aucun portail n'y menait. À moins qu'Oliver ne possède un entrepôt ? Cette hypothèse paraissait plus plausible, les vampires détenant l'essentiel du quartier d'entrepôts jouxtant la place de la Fondatrice. Brandon, le bras droit d'Oliver, avait d'ailleurs été retrouvé mort dans cette zone. Claire n'était sans doute pas loin du cœur de la ville.

Les doigts glacés d'Ysandre se refermèrent soudain sur son menton pour le relever.

— Tu m'écoutes, chérie ?

— Sincèrement ? Non, répondit Claire. Vous êtes plutôt rasoir.

Jason éclata de rire et s'empressa de faire passer son hilarité pour une quinte de toux.

— Je vais vous laisser, lança-t-il. Vous avez des choses à régler en tête à tête.

Claire aurait voulu lui hurler de rester, mais elle se mordit la langue. Le bruit de ses pas décrut dans le noir, puis un petit carré de lumière apparut au loin. Il y avait une porte. Une porte qu'elle ne pourrait jamais atteindre.

— J'ai cru qu'il n'allait pas partir, souffla Ysandre en appliquant ses lèvres froides, si froides, sur le cou de Claire.

Un hurlement de douleur lui échappa immédiatement et elle recula en se couvrant la bouche.

— Petite peste ! cracha-t-elle.

Dans la pénombre, Ysandre n'avait pas repéré la chaîne en argent, si fine, autour du cou de Claire. À présent des cloques se formaient sur les lèvres pleines du vampire. Des cloques qui grossissaient à vue d'œil avant de se percer et de saigner. Une étincelle de rage alluma son regard. Elle avait fini de jouer.

Claire longea le mur, aussi vite que le lui permettaient ses liens, et la sangsue la suivit d'un pas nonchalant. Elle essuya ses lèvres brûlées d'un revers de la main et considéra avec dégoût la traînée de sang dessus.

— De l'argent… Ça me répugne. Tu viens de gâcher ma bonne humeur, ma petite.

En roulant à terre, Claire sentit un objet aiguisé lui entailler la jambe. Le couteau. Ils avaient trouvé le pieu, mais leur fouille n'avait pas dû être très minutieuse ; Jason était trop timbré et Ysandre trop arrogante donc imprudente. Seulement cette arme ne lui servirait à rien tant qu'elle était là, à moins que...

Quand Ysandre bondit sur elle, forme blanche aux contours flous dans le demi-jour, Claire se déhancha brusquement. La lame glissa hors de son logement et déchira le tissu de son jean sur quelques centimètres, assez pour ouvrir la main et le bras d'Ysandre jusqu'à l'os. Un cri déchirant échappa au vampire, qui fit un bond en arrière. Elle n'était plus aussi belle à présent et lorsqu'elle se retourna vers sa proie, à distance désormais, elle avait ses deux crocs de cobra sortis et ses yeux injectés de sang rougeoyaient tels des rubis.

Claire se contorsionna, manquant de se déboîter le coude au passage, et réussit à faire entrer en contact la corde qui lui emprisonnait les poignets et le poignard. Elle ne disposait que de quelques secondes : l'effet de surprise ne tiendrait pas Ysandre en respect plus longtemps. Malheureusement, trancher une corde de nylon avec une lame en argent risquait de prendre du temps. Un temps qu'elle n'avait justement pas.

Agitant les bras avec frénésie, Claire parvint à entamer ses liens et à avoir suffisamment de jeu pour pouvoir, presque, plonger la main dans la poche. Presque seulement. Ysandre l'agrippa par les cheveux et lui cracha à l'oreille :

— Je vais te faire payer pour ça.

La douleur dans son crâne aveuglait Claire. Elle avait l'impression que son cuir chevelu menaçait de se désolidariser du reste, sans parler du mal de tête qui lui labourait les tempes.

À force de persévérance, elle put desserrer la corde et plonger une main endolorie dans sa poche afin de refermer les doigts sur le manche de son couteau. D'un coup sec, elle le libéra du tissu qui l'emprisonnait et le tint devant elle – elle se battrait jusqu'au bout.

Ysandre la lâcha soudain en poussant un hurlement strident, ce qui déboussola encore davantage Claire, dont les idées manquaient déjà de clarté. Elle ne l'avait pas encore poignardée, pourtant... Que se passait-il ?

Le corps d'Ysandre s'écroula sur le plancher, et Claire étouffa un cri de surprise... Le vampire gisait face contre terre, dans une position qui n'avait rien de naturel. Une petite femme vêtue de gris, aux cheveux blond pâle qui tombaient librement sur ses épaules, atterrit soudain sans un bruit devant Claire (elle semblait surgie de nulle part). Elle posa un escarpin gris immaculé au milieu du dos d'Ysandre pour l'immobiliser.

— Claire ? s'enquit-elle en tournant son visage vers la jeune fille.

Celle-ci dut cligner des yeux à deux reprises pour s'assurer qu'elle n'était pas victime d'une hallucination. Amelie. La Fondatrice n'avait plus rien de son apparence froide et distante tant elle dégageait une énergie sauvage et violente. Claire ne l'avait jamais vue aussi habitée. Ni aussi jeune.

— Je vais bien, dit-elle d'une voix faible en essayant de savoir si Amelie était réellement là ou si son cerveau lui jouait un tour.

Elle conclut qu'il était plus urgent de détacher ses mains et ses pieds que de poursuivre l'enquête. Il lui fallut de longues minutes, pendant lesquelles Amelie (ou son double) traîna une Ysandre gémissante dans un coin de la pièce ; elle lui entrava ensuite les poignets qu'elle fixa à une énorme poutre en bois avec une chaîne. Chaîne qui, Claire le remarqua, paraissait prévue à cet effet. Charmant. Cet entrepôt devait aussi servir de salle de jeux à un vampire, sans doute Oliver. Cette simple idée lui provoqua un nouveau haut-le-cœur. Elle s'acharna avec un regain de volonté sur la corde et finit par trancher un nœud. En libérant ses poignets des tours de nylon, elle remarqua de profondes marques blanches dans sa peau, puis constata que ses mains étaient rouges et enflées. Heureusement, elle les sentait encore ; elle les remua pour faire affluer le sang, et la brûlure fut aussi vive que si elle avait placé ses doigts sur le feu d'une cuisinière.

Elle se concentra pour cisailler la corde à l'aide de la lame émoussée, en vain.

— Attends, lança Amelie, tout en se penchant pour rompre le lien d'un claquement de doigts.

Claire ne put s'empêcher d'éprouver une frustration extrême devant tant de facilité. Elle arracha les bouts de corde, puis se concentra sur sa respiration heurtée : elle commençait seulement à sentir les plaies, bosses et bleus qui couvraient son corps.

Amelie plongea ses prunelles grises au fond des siennes.

— Tu t'es blessée à la tête, observa le vampire, mais je ne pense pas que ce soit grave. Tu auras peut-être des migraines et des vertiges.

Elle la lâcha avant de poursuivre :

— Je m'attendais à te trouver. Cependant, je ne m'attendais pas à te trouver ici, je le confesse.

Amelie paraissait en forme. Elle n'avait pas été malmenée. Elle ne pouvait pas produire une seule égratignure, en vérité. Les blessures de Claire étaient beaucoup plus nombreuses, et elle n'avait pas atterri entre les griffes de Bishop, elle. À moins que...

— Vous… on croyait que Bishop vous tenait. Mais ce n'était pas le cas, si ?

Un sourcil arqué, Amelie rétorqua :

— Il semblerait que non.

— Où étiez-vous passée alors ?

Claire éprouvait soudain le besoin vain de s'en prendre à elle, de percer sa carapace d'indifférence.

— Pourquoi avez-vous fait ça ? ajouta-t-elle. Vous nous avez laissés seuls ! Et vous avez forcé les vampires à sortir de leurs cachettes…

Sa voix se brisa à la seconde où le souvenir de l'agent O'Malley surgit dans son esprit, suivi des autres victimes dont elle avait entendu parler.

— Certains sont morts à cause de vous ! conclut-elle.

Amelie n'ouvrit pas la bouche. Elle se contenta de soutenir le regard de Claire, aussi paisible qu'une sculpture de glace – plus paisible encore peut-être, car elle n'était pas menacée de fondre, elle !

— Expliquez-moi, insista Claire. Expliquez-moi la raison de votre attitude !

— Les plans évoluent, répliqua Amelie. Je dois adapter mes ripostes aux coups de Bishop. La mise est trop importante dorénavant. La moitié des vampires de Morganville ont rejoint son camp. Il rattrape mon avance et je devais les appeler à moi, pour les protéger.

— Vous avez provoqué la mort de plusieurs d'entre eux ! Je sais que les humains n'ont aucune valeur à vos yeux, mais je croyais que le but de la manœuvre était justement de sauver les vôtres !

— Ça n'a pas changé. Je cherche toujours à en sauver le maximum. Quant à l'appel, il existe aux échecs une stratégie qui consiste à déployer plusieurs pions en même temps dans le but de créer une diversion et de détourner l'attention de son adversaire des pièces les plus cruciales. Tu as permis à Myrnin de reprendre part à la partie, c'était le plus important. J'ai besoin de garder mes pièces maîtresses sur l'échiquier.

— Comme Oliver ? demanda Claire en se frottant les mains pour dissiper l'engourdissement dont elles étaient victimes. Il est blessé, vous savez ? Peut-être mourant.

— Il a accompli sa mission, dit Amelie avant de reporter son attention sur Ysandre, qui commençait à s'agiter. L'heure est venue de prendre la Tour de Bishop, je crois.

Claire serra plus fort le poignard en argent dans sa main.

— Je ne suis que ça, moi aussi ? Un pion que vous sacrifierez le moment venu ?

Elle réussit à attirer l'attention d'Amelie.

— Non, rétorqua cette dernière, surprise. Je tiens à toi, Claire. Cependant, en temps de guerre, il faut se méfier des sentiments. Ils vous paralysent, vous empêchent d'agir.

Elle posa à nouveau ses prunelles lumineuses sur Ysandre.

— Tu dois t'éclipser, Claire. Je doute que tu apprécies le spectacle à venir. Tu ne pourras pas revenir ici, je vais fermer certaines portes du réseau. Lorsque j'en aurai terminé, il n'y aura plus que deux destinations : une menant à Bishop et une autre à moi.

— Où est-il ?

— Tu l'ignores ? s'étonna Amelie en haussant un sourcil. Dans l'endroit le mieux gardé bien sûr. La mairie. Et dès que la nuit sera tombée je lancerai une offensive contre lui. Voilà pourquoi je te cherchais, Claire. Tu dois prévenir Richard de ma part, lui dire d'évacuer tous ceux qui ne peuvent pas se battre pour moi.

— Mais… il ne peut pas. La mairie sert d'abri en cas de tornade, et il y en a justement une qui nous fonce dessus.

— Écoute-moi bien, Claire. Si des innocents se réfugient dans ce bâtiment, ils seront tués, parce que je ne serai plus en mesure de les protéger. La partie touche à sa fin, il n'y a plus de place pour la pitié.

Elle considéra alors Ysandre, qui s'était figée, l'oreille tendue.

— Vous n'auriez jamais cette conversation devant moi si vous aviez l'intention de me laisser repartir, n'est-ce pas ? s'enquit-elle.

Elle parlait avec calme à présent.

— Non, en effet, confirma Amelie. Je salue ta perspicacité !

Prenant Claire par le bras, elle l'aida à se relever et ajouta :

— Je compte sur toi. Pars maintenant et délivre mes ordres à Richard.

Avant qu'elle n'ait le temps de prononcer un seul mot, Claire vit l'air autour d'elle se troubler, au milieu de l'immense pièce de l'entrepôt et elle bascula dans le vide... puis échoua sur un coffre poussiéreux dans le grenier de Michael, à l'endroit précis où Oliver s'était trouvé quelque temps plus tôt. Elle s'étala sans grâce sur son couvercle avant de basculer sur le côté et d'atterrir sur ses pieds dans un bruit sourd. Lorsqu'elle agita la main dans les airs, à la recherche de cette étrange brume de chaleur qui apparaissait lors de l'ouverture d'un portail, elle ne ressentit absolument rien. Amelie avait mis son plan à exécution et fermé les issues. Du moins celle-ci.

— Claire ?

La voix de Shane s'éleva à l'autre bout du grenier. Écartant des boîtes, il bondit par-dessus les meubles entassés sans ordre pour la rejoindre.

— Qu'est-ce qui t'est arrivé ? demanda-t-il. Où étais-tu passée ?

— Je t'expliquerai plus tard, répondit-elle.

Au même moment, elle s'avisa qu'elle avait toujours le poignard ensanglanté à la main. Elle le rangea soigneusement dans son fourreau de fortune — autrement dit sa poche déchirée. La lame était si émoussée qu'elle ne risquait pas de se blesser avec.

— Oliver ? voulut-elle savoir.

— Mal en point.

Il lui prit la tête à deux mains et la fit basculer en arrière pour pouvoir mieux l'observer.

— Tout va bien ? s'enquit-il.

— Définis : « tout » ? Non. Plutôt bien ? ajouta-t-elle avant de soupirer. Il faut que je contacte Richard de toute urgence.

Le fils Morrell ne répondit pas à l'appel de Claire.

— Il est en rendez-vous avec le maire, dit un certain Sullivan. Vous avez un problème ?

— Non, monsieur l'agent, c'est vous qui avez un problème. Je dois impérativement parler à Richard, c'est très important.

— Tout le monde veut parler à Richard. Il vous rappellera, pour le moment il est occupé. À moins d'une urgence...

— D'accord ! Il s'agit d'une urgence !

— Alors je vous envoie une patrouille. La maison Glass, c'est ça ?

— Non, ce…

Claire aurait voulu balancer le talkie-walkie contre le mur tant elle bouillait de frustration.

— L'urgence, ce n'est pas pour ici. Écoutez, passez le message à Richard : il doit évacuer la mairie au plus vite.

— Impossible, c'est notre centre d'opérations. Et le principal abri. Vous êtes au courant qu'un énorme ouragan nous fonce droit dessus ? Je dois vous demander une explication, mademoiselle.

— Entendu, c'est…

Michael lui arracha la radio des mains et la coupa. Claire le considéra la mâchoire décrochée, puis réussit à bafouiller :

— Mais... pourquoi ?

— Parce que si, d'après Amelie, Bishop a pris ses quartiers là-bas, quelqu'un est forcément de mèche. On ne sait pas qui a rejoint son camp. Je ne connais pas bien Sullivan, cela dit, j'ai une certitude à son sujet : il n'appréciait pas vraiment la gestion de la ville. Je parierais volontiers qu'il est du genre à gober les bobards de Bishop, qui prétend vouloir rendre aux humains les clés de Morganville et leur autonomie. Et j'appliquerai ce principe à tout le monde ici, à l'exception peut-être de Joe Hess et de Travis Lowe. Nous devons vérifier l'intégrité de notre interlocuteur avant de trop en dire.

Shane apporta son soutien à Michael :

— Je suis persuadé que Sullivan intercepte les appels et ne passe aucun message à Richard.

Ils étaient réunis tous les quatre dans la cuisine – Eve, Shane et Claire à table, pendant que Michael faisait les cent pas, jetant des regards réguliers au canapé dans le salon, où Oliver était allongé. Le vampire dormait, à moins qu'il ne soit inconscient. Ils l'avaient soigné de leur mieux : après avoir nettoyé les plaies, ils l'avaient emmitouflé dans des couvertures propres. Selon Michael, il était en train de cicatriser, mais lentement. Lorsqu'il avait repris ses esprits, il semblait distant. Perdu. Inquiet. Claire lui avait administré une des doses du Dr Mills, et le remède paraissait agir. Seulement, si Oliver était atteint par le mal, cela signifiait que les craintes de Myrnin se réalisaient. Bientôt ce serait le tour d'Amelie. Qu'adviendrait-il d'eux ensuite ?

— Alors quel est le plan d'action ? voulut savoir Claire. Amelie m'a demandé d'avertir Richard. Nous devons évacuer la mairie au plus tôt.

— Sauf que tu as entendu les instructions qu'il a délivrées plus tôt dans l'après-midi aux pompiers volontaires. Ils sont en train de faire le tour de la ville et de conseiller à tout le monde de se réfugier à la mairie. Et je ne parle pas de la radio ni de la télé. Purée, la moitié de la ville doit déjà y être.

— Peut-être qu'elle ne le fera pas, suggéra Eve. Enfin, elle ne tuerait jamais tous ceux qui s'y trouvent, si ? Pas même si elle pensait qu'ils bossaient pour Bishop ?

— Je crois que ces questions-là sont dépassées, répondit Claire. À ce que j'en ai compris, elle n'a plus le choix.

— On a toujours le choix.

— Pas aux échecs, rétorqua Claire. Surtout si l'autre solution revient à se coucher et mourir.

Ils parvinrent à la conclusion qu'il n'y avait qu'un moyen de s'assurer qu'ils s'adressaient à la bonne personne : monter dans une voiture et se rendre sur place. L'aspect du ciel étonna Claire ; sur un fond gris sombre, les nuages se déplaçaient à toute vitesse comme sur les animations accélérées de la météo. L'horizon se teintait de vert, ce qui, dans cette partie du pays, était rarement bon signe.

Seul point positif, Michael n'avait pas à s'inquiéter d'être agressé par les rayons du soleil. Il avait enfilé un sweat-shirt à capuche et emporté une couverture dans laquelle s'emmitoufler en cas de besoin, mais il faisait sombre dehors et la lumière déclinait à toute vitesse. Ils avaient droit à un coucher de soleil prématuré.

Des gouttes de pluie martelaient le trottoir, de la taille de pièces de cinquante cents. Chaque fois que l'une d'entre elles s'écrasait sur la peau de Claire, elle avait l'impression d'être au beau milieu d'une partie de paint-ball. En levant la tête vers les nuages, elle découvrit un éclair horizontal qui déchirait le ciel en deux, suivi d'un coup de tonnerre si retentissant qu'elle le sentit vibrer dans les semelles de ses chaussures.

— Dépêche-toi ! hurla Eve, qui avait déjà démarré la voiture.

Claire se jeta sur la banquette arrière, à côté de Shane. Elle n'avait pas eu le temps de boucler sa ceinture qu'Eve écrasait déjà la pédale d'accélérateur.

— Michael, allume la radio.

Un bruit de friture. Il déplaça le curseur et s'ils réussirent à capter les signaux lointains provenant d'autres villes, tous ceux de Morganville étaient brouillés... jusqu'à ce qu'ils tombent sur une annonce énoncée d'une voix parfaitement claire et diffusée en boucle.

« Citoyens de Morganville, nous réclamons votre attention : ceci est un message d'urgence en provenance des services publics. Le centre de météorologie nationale a repéré une tempête d'une violence extrême se dirigeant sur notre ville. Étant donné sa vitesse de progression actuelle, il atteindra nos faubourgs à dix-huit heures vingt-sept ce soir. L'ouragan a déjà dévasté plusieurs zones sur son passage, et les tornades qu'il provoque dans son sillage ont coûté la vie à plusieurs personnes. Morganville et ses environs sont placés en état d'alerte jusqu'à vingt-deux heures. Si vous entendez la sirène se déclencher, rendez-vous immédiatement aux abris prévus à cet effet ou dans la partie la plus sûre de votre maison dans le cas où vous n'auriez pas le temps de sortir. Citoyens de Morganville... »

Michael coupa la radio : les nouvelles n'allaient pas s'améliorer de sitôt.

— Combien y a-t-il d'abris en ville ? demanda Shane. J'en vois un à la fac, un autre...

— Il y en a deux sur la place de la Fondatrice, l'interrompit Michael, mais personne n'y aura accès. Ils sont fermés.

— La bibliothèque.

— Et l'église. Le père Joe ouvrira la crypte, où deux cents personnes doivent tenir.

Pour l'essentiel, les autres habitants de la ville iraient chercher refuge dans la mairie.

La pluie redoubla tout à coup d'intensité, balayant le pare-brise de vagues violentes. Les vieux essuie-glaces ne faisaient vraiment pas le poids, même poussés à leur vitesse maximum. Claire se félicita de ne pas être derrière le volant. Déjà qu'elle n'était pas très douée quand la visibilité était bonne... Elle se demandait d'ailleurs comment Eve y voyait quelque chose. Peut-être conduisait-elle à l'instinct.

Il y avait d'autres voitures dans les rues, et la plupart allaient dans la même direction qu'eux. Claire jeta un coup d'œil à son téléphone portable pour connaître l'heure. Dix-sept heures trente.

L'ouragan était à moins d'une heure de Morganville.

— Oh, oh... lâcha Eve, qui freina brusquement à la dernière intersection.

Une marée de lumignons rouges s'étendaient devant eux. Entre les roulements de tonnerre et le tambourinement de la pluie, des Klaxons résonnaient. La circulation n'était pas entièrement arrêtée, pourtant les voitures avançaient au ralenti, centimètre après centimètre.

— La police vérifie les papiers, je n'y crois pas...

Il y eut du mouvement devant et, soudain, les feux arrière s'éteignirent par vagues régulières. La situation se débloquait. Eve prit place dans la file indienne et finit par se glisser entre deux voitures de police aux gyrophares allumés. Dans la lueur changeante, successivement rouge ou bleue, Claire vit que les agents avaient repoussé la barrière sur le côté et indiquaient aux voitures de circuler.

— C'est de la folie, observa-t-elle. On ne pourra jamais évacuer tout le monde. On n'aura pas le temps ! Il faudrait d'abord empêcher les gens d'entrer, leur signaler un autre abri...

— Je vais descendre ici, lança Michael. Si je cours, j'irai plus vite. Je préviendrai Richard. Personne n'osera m'arrêter.

Il avait beau avoir raison, Eve ne put s'empêcher de protester :

— Michael, non…

Ce qui ne le retint pas une seconde supplémentaire. À la faveur d'un éclair qui zébrait le ciel au-dessus de leurs têtes ils le virent s'éloigner ; passant de flaque en flaque, il zigzaguait entre les voitures. Et il avait raison : il était plus rapide qu'eux. Eve grommela des paroles incompréhensibles : « abruti... têtu comme une bourrique... sortir avec un vampire... », tandis qu'elle se laissait entraîner vers la mairie par le flot de véhicules.

Surgissant sans prévenir d'une rue annexe, un camion s'immobilisa juste devant eux. Avec un hurlement, Eve pila, mais la pluie réduisait l'efficacité des pneus ; Claire sentit la voiture déraper et prendre de la vitesse. « Heureusement que j'ai mis ma ceinture de sécurité », songea-t-elle alors que l'aquaplaning les projetait contre le camion. Shane étendit le bras pour la protéger – sans doute par réflexe –, et soudain les lois de la physique reprirent leurs droits et les projetèrent violemment en avant.

Les lois de la physique n'étaient pas tendres. Claire appuya sa tête meurtrie contre la vitre fraîche – fissurée mais toujours d'un seul bloc –, en attendant de retrouver ses esprits. Shane défit sa ceinture et lui demanda si elle allait bien. Elle esquissa un geste vague et marmonna quelque chose qui, elle l'espérait, réussirait à le convaincre. Elle n'était pas en état de le réconforter.

La portière d'Eve s'ouvrit alors et quelqu'un l'attira à l'extérieur.

— Hé ! s'écria Shane en bondissant dehors.

Claire s'acharna sur la poignée de sa portière, cependant celle-ci semblait coincée ; après avoir libéré la boucle de sa ceinture, elle sortit du côté de Shane. Surprise par la chaleur de la pluie, elle se redressa sur ses jambes mal assurées et réalisa tout à coup qu'ils étaient dans de sales draps : le type qui pressait un couteau sur la gorge d'Eve n'était autre que Frank Collins. Le père de Shane. Dur à cuire et ennemi numéro un des vampires. Il était exactement comme dans son souvenir : une caricature de motard avec ses muscles, ses tatouages et son attirail en cuir.

Il criait à Eve des paroles que Claire ne pouvait entendre avec le vacarme du tonnerre. Shane se jeta en travers du capot de la voiture et agrippa la main armée de son père. Celui-ci lui décocha un coup de coude en plein visage qui le fit vaciller en arrière. Claire plongea la main dans la poche de son jean, mais le couteau avait disparu – elle avait dû le perdre quelque part. Elle n'avait pas le temps de s'en préoccuper, Shane s'était à nouveau rué sur son père. Il réussit à écarter suffisamment la lame pour permettre à Eve de s'échapper ; elle courut rejoindre Claire.

Frank plaqua son fils sur le capot de la voiture et arma son bras. Il se pétrifia alors ; la pluie qui dégoulinait de la pointe de la lame et de son menton lui faisait un collier de barbe argentée.

— Non ! hurla Claire. Ne lui faites pas de mal !

— Où est le vampire ? rétorqua Frank. Où est Michael Glass ?

— Parti, répondit Shane en s'étouffant avec l'eau qui lui ruisselait dans la bouche. Il est parti, papa. Il n'est pas là. Papa.

Frank considéra son fils comme s'il le voyait pour la première fois.

— Shane ?

— Ouais, papa, c'est moi. Laisse-moi me relever, d'accord ?

Shane veillait à bien laisser ses mains en évidence, paumes à plat en geste de paix. Il obtint satisfaction ; Frank recula et baissa l'arme.

— Bien. Je te cherchais justement, fiston, dit-il avant de l'étreindre.

Shane, qui avait toujours les bras en l'air, se pétrifia. Claire frissonna en découvrant son expression meurtrie.

— Ouais, moi aussi je suis trop content de te voir, papa. Maintenant, lâche-moi. On n'est pas dans les meilleurs termes, au cas où tu l'aurais oublié.

— Tu restes mon fils. Le même sang coule dans nos veines, ajouta-t-il en poussant son fils vers le camion, que la voiture d'Eve avait à peine éraflé. Grimpe.

— Pourquoi ?

— Parce que je te le dis !

Devant le regard interloqué de Shane, Frank Collins s'emporta :

— Bon Dieu, gamin, pour une fois dans ta vie, fais ce que je te demande !

— J'ai passé l'essentiel de ma vie à t'obéir. Pour toi, j'ai même trahi mes amis. C'est terminé.

Momentanément décontenancé, le biker finit par éclater de rire en secouant la tête — des gouttelettes volèrent dans toutes les directions avant de se confondre avec les trombes d'eau argentée.

— Tu crois vraiment avoir connu l'enfer ? Grimpe, Shane. Je cherche seulement à sauver ta peau. Tu n'as pas envie d'aller là-bas, crois-moi.

Pour une fois, Frank Collins ne délirait pas. Même si ça n'augurait sans doute rien de plus rassurant.

— On n'a pas le choix, cria Claire pour couvrir le martèlement de la pluie. C'est crucial ! Des gens pourraient mourir sinon !

Elle était trempée comme une soupe.

— Des gens vont mourir, convint Frank Collins. L'histoire des œufs et de l'omelette. Tu connais le proverbe.

Elle connaissait aussi les échecs, mais elle n'était pas sûre de savoir de quel côté de l'échiquier le père de Shane se situait, ou s'il avait même conscience d'être manipulé.

— On a un plan, expliqua-t-il à son fils. Avec ce boxon, personne ne vérifie les bobines de personne. Les détecteurs de métaux sont débranchés. On prend le contrôle du bâtiment et on règle la situation en faisant sauter ces salauds une bonne fois pour toutes. On peut y arriver !

— Papa, tous les gens présents dans la mairie vont être tués. Nous devons les faire sortir, pas les piéger à l'intérieur. Si tu tiens un minimum aux abrutis qui gobent tes conneries révolutionnaires, annule ton opération.

— L'annuler ? répéta Frank d'un air aussi ahuri que si son fils parlait dans une langue étrangère. Alors qu'on est aussi près du but ? Alors qu'on est à deux doigts de réussir ? Bon Dieu, Shane, tu y croyais toi aussi, à une époque. Tu pensais...

— Ouais, « croyais ». Toi-même, tu mets le verbe à l'imparfait. Ouvre les yeux, mince !

Il repoussa son père avant de rejoindre Eve et Claire.

— Je t'aurai prévenu, papa, reprit-il. Ne mets pas ton plan à exécution, pas aujourd'hui. Je ne te balancerai pas, mais je t'avertis, si tu n'abandonnes pas, tu y laisseras la peau.

— Je ne suis pas du genre à reculer devant la menace. Surtout venant de toi, riposta Frank Collins.

— Tu es un vrai imbécile. Au moins, j'aurai essayé.

Il remonta en voiture, à côté d'Eve, qui s'installait derrière le volant. Une fois Claire à l'abri, elle enclencha la marche arrière. Elle s'arrêta pour repasser en marche avant et Frank vint se poster en travers de la route. Il était terrifiant, avec sa tenue en cuir et ses cheveux que la pluie lui plaquait sur le crâne. Eve leva le pied de l'accélérateur.

— Non ! s'écria Shane en appuyant son pied sur le sien. Fonce ! C'est ce qu'il attend justement, que tu t'arrêtes !

— Qu'est-ce qui te prend ? Je ne pourrai jamais l'éviter, non...

Trop tard. Frank, les yeux rivés sur le capot, pile entre les deux phares, se rapprochait à toute allure. Il se jeta sur le côté à la toute dernière seconde, au moment où Eve donnait un grand coup de volant dans la direction opposée. Par miracle, le choc n'eut pas lieu.

— Tu es complètement malade ! hurla-t-elle en se tournant vers Shane.

Elle tremblait comme une feuille. Et il n'en menait pas plus large.

— Si tu veux le tuer, fais-le tout seul ! ajouta-t-elle. Bon sang !

— Regarde derrière toi, murmura-t-il.

Des personnes fonçaient dans leur direction. Un tas de personnes. Elles avaient dû se cacher dans la rue adjacente. Et elles étaient armées. Lorsqu'elles ouvrirent le feu, la voiture frémit sur ses amortisseurs, puis la lunette arrière se fendilla et une pluie d'éclats de verre s'abattit sur Claire.

— Viens là ! lança Shane en l'attirant vers lui. Garde la tête baissée !

Eve s'était recroquevillée derrière le volant, ses yeux dépassaient à peine du tableau de bord. La panique précipitait sa respiration et les balles continuaient à venir se ficher dans la carrosserie. Une d'elles atteignit le pare-brise, perçant un trou cerné de lézardes.

— Avance ! s'époumona Shane.

Eve appuya à fond sur l'accélérateur et fit une queue de poisson à une caravane qui roulait au pas. Les coups de feu se tarirent, du moins momentanément.

— Tu as compris pourquoi je ne voulais pas que tu t'arrêtes ? demanda-t-il.

— D'accord, c'est officiel, ton père n'aura pas de cadeau à Noël ! répondit-elle. Purée, tu as vu dans quel état est ma caisse ?

— Ouais, convint Shane dans un éclat de rire. Tu as raison, c'est vraiment le plus grave.

— Je préfère ça plutôt que de penser à ce qui serait arrivé si Michael avait été avec nous...

Le cœur au bord des lèvres, Claire se souvint des émeutes dont Richard lui avait parlé et des vampires assassinés.

— Ils l'auraient sorti de la voiture, souffla-t-elle. Ils l'auraient tué.

Michael avait vu juste au sujet du père de Shane, ce dont elle n'avait jamais vraiment douté. Pas plus que ce dernier, à en croire son expression de désillusion peinée. De l'avant-bras, il s'essuya les yeux, ce qui ne servit pas à grand-chose tant il dégoulinait de pluie.

— Rejoignons la mairie, suggéra-t-il, on ne peut rien faire tant qu'on n'a pas trouvé Richard.

Sauf que c'était loin d'être aisé. Les voitures s'entassaient dans le parking souterrain, garées au petit bonheur la chance. Tout en naviguant dans la pénombre à la recherche d'une place libre, Eve secoua la tête.

— Si on réussit à évacuer le bâtiment, personne ne sera en mesurer de récupérer sa voiture. C'est un tel boxon que je vois mal qui sortirait d'ici.

Claire ne pouvait s'empêcher de songer que le chaos qui régnait dans le parking était délibéré – et pas seulement une conséquence de la panique.

— Bon, reprit Eve, je vais me garer le long de ce mur, en espérant qu'on pourra ressortir en cas de besoin.

L'ascenseur ne marchait plus : ses portes étaient grandes ouvertes, mais les lumières étaient éteintes et les boutons ne répondaient plus. Ils gravirent les marches quatre à quatre.

La porte du rez-de-chaussée résista jusqu'à ce que Shane lui donne un coup d'épaule. Elle s'entrouvrit alors au son de cris de protestation. Le hall d'entrée était bondé. Les proportions de la mairie de Morganville étaient des plus raisonnables, en tout cas celles du vestibule. En revanche, on n'avait rien sacrifié au faste : un immense escalier menait à l'étage, le marbre côtoyait le bois poli et des vitrines en verre occupaient un pan entier de mur. Les bureaux de l'administration se situaient sur la droite : huit guichets à l'ancienne, aux vitres doublées de barreaux, fermés. À côté de chaque fenêtre, une plaque cuivrée précisait un domaine d'attribution : PERMIS DE SÉJOUR, CARTES GRISES, CADASTRE, AUTORISATIONS SPÉCIALES, INFRACTIONS

AU CODE DE LA ROUTE, AMENDES, IMPÔTS, SERVICES DE LA VILLE.

Aujourd'hui, ils disparaissaient derrière la marée humaine, constituée principalement de familles – des parents avec leurs enfants, parfois en bas âge. Claire ne reconnut pas un seul vampire dans la cohue, pas même Michael. À l'extrémité du hall, un immense panneau jaune indiquait la porte menant à l'abri anti-tornade. Un policier réclamait l'ordre dans son mégaphone, sans résultat : les gens continuaient à pousser, tirer et s'invectiver.

— Nous avons déjà atteint la capacité maximum de l'abri ! Restez calmes, s'il vous plaît !

— Ça sent mauvais, observa Shane.

Une dizaine, au moins, d'agents en uniforme tentaient de canaliser la foule, mais Richard n'était nulle part en vue.

— En haut ? suggéra-t-il.

— En haut, approuva Eve.

Ils s'engouffrèrent dans l'escalier de secours et grimpèrent au premier. Un panneau indiquait que cet étage accueillait le bureau du maire, du chef de la police, le conseil municipal et les archives – quelle que soit la réalité que recouvrait ce nom. La porte était verrouillée. Shane la fit vibrer sur ses gonds, puis tambourina comme un forcené, toutefois personne ne vint leur ouvrir.

— On n'a pas vraiment le choix, on remonte d'un étage, lança-t-il.

Ils ne trouvèrent aucune pancarte au deuxième, mais un symbole, celui de la Fondatrice. Shane tourna la poignée et, une fois de plus, le battant refusa de céder.

— Je croyais que les issues de secours devaient rester ouvertes en toutes circonstances, s'étonna Eve.

— Ouais, eh bien je te suggère de prévenir la police, ironisa Shane en levant la tête. Encore un étage, puis on arrivera au toit. Je ne sais pas pourquoi, je ne pense pas que le toit soit une bonne idée.

— Attendez, lança Claire, qui étudiait le symbole de la Fondatrice depuis quelques secondes.

Elle essaya à son tour la poignée. Un petit clic retentit et la porte s'ouvrit.

— Comment as-tu…

Claire leva le bras pour faire apparaître le jonc doré qui lui ceignait le poignet.

— Ça valait le coup d'essayer. Je me suis dit que puisque j'avais le bracelet…

— Petite maligne. Allez, entrez, lança Shane en les poussant à l'intérieur.

La porte se referma dans leur dos avec le cliquetis sec d'un verrou qui rentre dans son logement. Après les néons de l'escalier de secours, le couloir leur parut très sombre, ce qui était dû à l'alliance de la moquette sombre, des lambris en bois foncé et des lumières tamisées. Décor qui rappelait furieusement à Claire celui où ils avaient retrouvé Myrnin, si ce n'est que les portes étaient moins nombreuses. Shane ouvrit la marche – comment aurait-il pu en être autrement ? –, mais les seules pièces accessibles étaient de simples bureaux, sans rien de notable.

Ils finirent cependant par atterrir, à l'extrémité du couloir, devant une porte sur la poignée de laquelle le symbole de la Fondatrice était gravé. Shane tenta de la faire tourner avant de secouer la tête et d'indiquer à Claire d'avancer.

Celle-ci ne rencontra aucune résistance et pénétra dans ce qui semblait être... un appartement ? Ou du moins une suite de pièces. Claire ignorait quel autre terme employer ; il y avait plusieurs chambres, qui donnaient toutes sur une sorte de boudoir. Elle avait l'impression d'avoir posé le pied dans un autre univers, sans doute magnifique autrefois : un royaume de conte de fées aux murs tendus de satin, aux tapis persans, aux meubles délicats, blanc et or.

— Michael ? Monsieur Morrell ? Richard ?

C'était un véritable salon d'apparat et quelqu'un l'avait saccagé. La plupart des meubles étaient renversés, certains brisés en morceaux. Les miroirs cassés, les tissus déchirés.

Claire se pétrifia.

François, l'alter ego masculin d'Ysandre, se prélassait sur la seule banquette intacte. Le vampire avait pris ses aises, jambes croisées et tête appuyée sur un coussin moelleux. Un grand verre de cristal, rempli d'un liquide rouge sombre, reposait sur son torse. Avec un gloussement de plaisir, il les salua en tendant son breuvage dans leur direction.

— Bienvenue, les petits amis. Nous ne vous attendions pas, mais vous ferez l'affaire. Nous sommes presque à court de rafraîchissements.

— Dehors, lança Shane en poussant Eve vers la porte.

Celle-ci se referma avant qu'elle n'ait pu l'atteindre ; devant elle se dressait Bishop, toujours vêtu de la longue robe pourpre qu'il avait choisie pour le bal costumé. Et qui était ornée d'un accroc sur le côté, à l'endroit où Myrnin lui avait donné un coup de couteau. Il émanait de lui une telle ancienneté et une telle indifférence que Claire sentit sa bouche se dessécher.

— Où est-elle ? s'enquit le vieux vampire. Je sais que tu as vu ma fille. Tu portes son odeur.

— Beurk... souffla Eve. C'est le genre de détail que j'aime autant ne pas connaître.

Sans quitter Claire des yeux, Bishop pointa un doigt sur Eve.

— Tais-toi ou nous te réduirons au silence. Quand je voudrai connaître ton opinion, je consulterai tes entrailles.

Eve ne pipa mot. D'un mouvement gracieux, François bascula pour se retrouver assis. Il vida la fin de son verre de sang avant de le laisser rouler par terre et répandre des gouttes de liquide cramoisi sur le tapis clair. Il en avait sur les doigts ; il les lécha, puis les essuya sur une tenture de satin. Il posa les yeux sur Eve.

— Je t'en prie, dit-il en battant des cils. Je t'en prie, dis quelque chose. J'adore les entrailles.

Eve se ratatina contre un mur. Même Shane conserva le silence en dépit d'une envie visible de prendre la défense de ses amies. Claire tenta de lui faire passer un message muet : « Tu ne peux pas me protéger, n'essaie surtout pas. »

— Vous ne savez pas où Amelie se trouve alors ? demanda-t-elle à Bishop. Et où en sont vos grands projets ?

— Ils vont très bien, merci. Oliver est mort à l'heure qu'il est. Myrnin... eh bien, nous savons tous deux que Myrnin est devenu fou, pour ne pas dire un fou meurtrier. J'espère presque qu'il débarquera ici pour vous sauver et ne vous reconnaîtra plus à son arrivée. Ce serait si amusant. Et ça lui ressemblerait tellement.

Bishop vrilla ses yeux au fond de ceux de Claire, qui sentit l'étau se refermer autour d'elle.

— Où est Amelie ? ajouta-t-il.

— Vous ne le découvrirez jamais.

— Fort bien. Laissons-la rôder dans les égouts avec ses créatures, jusqu'à ce que la faim ou les humains les détruisent. Les batailles sont rarement nécessaires, tu sais. Je préfère les guerres d'usure. Et j'ai pris le dessus.

D'un geste indolent, il désigna la pièce dans laquelle ils se tenaient.

— Et bien entendu, ajouta-t-il, tout le monde est ici, de son propre gré ou non.

Claire n'entendit pas François approcher, mais un frisson la parcourut lorsqu'il fit courir ses doigts glacés sur sa nuque, avant de l'empoigner.

— Exactement ainsi, commenta Bishop. Oui, exactement ainsi.

Inclinant la tête en direction de son acolyte, il poursuivit :

— Si tu la veux, prends-la. Je ne m'intéresse plus aux animaux familiers d'Amelie. Les autres sont à toi aussi. À moins que tu ne préfères les garder pour plus tard.

— Non… murmura Shane.

L'intensité de son désespoir n'échappa pas à Claire. Au même instant, François inclina la tête de Claire sur le côté pour dégager son cou. Il y posa des lèvres aussi brûlantes que la glace.

— Ah ! s'écria-t-il en reculant. Petite vilaine...

Il se servit du col de la chemise de Claire pour attraper la chaîne en argent, qu'il brisa d'un mouvement sec. Elle récupéra la croix dans sa paume.

— Puisse-t-elle te réconforter, remarqua Bishop avec un sourire. Mon enfant.

Alors, François la mordit.

— Claire ?

Quelque part, très, très loin, Eve pleurait.

— Oh, mon Dieu, Claire ? Tu m'entends ? Réveille-toi, s'il te plaît, je t'en prie. Tu es sûr qu'elle a un pouls ?

— Oui, j'en suis sûr.

Claire connaissait cette voix : celle de Richard Morrell. Mais que faisait-il là ? Qui avait prévenu la police ? Elle se souvenait de l'accident avec le camion... non, il avait eu lieu avant. Bishop. Claire souleva lentement les paupières.

Le monde lui parut extrêmement distant, comme séparé d'elle par plusieurs épaisseurs d'ouate. Eve étouffa un cri, puis se répandit en un flot de paroles, auxquelles Claire ne chercha pas à trouver de sens. Elle avait un pouls. Cette information semblait importante. Elle avait mal au cou. Parce qu'un vampire l'avait mordue. Privée de forces, elle leva son bras gauche pour toucher son cou et rencontra une énorme épaisseur de tissu — sans doute le tee-shirt de quelqu'un.

— Non, dit Richard en la forçant à reposer la main. Ne touche pas. Ça n'a pas encore cicatrisé. Tu dois rester immobile une heure encore. Le temps que la plaie se referme en partie.

— Il m'a mordue… murmura-t-elle.

Le souvenir lui revint avec la vivacité d'un éclair lumineux, d'une lame rouge sang tranchant la brume qui l'environnait.

— Ne me laissez pas devenir l'un d'eux, gémit-elle.

— Ça n'arrivera pas, répondit Eve.

Celle-ci était à l'envers... Non, Claire avait la tête posée sur les genoux de son amie, qui était penchée au-dessus d'elle. Elle sentit des larmes tièdes s'écraser sur son front.

— Oh, ma puce, reprit Eve, tu vas t'en sortir, d'accord ?

Même à l'envers, Claire déchiffrait sans difficulté l'expression de panique sur le visage de son amie, qui interrogeait d'un regard désespéré Richard (lequel ne paraissait pas en grande forme non plus).

— Tout ira bien, les rassura-t-il. Je dois aller voir mon père. Prends ma place.

Il s'écarta de Claire et quelqu'un d'autre s'assit à sa place. Shane. Il referma ses doigts tièdes sur les siens et elle frissonna, s'avisant soudain qu'elle était frigorifiée. Eve la recouvrit d'un plaid luxueux, en velours, qu'elle ajusta avec nervosité. Shane ne décrochait pas un mot.

— Ma croix… articula Claire.

Le bijou n'était plus dans sa main.

— Il a cassé la chaîne, se justifia-t-elle, je suis désolée.

Shane lui glissa le collier dans la paume.

— Je l'ai ramassé. J'ai pensé que tu serais contente de le récupérer.

Il y avait quelque chose qu'il ne lui disait pas. Claire consulta Eve du regard pour obtenir une réponse, mais elle semblait avoir exceptionnellement perdu sa langue.

— L'essentiel, c'est que tu t'en sortes, poursuivit-il. Nous avons eu du pot. François n'avait pas très faim.

Il replia les doigts de Claire sur la croix avant de les recouvrir des siens. Il tremblait.

— Shane ?

— Je suis désolé, murmura-t-il. Je ne pouvais pas bouger. Je suis resté planté là.

— Il ment, intervint Eve. Il a envoyé François valdinguer à l'autre bout de la pièce et il lui aurait planté un pied de chaise en plein cœur si Bishop n'était pas intervenu.

Du Shane tout craché.

— Tu n'es pas blessé ? lui demanda Claire.

— Pas beaucoup.

Eve se renfrogna.

— Disons plutôt...

— Pas beaucoup, l'interrompit Shane. Je vais bien, Claire.

Elle devrait le croire sur parole, du moins dans l'immédiat.

— Quelle heure... commença-t-elle.

— Dix-huit heures quinze, répondit Richard, réfugié à l'extrémité de la pièce exiguë.

Claire songea que celle-ci avait dû servir de dressing à Amelie. Elle apercevait un immense placard sur le côté. La plupart des vêtements, réduits à l'état de lambeaux, gisaient en pagaille sur la moquette. La coiffeuse était en miettes, ainsi que tous les miroirs. François avait pris du bon temps, ici aussi.

— L'ouragan fonce sur nous, expliqua Eve. Michael n'a pas réussi à atteindre Richard, mais il a, semble-t-il, trouvé Joe Hess. Ils ont évacué l'abri. Ce qui a plutôt mis Bishop en pétard. Il espérait avoir un maximum d'otages pour négocier avec Amelie.

— Alors il ne reste plus que nous ?

— Nous, et les partisans de Bishop. Sans oublier le fantastique Frank Collins et sa horde sauvage, qui ont fait entrer leur camion dans le hall et s'imaginent qu'ils ont remporté une sorte de victoire.

Redevenant elle-même l'espace d'une seconde, Eve leva les yeux au ciel, avant de conclure :

— Bref, il n'y a plus que nous et les méchants.

Dans quel camp rangeait-elle Richard ? Claire ne pouvait se résoudre à imaginer qu'il était contre eux : si quelqu'un avait agi avec honnêteté, c'était bien lui. Ayant suivi le regard de son amie, Eve lança :

— Ah oui, le père de Richard a été blessé en voulant empêcher Bishop de semer le chaos. Richard doit s'occuper de lui. Et de sa mère. Au fait, on avait raison pour Sullivan, un traître de chez traître. Un point pour nos talents de prémonition. J'aimerais bien qu'ils nous disent comment sortir d'ici...

— Il n'y a aucune issue ?

— Pas même une fenêtre. Nous sommes coincés ici et nous ne savons pas où Bishop et sa marionnette sont partis. À la recherche d'Amelie, je suppose. Si seulement ils pouvaient s'entretuer...

Eve ne pensait pas réellement ce qu'elle disait, mais Claire comprenait ce qu'elle ressentait. De loin. Elle avait encore cette impression d'être dans une bulle, à l'écart du monde.

— Et dehors ? demanda-t-elle.

— Pas la moindre idée. On n'a pas de talkie-walkie. Et ils nous ont piqué nos portables. On est...

Les lumières vacillèrent avant de s'éteindre pour de bon, plongeant la pièce dans le noir le plus complet.

— On est foutus, termina Eve. Mince, je n'aurais jamais dû dire ça, si ?

— Je pense que le courant a été coupé dans l'ensemble du bâtiment, rétorqua Richard. Sans doute à cause de l'ouragan.

Ou des vampires, qui jouaient avec leurs nerfs par pur plaisir sadique. Claire garda sa réflexion pour elle, même si elle était persuadée d'avoir raison.

— Shane ?

— Je suis là. Ne bouge pas.

Il ne lui avait toujours pas lâché la main.

— Je suis désolée, murmura-t-elle. Vraiment, vraiment désolée.

— Pourquoi ?

— Je n'aurais pas dû m'emporter tout à l'heure, au sujet de ton père...

— Aucune importance, répliqua-t-il avec tendresse. Tout va bien, Claire. Repose-toi.

Se reposer ? Comment aurait-elle pu se reposer alors que la réalité l'assaillait, lui rappelant son corps douloureux, sa peur et, plus important encore, la catastrophe imminente. Une plainte étrange et fantomatique s'élevait au loin, croissait.

— Qu'est-ce que c'est ? s'enquit Eve.

Sans laisser le temps à personne de répondre, elle ajouta :

— Les sirènes qui annoncent l'arrivée de l'ouragan. Il y en a une sur le toit.

Le hurlement ascendant et descendant se précisa, accompagné d'un second bruit, évoquant un tumulte d'eau ou...

— On doit se mettre à l'abri, intervint Richard.

Le faisceau d'une lampe torche éclaira successivement le visage livide d'Eve, puis ceux de Shane et de Claire.

— Amenez-la par ici, ajouta-t-il. C'est l'endroit le plus résistant de la pièce. Vous devez vous éloigner de la rue.

Claire voulut se relever, mais Shane la prit dans ses bras. Il la posa à terre, le dos en appui contre un mur, avant de se glisser sous la couverture à côté d'elle. Eve se plaça à côté de lui. La lampe torche se détourna d'eux et, dans son rayon, Claire aperçut le maire. Cet homme rondouillard au visage joufflu et avenant de politicien n'était plus que l'ombre de lui-même : accablé sous le poids des ans, il flottait dans son costume et avait le teint verdâtre.

— Qu'est-ce qui lui arrive ? chuchota Claire.

Shane écarta quelques mèches que l'humidité avait plaquées sur les joues de Claire avant de souffler :

— Crise cardiaque. En tout cas, c'est l'interprétation de Richard. Ça a l'air plutôt moche.

Adossé au mur à quelques mètres d'eux, il haletait, tandis que sa femme lui tapotait le bras en lui susurrant à l'oreille – Claire ne l'avait vue qu'en photo, jusqu'à présent. Son visage était cendreux, ses lèvres viraient au bleu et la panique dans son regard était bien réelle.

Richard revint, muni d'une autre couverture épaisse et d'oreillers.

— Tout le monde se couvre, ordonna-t-il. Et gardez la tête baissée.

Après avoir emmitouflé ses parents, il s'accroupit à côté d'eux et s'entortilla dans un plaid.

Dehors, le vent enflait en vagissant. Claire entendait des objets percuter les murs, avec le même son sourd qu'une batte de base-ball heurtant une balle. Le bruit s'amplifia.

— Des débris, observa Richard en orientant le faisceau de sa lampe vers la moquette entre leurs pieds. Ou de la grêle.

La sirène s'interrompit brutalement, mais le vacarme ne cessa pas pour autant. Il s'intensifia même, le vagissement se transformant en hurlement strident... avant de monter d'un cran.

— On dirait un train, remarqua Eve d'une voix tremblante. Bon sang, j'ai toujours espéré que cette histoire de train était fausse...

— Baissez la tête ! hurla Richard lorsque le bâtiment se mit à trembler sur ses fondations.

Claire sentait les lames du parquet vibrer sous elle, elle voyait les murs se déformer et des fissures apparaître dans les briques. Le vacarme crût encore pour ne plus être qu'un cri régulier et assourdissant. Le mur de la façade fut soudain aspiré, dissous en un tourbillon de briques et de bois avant de disparaître complètement. Les tentures prirent leur envol dans la pièce tels des oiseaux apeurés, fouettant l'air de leurs pans déchirés jusqu'à ce que le vent et les débris les réduisent en confettis.

L'ouragan s'époumonait comme s'il avait perdu toute raison. Il projetait les fragments de meubles et de miroirs contre les murs et les couvertures. Au-delà des sifflements tonitruants du vent, Claire perçut un grognement sourd. Levant la tête, elle vit le plafond s'affaisser en son milieu. Des morceaux de plâtre se mirent à tomber en cascade et elle se cramponna à Shane.

Le toit s'effondra sur eux.

Claire n'aurait su dire combien de temps ça avait duré. Elle eut l'impression que le tintamarre, les secousses et les projections de débris ne s'arrêteraient jamais. Pourtant, très progressivement, ils s'apaisèrent, et la pluie reprit son tambourinement régulier, trempant le tas de décombres. Elle le sut en sentant de l'eau goutter sur sa joue.

Shane lui serra l'épaule, dans un mouvement qui tenait plus du réflexe que du geste conscient, puis à deux mains il souleva la couverture. Des gravats roulèrent à terre. Ils avaient eu de la chance, constata Claire : l'énorme poutre en bois qui s'était affaissée au-dessus d'eux les avait protégés de l'essentiel des déblais.

— Eve ?

Se penchant par-dessus Shane, Claire serra les mains de son amie, qui avait les yeux clos. Un filet de sang lui barrait une joue et elle était encore plus blanche qu'à son habitude. Au bout de quelques secondes, Claire comprit qu'ils étaient tous recouverts de poussière de plâtre. Secouée d'une quinte de toux, Eve se mit à battre des paupières.

— Maman ? demanda-t-elle d'une voix si fragile que Claire en eut les larmes aux yeux. Oh, mon Dieu, que s'est-il passé ? Claire ?

— On a survécu... s'étonna Shane.

Il chassa les bouts de plâtre et de bois emmêlés dans les cheveux de Claire, et elle se racla la gorge. La pluie tombait de biais, pile sur la couverture qui les protégeait.

— Richard ?

— Par ici. Papa ? Papa...

La lampe torche avait disparu, enterrée sous les décombres ou tout simplement emportée par le vent. Un éclair déchira la nuit, l'illuminant comme en plein jour, et Claire vit que la tornade qui les avait frappés continuait sa course à travers Morganville, s'attaquant aux bâtiments et recrachant des débris à une trentaine de mètres du sol. Elle ne pouvait pas en croire ses yeux.

Shane dégagea la poutrelle qui bloquait les jambes d'Eve – couvertes de bleus mais pas cassées –, puis rampa à travers les gravats détrempés jusqu'à Richard, qui s'échinait à dégager sa mère. Elle paraissait en bonne santé, bien que hagarde.

Son père, en revanche...

— Non ! s'écria Richard en l'allongeant pour lui administrer un massage cardiaque.

Le policier avait plusieurs plaies sanguinolentes au visage, et c'était le cadet de ses soucis.

— Shane ! dit-il. Il a besoin de bouche-à-bouche !

Après avoir marqué une légère hésitation, Shane bascula la tête du maire en arrière et demanda :

— Comme ça ?

— Laisse-moi faire, intervint Eve. J'ai une formation en secourisme.

Elle les rejoignit et prit une profonde inspiration avant de se pencher et de souffler de toutes ses forces dans la bouche du maire, guettant les mouvements de son torse. L'effort semblait lui coûter terriblement, tout comme à Richard, qui exerçait des pressions sur la cage thoracique de son père. Eve compta lentement puis renouvela l'opération. Et encore une fois.

— Je vais chercher de l'aide, proposa Claire.

Elle n'était pas sûre d'en trouver, mais elle ne pouvait pas rester les bras croisés. Au moment où elle se releva, elle fut prise d'un vertige. Elle se souvint alors des paroles de Richard : elle avait des trous dans le cou et perdu beaucoup de sang.

— Je vais y aller doucement, ajouta-t-elle.

— Je t'accompagne, lança Shane avant d'être retenu par Richard.

— Non ! J'ai besoin que tu me remplaces.

Il lui montra où placer ses mains et à quelle fréquence appuyer, puis il sortit la radio de sa ceinture et la lança à Claire.

— On a besoin de médecins, dit-il.

La seconde suivante, il perdait connaissance. Claire remarqua alors qu'un immense morceau de métal était fiché dans son flanc. Après être restée clouée sur place un moment, pétrifiée par l'effroi, elle composa le code du talkie-walkie.

— Allô ? Allô, il y a quelqu'un ?

Un bruit de friture. S'il y avait quelqu'un à l'autre bout de la ligne, Claire ne réussirait jamais à l'entendre avec les parasites et le grondement de la pluie.

— Je dois y aller ! cria-t-elle à Shane.

Il releva aussitôt la tête.

— Non ! riposta-t-il.

Il ne pouvait pas la retenir, pourtant, pas sans abandonner son poste auprès du maire à l'agonie et, après avoir jeté un regard impuissant et non moins furieux à Claire, il reprit le massage cardiaque.

Enjambant les obstacles, elle rejoignit la pièce adjacente. Aucun signe de François ou de Bishop. Si le boudoir avait déjà été saccagé avant le passage de l'ouragan, à présent il était méconnaissable. L'essentiel de cette partie du bâtiment avait tout bonnement... disparu. Comme le plancher gémissait sous ses pieds, elle se précipita vers la porte principale de l'appartement. Celle-ci n'était pas sortie de ses gonds, mais quand Claire voulut l'ouvrir une partie du cadre vint avec le battant.

Étrangement, le couloir était intact, si ce n'est que son plafond, et sans doute l'ensemble de l'étage du dessus, avait disparu. Bref, c'était un couloir dans lequel il pleuvait. Elle le remonta en pressant le pas, se félicitant maintenant de la lumière produite par les éclairs. L'escalier de secours était toujours là. Elle dépassa plusieurs personnes recroquevillées dans un coin, visiblement terrifiées.

— On a besoin d'aide ! lança-t-elle. Il y a des blessés à cet étage... S'il vous plaît, quelqu'un ?

Les premiers cris s'élevèrent alors, quelque part au premier, un concert de hurlements plus exactement. Ceux qui s'étaient réfugiés dans la cage d'escalier bondirent comme un seul homme et grimpèrent les marches quatre à quatre, vers Claire.

— Non ! s'emporta-t-elle. Non, vous ne pouvez pas !

Elle fut écartée et une cinquantaine de personnes s'engouffrèrent dans le couloir. Elle n'avait pas la moindre idée de l'endroit où ils comptaient aller. Pire, elle redoutait que leur poids ne fasse s'effondrer cette partie du bâtiment et notamment la pièce où se trouvaient Eve, Shane et les Morrell.

— Claire ?

Michael venait de faire irruption par la porte du rez-de-chaussée ; il gravit les volées de marches successives en deux bonds. Elle n'eut pas le temps de protester, il la soulevait déjà dans ses bras comme une infirme.

— Viens, je dois t'emmener loin d'ici.

— Non ! Monte, Michael. Shane... ils ont besoin d'aide. Monte, laisse-moi ici !

— Impossible, rétorqua-t-il en tournant la tête vers le bas.

Elle suivit son regard : des vampires déboulaient dans la cage d'escalier. Certains d'entre eux s'écharpaient. Et les humains qui croisaient leur route n'échappaient pas au massacre.

— D'accord, alors en haut, conclut-il.

Ils quittèrent aussitôt la terre ferme pour rejoindre le deuxième étage, où Michael se posa avec la grâce d'un félin.

— Que se passe-t-il ? demanda Claire en se dévissant le cou pour tenter de comprendre ce qui se tramait en bas.

À ses yeux, il ne s'agissait que d'une mêlée confuse où tout le monde jouait des poings. Impossible de savoir qui était dans quel camp ou pourquoi ils se battaient avec un tel acharnement.

— Amelie est arrivée, expliqua Michael. Bishop cherche à l'atteindre, mais ses troupes sont décimées. Elle a profité de l'ouragan pour lancer une attaque surprise.

— Et les autres ? Je veux dire, les humains ? Le père de Shane et ses complices, ceux qui voulaient détruire la mairie ?

D'un coup de pied, Michael ouvrit la porte du deuxième étage et déboula dans le couloir sans toit, encombré par la foule qui avait bousculé Claire dans l'escalier. Tétanisés par la peur, ils erraient sans but. Michael fit jaillir ses crocs en crachant pour les disperser ; ils trouvèrent refuge où ils purent – essentiellement dans des bureaux qui n'avaient pas subi de gros dommages, à part sous l'effet de la pluie.

Écartant ceux qui restaient sur son passage, il gagna l'appartement que Claire lui indiquait.

— Ici ? demanda-t-il.

En la posant à terre, il remarqua la blessure qu'elle avait au cou.

— Quelqu'un t'a mordue ?

— Ce n'est pas trop grave, répondit-elle en la cachant.

Sous ses doigts, les contours de la plaie étaient irréguliers, et il lui sembla que du sang s'en échappait encore... à moins que ce ne soit simplement la pluie.

— Je vais bien, ajouta-t-elle.

— Ne mens pas, Claire.

Une bourrasque rabattit le col de la chemise de Michael et elle aperçut deux trous sur son cou.

— Toi aussi, tu as été mordu ?

— Comme tu le disais, tout va bien. Écoute, on en discutera plus tard, récupérons d'abord les autres.

Claire pénétra dans le boudoir et... le sol se déroba sous ses pieds. Un hurlement dut lui échapper, mais elle n'entendit que le craquement du bâtiment qui s'effondrait autour d'elle. Elle tourna la tête vers Michael, pétrifié sur le seuil de la pièce et éclaboussé par la lumière aveuglante d'un éclair. Il la rattrapa par le bras et, pendant quelques instants, elle resta suspendue dans les airs, battue par des tourbillons de vent et de poussière, tandis que le plancher dévalait vers le sol. Michael l'attira vers lui et elle eut l'impression de voler, telle une plume, jusque dans ses bras.

— Oh… pantela-t-elle. Merci.

Il la serra en silence pendant une minute avant de demander :

— Il y a une autre entrée ?

— Aucune idée.

Ils s'engouffrèrent dans le premier bureau qu'ils croisèrent, sur la gauche ; l'un de ses murs était parcouru de lézardes inquiétantes et Claire eut l'impression que le plancher n'était pas très résistant. La poussant derrière lui, Michael lui intima :

— Protège tes yeux.

Il se mit alors à démolir le mur en question, qui séparait la pièce de l'appartement d'Amelie. Les briques rouges lui opposèrent une résistance, et il les pulvérisa d'un coup de poing.

— La mairie est déjà un vrai château de cartes, Michael ! hurla Claire. Tu n'arranges rien !

— Je sais, mais nous devons les faire sortir !

Il pratiqua un trou assez grand pour pouvoir s'y glisser. Au moment où il s'y engageait, le bâtiment fut agité d'un frisson, comme s'il transférait son poids d'un côté à l'autre.

— Le plancher va tenir, dit-il. Ne bouge pas, je vais les chercher.

— Prends la porte à gauche !

Se déplaçant avec une grâce véloce, Michael disparut. Claire s'étonna tout à coup qu'il ne soit pas au rez-de-chaussée. Qu'il ne se batte pas au côté de tous les autres rejetons d'Amelie.

Quelques minutes s'écoulèrent tandis qu'elle fixait, crispée, le trou dans le mur. Elle n'entendait ni Michael, ni Shane, ni personne.

Soudain lui parvinrent des hurlements en provenance du couloir. Elle pensa aussitôt aux vampires et se précipita vers la porte pour jeter un coup d'œil à l'extérieur. À cet instant précis, quelqu'un heurta violemment le battant, la projetant en arrière. François. Claire tenta de refermer la porte, mais une main ensanglantée se faufila par l'entrebâillement et agrippa le chambranle.

François n'avait plus rien d'humain – lui qui l'était déjà si peu en temps normal. Acculé, il semblait prêt à tout pour survivre. Et très, très en colère. Claire recula lentement pour aller se plaquer contre le mur le plus éloigné. La pièce ne lui fournissait pas beaucoup de moyens de défense : un bureau, des stylos dans un pot. François s'esclaffa avant de gronder :

— Vous croyez avoir le dessus, seulement vous vous trompez.

— Je crois, moi, que c'est toi qui devrais te faire des cheveux blancs, rétorqua Michael à travers le trou dans le mur.

Il portait le maire Morrell, suivi de Shane et d'Eve, qui soutenaient Richard, toujours inconscient. Mme Morrell fermait la marche.

— Dégage, reprit Michael, je n'essaierai pas de te rattraper si tu pars en courant.

Les prunelles de François virèrent au rubis, et il se jeta sur Michael, embarrassé par le corps du maire. Claire attrapa un crayon sur le bureau et le planta dans le dos de François, qui fit volte-face, une expression de surprise au visage... avant de s'affaler lentement.

— Ça ne le tuera pas, remarqua Michael.

— On s'en fout, rétorqua Eve. C'était carrément culotté.

Claire prit le vampire par les bras et le traîna dans un coin, en veillant bien à ne pas déloger le crayon – elle n'aurait pas su dire à quelle profondeur elle l'avait fiché et il devait impérativement rester dans le cœur. Michael le contourna pour rejoindre la porte et vérifier le couloir.

— La voie est libre pour le moment, venez.

Leur petit groupe se bouscula à l'extérieur, pataugeant dans les fibres imbibées de la moquette. Ils croisèrent des personnes terrées sous les bureaux ou plaqués contre les murs dans le vain espoir de passer inaperçus.

— Venez, les interpella Eve, debout ! On décampe avant que tout s'écroule.

Les combats faisaient toujours rage dans la cage d'escalier – feulements, cris, coups et bruits sourds. Claire ne put se résoudre à regarder par-dessus la rambarde. Michael les conduisit au premier étage. La porte lui résista malgré ses efforts acharnés.

— Hé, mec ? l'apostropha Shane, qui s'était avancé sur le palier pour évaluer la situation en bas. On ne peut pas passer par là.

— Je sais !

— Et le temps…

— Je sais, Shane !

Michael donnait des coups d'épaule contre le battant, mais Claire n'en avait jamais vu d'aussi résistant. Il se déformait sous les assauts du vampire sans céder. Soudain la porte s'ouvrit... de l'intérieur. Devant eux, dans son manteau de velours noir râpé, se tenait Myrnin.

— Entrez, dit-il. Par ici, dépêchez.

Dès qu'elle se sentit perdre pied, Claire comprit que la porte donnait en réalité sur un portail ; elle n'eut pas le temps de prévenir les autres, qui eurent sans doute un choc en pénétrant dans le laboratoire de Myrnin. Sans marquer un seul temps d'arrêt, cependant, Michael déblaya une paillasse encombrée d'éprouvettes cassées pour allonger M. Morrell. Il posa ensuite ses doigts pâles sur la jugulaire du malade. Ne trouvant pas de pouls, il recommença le massage cardiaque, et Eve se précipita pour lui faire du bouche-à-bouche.

Myrnin considéra le flot de personnes qui défilaient devant lui. Les bras croisés et les sourcils froncés, il finit par demander :

— Qui sont tous ces gens ? Je ne tiens pas une auberge, vous savez ?

— Taisez-vous, rétorqua Claire, qui n'avait plus aucune patience. Comment va-t-il ? ajouta-t-elle à l'intention de Shane, qui installait Richard sur un tapis élimé.

— Abstraction faite du gros morceau de métal, tu veux dire ? Il respire, au moins.

Les autres réfugiés, qui continuaient à franchir le portail, un par un, se regroupèrent dans un coin. Ils ne semblaient prêter aucune attention au phénomène étrange dont ils venaient d'être témoins, ce qui était une bonne chose. S'ils avaient fait partie de la bande de Frank et avaient été déterminés à prendre Morganville, ils avaient depuis abandonné ce projet. À présent ils n'étaient plus que des êtres humains terrorisés.

— Par là, lança Claire en leur indiquant l'escalier. La sortie est au sommet des marches.

Ils s'y précipitèrent presque tous. Elle espérait qu'ils pourraient rentrer chez eux ou, pour le moins, se réfugier dans un endroit sûr. À supposer qu'ils aient encore un chez-eux.

— Tu as bien conscience qu'il s'agissait d'un laboratoire secret, n'est-ce pas ? lâcha Myrnin tout en la fusillant du regard. Dorénavant, la moitié de la ville sera en mesure de le situer sur une carte.

— Hé ! Ce n'est pas moi qui ai ouvert la porte, c'est vous.

Elle lui posa une main sur le bras et plongea ses yeux au fond des siens avant d'ajouter :

— Merci, Myrnin, vous nous avez sauvé la vie.

— Vraiment ? s'étonna-t-il en clignant des paupières.

— Je sais pourquoi vous ne vous battiez pas, le médicament vous libérait de toute emprise, mais... Michael ?

Myrnin suivit le regard de Claire et observa les deux silhouettes penchées sur la forme sans vie du maire.

— Amelie l'a laissé partir. Pour le moment. Elle pourrait le rappeler à tout instant, toutefois je crois qu'elle savait que vous aviez besoin d'aide.

Il s'approcha de Michael et lui posa une main sur l'épaule.

— Ça ne sert plus à rien, dit-il. Je sens l'odeur de la mort sur lui. Toi aussi, si tu te concentres. Tu ne le ressusciteras pas.

— Non ! s'écria Mme Morrell en se ruant sur le cadavre de son mari. Vous devez essayer !

— Ils l'ont fait, intervint Myrnin, qui avait pris appui contre le mur le plus proche. Et je n'y aurais pas mis autant de persévérance.

Inclinant la tête en direction de Richard, il ajouta :

— Il a des chances de survivre, mais vous aurez besoin de la Faculté pour retirer le morceau de métal.

— Vous voulez dire un médecin ? demanda Claire.

— Naturellement, rétorqua-t-il sèchement tandis que ses yeux s'embrasaient. Je sais que tu voudrais me voir éprouver de la sympathie pour eux, cependant je ne suis pas fait de ce bois-là. Je réserve mes sentiments aux personnes de ma connaissance et, même pour ceux-là, je ne me laisse jamais déborder. Les inconnus n'obtiennent rien de moi.

Il perdait à nouveau pied et la colère revenait au galop. La confusion ne tarderait pas. Sans un mot, Claire plongea la main dans sa poche, où elle avait glissé une fiole en verre qui, par miracle, était restée entière. D'un geste impatient, il l'envoya valser au loin.

— Je n'en ai pas besoin !

Le cœur au bord des lèvres, Claire regarda le petit flacon rouler à terre avec fracas.

— Bien sûr que si, Myrnin. Et vous savez que j'ai raison. Je vous en prie. Je ne suis pas en état de me battre avec vous. Prenez vos médicaments sans faire le difficile.

Persuadée qu'il n'obéirait pas, elle fut surprise de le voir se baisser en étouffant un ricanement pour ramasser la fiole. Il fit sauter le bouchon et vida le contenu dans sa bouche.

— Voilà !

Il réduisit le verre en miettes et le rougeoiement de ses yeux s'intensifia.

— Es-tu satisfaite, petite Claire ? Tu aimes me donner des ordres ?

— Myrnin…

Elle ne put pas aller jusqu'au bout de sa phrase : il venait de refermer ses mains sur sa gorge. Demeurant parfaitement immobile, elle patienta. Il ne serra pas les doigts. Le rougeoiement déclina progressivement, remplacé par une lueur de honte. Il la lâcha et recula, la tête basse.

— Je ne sais pas où trouver un médecin, dit-elle comme si de rien n'était. À l'hôpital peut-être, ou...

— Non, chuchota-t-il. Je vais aller chercher de l'aide. Ne laisse personne mettre le nez dans mes affaires. Et surveille Michael, au cas où.

Elle acquiesça. Myrnin fit apparaître le portail sur le mur et s'y engouffra pour aller... elle ne savait où. Amelie avait annoncé qu'elle fermait toutes les issues. Mais, dans ce cas, comment avaient-ils pu passer de la mairie au laboratoire de Myrnin ? L'alchimiste devait sans doute, avec la Fondatrice, être le seul capable de contrôler le réseau.

Michael et Eve s'éloignèrent du cadavre du maire, sur lequel Mme Morrell versait des torrents de larmes.

— Qu'est-ce qu'on peut faire ? s'enquit Shane, la mine décomposée.

Dans la confusion, il n'avait pas remarqué la confrontation de Claire et de Myrnin, et elle s'en réjouissait vaguement.

— Rien, répondit Michael. Rien à part se montrer patient.

Lorsque le portail réapparut, Myrnin pénétra dans le laboratoire en compagnie de Theo Goldman, une vieille sacoche de médecin à la main. Promenant son regard autour de lui, il gratifia Claire d'un signe de tête avant de se diriger vers Richard, qui gisait toujours sur le tapis miteux, la tête posée dans le giron de sa mère.

— Écartez-vous, je vous prie, lui dit-il après s'être agenouillé et avoir ouvert son sac. Myrnin, emmène-la à côté. Une mère ne devrait pas voir ça.

Tandis qu'il déballait ses instruments, enveloppés dans une serviette blanche immaculée, l'alchimiste conduisit Mme Morrell à l'autre extrémité de la grande pièce et l'installa dans le fauteuil où il se mettait habituellement pour lire. Elle semblait absente, sans doute en état de choc. Le fauteuil était le seul meuble intact, le reste du laboratoire ayant été retourné : instruments abîmés, tables renversées, lampes et bougies brisées. Des livres, entassés dans des coins pour être détruits par les flammes, il ne subsistait plus que des bouts de reliure en cuir et des cendres. Un fort parfum de brûlé et de produits chimiques flottait dans l'atmosphère.

— Que peut-on faire ? demanda Michael en s'accroupissant de l'autre côté de Richard.

Theo lui remit une paire de gants en latex avant d'en enfiler lui-même une.

— Tu me serviras d'infirmier, mon ami. J'aurais emmené ma femme, elle a de nombreuses années d'expérience, cependant je ne voulais pas abandonner mes enfants à leur sort. Ils sont déjà bien assez terrorisés.

— Mais ils sont en sûreté ? s'enquit Eve. Personne ne vous a embêtés ?

— Personne. C'est une excellente cachette, merci.

— Je crois que vous allez nous rendre la monnaie de notre pièce. Vous pouvez le sauver ?

— Son sort est entre les mains de Dieu, pas les miennes.

Theo posa cependant un regard brillant sur la plaque métallique fichée dans le flanc de Richard.

— C'est une bonne chose qu'il soit inconscient, toutefois il pourrait revenir à lui pendant l'opération. Il y a du chloroforme dans mon sac. Michael... C'est bien ton nom ? Alors verses-en sur un tissu, veux-tu, et tiens-toi prêt à l'appliquer sur son nez et sa bouche lorsque je te le dirai.

Claire flancha en voyant Theo affermir sa prise sur le bout de tôle et se détourna. Eve s'était déjà éloignée pour apporter une couverture à Mme Morrell.

— Où est ma fille ? lui demanda-t-elle. Monica devrait être là. Je n'aime pas la savoir seule dehors.

Eve interrogea Claire d'un haussement de sourcils.

— La dernière fois que je l'ai vue, c'était à l'université. Et je n'avais pas encore reçu le coup de fil me disant de rentrer, alors je ne sais pas. Peut-être s'est-elle réfugiée dans l'abri du dortoir ?

L'écran de son téléphone portable n'affichait pas une seule barre... La réception était toujours mauvaise dans le laboratoire de Myrnin, mais elle en avait au moins une d'habitude.

— Je pense que les relais téléphoniques sont hors service, dit-elle.

— Ouais, il y a des chances, convint Eve tout en resserrant la couverture autour des épaules de Mme Morrell.

Celle-ci abandonna sa tête contre le dossier du fauteuil avant de fermer les yeux, visiblement désertée par ses forces. Eve prit Claire à part.

— Tu crois que c'est la bonne option ? On ne connaît même pas ce type.

Claire n'en avait pas la moindre idée, mais elle était prête à accorder autant de confiance à Theo qu'à Myrnin. Bien que sa raison lui dicte le contraire.

— Je crois qu'il est fiable. Et je ne pense pas qu'on puisse vraiment compter sur SOS médecins pour le moment.

Au terme des deux heures d'opération – car il s'agissait d'une véritable opération avec points de suture et tout le toutim –, Theo s'étira, ôta ses gants et laissa échapper un soupir de satisfaction modeste.

— Et voilà, conclut-il.

Claire et Eve approchèrent en voyant Michael se relever. Shane, lui, était resté à proximité du chirurgien, observant ses gestes avec une fascination que Claire jugeait malsaine.

— Son pouls est régulier. Il a perdu du sang, cependant je pense qu'il s'en sortira tant que la plaie ne s'infecte pas. Enfin, dans ce cas, vous disposez désormais de cette merveille qu'on nomme antibiotiques, non ? Les risques sont donc infimes.

Theo exultait presque quand il reprit :

— Je dois vous faire un aveu, je n'ai pas exercé mes talents de chirurgien depuis des années et je trouve cela très excitant. Même si cela me donne faim !

Mieux valait que Richard n'entende pas cette dernière remarque... En tout cas Claire, elle, aurait préféré ça si elle avait été dans son état.

Mme Morrell remercia le vampire en se levant de son fauteuil. Après avoir replié la couverture et l'avoir mise de côté, elle vint lui serrer la main avec une gratitude très digne.

— Je veillerai à ce que mon mari vous récompense de votre bonté.

Ils échangèrent des regards et Michael ouvrit la bouche pour lui parler, mais Theo l'arrêta d'un mouvement de tête.

— Ce n'est rien, chère madame. Je suis heureux d'avoir pu aider. J'ai récemment perdu un fils, je connais le poids du chagrin.

— Oh, fit-elle, je vous présente toutes mes condoléances, monsieur.

Au ton de sa voix, personne n'aurait pu se douter que le cadavre de son mari gisait à quelques mètres de là. Des larmes embuèrent les yeux de Theo, cependant il les chassa aussitôt d'un battement de cils. Avec un sourire, il tapota la main de Mme Morrell.

— Vous êtes très généreuse avec le vieillard que je suis. Nous avons toujours apprécié Morganville, vous savez. Les gens sont si accueillants.

— Sauf ceux qui ont assassiné votre fils, ironisa Shane.

Theo posa sur lui un regard calme et inébranlable.

— Sans pardon, il ne peut y avoir de paix. C'est une leçon que j'ai tirée au cours de mes longs siècles d'existence. Mon fils a sacrifié sa vie. Je ne répondrai pas à ce présent par la colère, même envers ceux qui me l'ont arraché. Demain matin, ces pauvres hères auront leurs propres morts à pleurer, s'ils survivent à cette nuit. En quoi les haïr m'aiderait à panser mes propres blessures ?

Myrnin, qui avait conservé le silence jusqu'à présent, murmura :

— Tu me fais honte, Theo.

— Ce n'est pourtant pas mon intention. Bien, il est grand temps que je rejoigne les miens. Je vous souhaite le meilleur.

Myrnin accompagna Theo au portail, qui disparut sous les yeux de toute l'assemblée et plus particulièrement ceux de Mme Morrell, animés d'un éclat étrange.

— Comme je déplore que mon époux n'ait pu se libérer pour le rencontrer.

À l'entendre, on aurait cru qu'il avait un rendez-vous en ville et non qu'il se trouvait sous un drap à l'autre bout de la pièce.

— Venez, allons voir Richard, suggéra Eve en l'entraînant.

Shane poussa un long soupir.

— J'aimerais que ce soit aussi facile que le prétend Theo.

La gorge nouée, il regarda Mme Morrell s'éloigner, puis ajouta :

— Je suis sincère, j'aimerais vraiment être capable de ne plus haïr.

— Au moins tu en as l'envie, rétorqua Michael. C'est un bon début.

Ils passèrent la nuit dans le laboratoire, en grande partie parce que l'ouragan fit rage jusqu'au petit matin, le ciel déversant des trombes d'eau et, plus rarement, de la grêle. Quel aurait été l'intérêt d'aller se mettre sous la pluie ? Claire consultait régulièrement son téléphone portable et Eve le talkie-walkie qu'elle avait déniché dans un bric-à-brac au fond de la pièce.

Aux environs de trois heures du matin, ils captèrent un bulletin d'informations diffusé sur la fréquence d'urgence :

« À l'attention de tous les habitants de Morganville et des lieux environnants ; le niveau d'alerte météorologique restera très élevé, avec risque de vents violents et d'inondations, jusqu'à sept heures du matin. Les sauveteurs se trouvent actuellement à la mairie, en partie démolie par une tornade, qui a également détruit plusieurs entrepôts et bâtiments désaffectés, ainsi qu'une partie de la place de la Fondatrice. De nombreux blessés ont été signalés. Nous vous prions de garder votre calme. Des équipes d'urgence sillonnent actuellement la ville à la recherche de toute personne ayant besoin d'assistance. Restez où vous êtes. Ne tentez surtout pas de sortir pour le moment. »

Le message reprit depuis le début. Se renfrognant, Eve se tourna vers Myrnin, qui avait également tendu l'oreille.

— Ils nous cachent quelque chose, dit-elle.

— Si tu veux mon avis, cette volonté insistante de cantonner les habitants chez eux révèle qu'il y a d'autres raisons de s'inquiéter.

Son regard sombre se perdit dans le vague quelques secondes avant de redevenir précis.

— Ibid rien.

— Quoi ? demanda Eve qui croyait avoir mal entendu.

— Ibid rien carlo. Je ne justice pas.

Myrnin s'exprimait à nouveau en charabia – signe que l'effet des médicaments commençait à se dissiper. Ce qui arrivait bien plus tôt que Claire ne s'y attendait... et qui était plus qu'alarmant. En jetant un regard inquiet à son amie, Eve rétorqua :

— D'accord... Je ne suis pas sûre d'avoir bien compris...

Claire lui posa une main sur le bras pour la faire taire.

— Pourquoi ne rejoindrais-tu pas Mme Morrell ? Shane, aussi.

L'idée lui déplaisait, mais il obtempéra. En s'éloignant, il inclina la tête en direction de Michael, qui quitta le chevet de Richard pour rejoindre Claire, d'un pas nonchalant.

— Myrnin, commença-t-elle, vous devez m'écouter, d'accord ? Je crois que les médicaments n'agissent déjà plus aussi bien.

— Je vais bien.

Il s'échauffait, elle le voyait au rosissement de ses joues et au scintillement de ses yeux.

— Tu t'inquiètes pour le chien, ajouta-t-il.

Inutile de chercher à lui faire remarquer les signes : il n'avait jamais été capable de les identifier.

— Nous devrions aller vérifier qu'il n'y a aucun problème dans la prison.

Myrnin sourit.

— Tu cherches à me piéger.

Ses prunelles s'assombrissaient de seconde en seconde et son sourire devenait de plus en plus cruel.

— Oh, petite fille, poursuivit-il, tu ignores tout. Tu ignores ce que c'est que de recevoir tous ces hôtes ici, tout ce...

Il inspira profondément avant de terminer sa phrase :

— Tout ce sang.

Il riva ses yeux sur la gorge de Claire, plus précisément sur le pansement dont Theo avait recouvert les deux plaies laissées par les crocs de François.

— Je sais ce que tu caches, petite. Dis-moi, François a-t-il...

— Arrêtez ! Arrêtez, Myrnin !

Claire serra les poings jusqu'à ce que ses ongles se plantent dans ses paumes. Le vampire fit un pas dans sa direction, mais elle s'interdit de reculer. Elle connaissait son petit manège par cœur.

— Vous ne pouvez pas vous en prendre à moi, vous avez besoin de moi.

— Vraiment ? lâcha-t-il dans un nouveau râle. Oui, tu as raison. Tu es si brillante, si brillante... Je sens ton énergie. Je sais déjà le plaisir intense que je connaîtrai lorsque...

Il battit des cils et un éclair d'horreur apparut sur son visage.

— Que disais-je ? reprit-il. Claire ? Qu'étais-je en train de dire ?

Incapable de se résoudre à lui répéter ses propres paroles, elle rétorqua :

— Rien, ne vous en faites pas. Mais je crois qu'on devrait vous ramener à votre cellule, entendu ? Vous acceptez de nous suivre ?

Il paraissait dévasté. Ces sautes d'humeur étaient le pire aspect de cette maladie. Il s'échinait à conserver le contrôle de lui-même, de toute sa volonté, pourtant il n'y parviendrait pas longtemps. Elle le voyait se déliter sous ses yeux. Une fois encore.

Michael poussa Myrnin vers le portail.

— Allons-y, dit-il. Claire, tu vas y arriver ?

— S'il ne résiste pas, oui, répondit-elle non sans nervosité.

Elle se rappelait l'après-midi où la paranoïa du vampire avait pris le dessus et où il avait refermé chaque tunnel qu'elle essayait d'ouvrir, convaincu que, de l'autre côté, l'attendait la mort.

— Je regrette qu'on n'ait pas de tranquillisant... souffla-t-elle.

— Tu devras faire sans, ironisa Myrnin. Et tu sais pertinemment que je n'aime pas les piqûres. Je me tiendrai bien, promis.

Il s'esclaffa, puis rectifia :

— Enfin j'essaierai.

Claire ouvrit la porte mais, au lieu de voir surgir la prison, elle sentit que le contrôle de la destination lui échappait.

— Myrnin ! Arrêtez !

Brandissant les mains avec outrance, il rétorqua :

— Je n'y suis pour rien !

Elle se concentra à nouveau. L'air se troubla devant elle et, au moment où la prison apparaissait, elle fut aussitôt remplacée par un autre endroit. Theo Goldman bascula alors par l'ouverture. Momentanément distrait de son irascibilité par la surprise, Myrnin le rattrapa avant qu'il ne touche terre. Il le fit asseoir contre un mur.

— Es-tu blessé ?

— Non, non, non…

Theo haletait, lui qui, contrairement aux humains, n'avait pas besoin d'oxygène pour vivre. C'était l'émotion et non l'effort qui précipitait sa respiration.

— S'il vous plaît, vous devez m'aider, je vous en supplie. Aidez-nous, ma famille et moi, je vous implore...

Myrnin s'accroupit pour pouvoir le regarder en face.

— Que s'est-il passé ?

Des larmes remplirent les yeux de Theo, puis roulèrent sur son doux visage parcheminé.

— Bishop, expliqua-t-il. Bishop tient ma famille. Il dit qu'il veut Amelie et le livre. Sinon, il les tuera tous.

14.

Theo n'était pas venu directement du Starbucks, bien sûr. Bishop lui avait fait emprunter une déviation, que le médecin était incapable d'identifier.

— Non, s'écria-t-il en voyant Michael approcher. Pas toi. C'est Amelie qu'il veut, et le livre. Je refuse que les innocents versent davantage de sang. Vous comme moi. S'il te plaît, Myrnin, je sais que tu peux la trouver. Vous partagez des liens contrairement à moi. Je t'implore de la ramener. Nous n'avons pas à prendre part à cette bataille. C'est une histoire de famille, entre un père et sa fille. Ils devraient la régler une bonne fois pour toutes, face à face.

Myrnin le dévisagea longuement avant d'incliner la tête sur le côté.

— Tu me demandes de la trahir. De la livrer à son père.

— Non, non, je ne pourrais jamais faire une chose pareille. Je te demande seulement… de l'informer du prix que payent des innocents. Amelie viendra, je sais qu'elle viendra.

— Certainement pas, rétorqua Myrnin. Je ne le permettrai pas.

Theo laissa échapper un cri de souffrance brute, qui serra le cœur de Claire.

— Vous ne pouvez pas l'aider ? Il y a forcément un moyen !

— Oh mais il y a un moyen, bien sûr qu'il y en a un, cependant il ne te plaira pas, ma petite Claire. Ce n'est ni facile ni joli. Et ton courage sera, encore une fois, mis à rude épreuve.

— Je suis prête !

— Non ! s'écrièrent Shane et Michael comme un seul homme.

— Tu tiens à peine debout, Claire, poursuivit Shane. Tu n'iras nulle part sans moi.

— Ou moi, ajouta Michael.

— Purée, soupira Eve, j'imagine que ça m'oblige à venir aussi. Ce que je pourrais ne jamais vous pardonner, même si je ne meurs pas dans d'atroces souffrances.

Le regard de Myrnin se posa sur chacun d'eux à tour de rôle.

— Vous êtes prêts à monter au créneau, tous les quatre ?

Ses lèvres s'étirèrent en un sourire diabolique, puis il ajouta :

— Vous faites les meilleurs jouets du monde, vous savez ? Je n'ose imaginer le plaisir qu'ils prendront à s'amuser avec vous.

Un silence assourdissant s'installa. Eve finit par le rompre :

— D'accord, c'était méchamment flippant, avec un supplément de flippant. Et perso, j'ai changé d'avis.

La lueur de joie démente dans le regard de Myrnin fut soudain chassée par un éclat de désespoir que Claire ne connaissait que trop bien.

— Ça arrive, ça arrive. J'ai peur. Je le sens et je suis impuissant.

Lui serrant la main, elle riposta :

— Je sais, mais essayez, s'il vous plaît. On a besoin de vous. Pouvez-vous résister un peu plus longtemps ?

Il hocha la tête, dans un mouvement qui tenait davantage de la convulsion que de l'acquiescement.

— Le tiroir sous les crânes, dit-il. Il renferme une dernière dose. Je l'ai cachée là, j'avais oublié.

Ça lui ressemblait tellement ; il dissimulait des choses et s'en souvenait aux moments les plus étranges – quand il n'oubliait pas tout bonnement. Claire se précipita sur le meuble à l'extrémité de la pièce, situé sous une rangée de crânes qu'il avait cloués au mur. Il lui avait promis qu'il s'agissait de ceux de personnes ayant fait don de leur corps à la science et non de victimes. Il ne l'avait pas entièrement convaincue néanmoins.

Elle ouvrit tous les tiroirs ; dans le dernier, l'attendaient, glissées derrière de vieux parchemins et le squelette assemblé d'une chauve-souris, deux fioles en verre fumé. L'une contenait des cristaux rouges. Et la seconde de la poudre d'argent.

Elle fourra cette dernière dans sa poche – celle qui n'était pas trouée bien sûr –, puis apporta le remède à Myrnin, qui le rangea dans la poche intérieure de son manteau.

— Vous ne les prenez pas ? s'étonna Claire.

— Pas tout de suite, non. Je peux encore me contrôler. Je te le promets.

Tandis que la panique s'emparait d'elle, Michael s'enquit :

— Alors, quel est le plan ?

— Le voici.

Claire sentit que le portail dans son dos se fixait subitement sur une destination ; Myrnin l'attrapa par la chemise, la fit pivoter et la projeta violemment dans le passage qui s'était ouvert.

Elle eut la sensation de tomber pendant un laps de temps infini avant de heurter le sol et de rouler à genoux. Elle rouvrit les yeux dans une obscurité épaisse, empestant le moisi et le vieux vin. Non. Elle connaissait cet endroit.

Elle tentait de se relever quand quelque chose la percuta dans le dos. Shane – elle le reconnut à ses jurons. Elle fit volte-face pour lui plaquer une main sur la bouche et interrompre le flot d'insultes.

— Chut... murmura-t-elle tout bas, même si leur atterrissage avait déjà sonné la cloche du dîner bien évidemment.

« Allez au diable, Myrnin ! »

Une main froide se referma sur son poignet et l'attira à l'écart ; en se débattant, Claire rencontra une manche en velours. Myrnin. Shane se hissait sur ses pieds, lui aussi.

— Michael, y vois-tu ? lança l'alchimiste d'une voix impassible.

— Oui.

Michael, lui, avait du mal à conserver son calme. Beaucoup de mal.

— Alors file, maudit imbécile ! Je les ai !

Joignant le geste à la parole, Myrnin entraîna Claire et faillit lui déboîter le bras. Elle entendit Shane panteler dans le noir, à proximité. Son pied heurta un obstacle mou, sans doute un corps, et elle ne put retenir un cri. Celui-ci se répercuta en écho de tous côtés, avant d'être suivi d'un martèlement sur le sol. Elle sentit qu'on lui enserrait la cheville et, cette fois, Claire poussa un hurlement franc. Elle avait l'impression qu'il s'agissait d'un fil de fer cependant, lorsqu'elle se baissa pour s'en débarrasser, elle sentit des doigts au bout d'un avant-bras osseux, pourvus d'ongles griffus.

Myrnin pila, se retourna et piétina l'agresseur de Claire, qui libéra la cheville en donnant libre cours à sa rage.

— File ! gronda le vampire, sans doute à l'intention de Michael.

Un éclair lumineux déchira les ténèbres devant eux... Un portail ? Claire eut l'impression de reconnaître la brume scintillante qui accompagnait l'apparition des passages. Myrnin lui lâcha le poignet et la projeta en avant. Une fois de plus, elle dégringola. Cette fois, elle atterrit sur Michael. Puis Shane s'écrasa sur elle, lui coupant la respiration. À quatre pattes, ils s'éloignèrent les uns des autres. Tandis que Michael aidait Eve à se relever, Claire remarqua :

— Je connais cet endroit, c'est là que Myrnin...

Celui-ci venait justement de franchir le portail, qu'il referma derrière lui, ainsi qu'Amelie l'avait fait peu avant lui.

— Nous ne repasserons pas par là, expliqua-t-il. Dépêchez-vous. Le temps nous est compté.

Il ouvrit la marche, les pans de son long manteau lui battant les jambes, et Claire dut puiser dans ses ressources les plus profondes pour suivre la cadence, même avec l'aide de Shane. Lorsqu'il voulut la prendre dans ses bras, elle le repoussa, rétorquant, le souffle court :

— Non, je vais y arriver toute seule !

À l'extrémité du couloir en pierre, ils tournèrent à gauche et pénétrèrent dans un autre, plus sombre et lambrissé, dont Claire se souvenait avec précision. Ils dépassèrent la pièce où Myrnin avait été détenu, enchaîné. Il ne ralentit pas.

— On va où ? pantela Eve. J'aurais dû mettre d'autres chaussures, purée...

Elle s'interrompit en voyant Myrnin marquer un arrêt au bout du couloir, devant une porte de style médiéval, à l'énorme heurtoir en fer forgé. Le symbole de la Fondatrice était gravé dans le bois massif.

Le vampire n'avait pas versé une seule goutte de transpiration. Bien sûr. Claire, elle, dut s'appuyer contre le mur, le temps de reprendre son souffle.

— Mais, et les armes ? s'étonna Eve. Enfin en général, quand on part en mission de sauvetage, on emporte des armes, non ? Moi, je dis ça comme ça...

— J'ai un mauvais pressentiment, confirma Shane.

Myrnin ne détachait pas ses yeux de Claire. Il lui attrapa la main avant de demander :

— J'ai ta confiance ?

— Vous l'aurez si vous prenez vos médicaments.

Il secoua la tête.

— Je ne peux pas. J'ai mes raisons, petite. Je t'en prie, tu dois me donner ta parole.

Shane secouait la tête, Michael semblait aussi en proie au doute, quant à Eve... elle ne cachait pas qu'elle aurait volontiers filé à l'anglaise si cela n'impliquait pas de traverser en sens inverse ces ténèbres terrifiantes.

— Oui, dit Claire.

Myrnin lui sourit. Un sourire las, teinté de tristesse.

— Alors je me dois de te présenter dès à présent mes excuses. Car je m'apprête à trahir cruellement cette confiance.

Il lui lâcha la main pour empoigner le tee-shirt de Shane, tout en ouvrant la porte du pied. Celle-ci se referma aussitôt sur eux deux, ne laissant à personne l'occasion de réagir, même à Michael, qui fit pleuvoir ses poings sur le battant une seconde trop tard. Il avait été conçu pour résister aux vampires. Michael n'en viendrait pas à bout avant un long, long moment.

— Shane ! s'époumona Claire en se jetant contre la porte et en abattant sa main sur le symbole de la Fondatrice. Nooooon ! Ramenez-le, Myrnin ! Je vous en prie, ramenez-le...

Faisant volte-face, Michael lança :

— Restez derrière moi.

Par-dessus l'épaule de celui-ci, Claire vit toutes les portes du couloir s'ouvrir simultanément, comme actionnées par une commande à distance. Vampires et humains se déversèrent dans le couloir, leur coupant toute possibilité de fuite. Ils avaient tous, dans le cou, la marque de deux crocs. Comme Claire... et Michael. Elle s'étonna soudain de l'immobilité et du calme de son ami. Brusquement, il s'éloigna des deux filles pour aller à la rencontre des autres.

— Michael !

Eve voulut se lancer après lui, mais Claire la retint. Elle s'attendait à ce que, arrivé à hauteur du premier vampire, il l'attaque ou au moins le provoque. Au lieu de quoi, Michael le toisa. Puis la sangsue s'inclina.

— Bienvenue, Frère Michael, dit-il.

— Bienvenue, murmurèrent un autre buveur de sang et un humain.

Lorsque Michael se retourna vers Eve et Claire, ses yeux avaient viré de couleur, passant du bleu azur au cramoisi.

— Bordel... chuchota Eve. Dis-moi que je suis victime d'une hallucination, s'il te plaît.

La lourde porte en bois s'ouvrit dans leur dos. Elle donnait sur une immense salle, qui n'aurait pas déparé un château, et sur un trône drapé de velours rouge, que Claire se rappelait avoir vu lors du bal masqué, se trouvait Bishop.

— Joignez-vous à nous, fit-il.

Les deux filles échangèrent un regard. Shane gisait sur les dalles de pierre, face contre terre, immobilisé par la poigne ferme de Myrnin.

— Entrez donc, mes petites, insista-t-il. Inutile de résister davantage, j'ai gagné la partie.

Claire avait l'impression d'avoir atteint le bout du monde et basculé dans le vide. Tout ce à quoi elle croyait... avait disparu. Myrnin, qui se refusait à croiser son regard, courbait l'échine devant Bishop. Eve reporta son attention sur Michael, qui fondait sur elles. Leur ami était devenu un étranger.

— Lâchez Shane, dit Claire d'une voix limpide bien que tremblante.

Bishop leva un doigt et Michael bondit en avant, canines sorties, pour plaquer Eve contre lui.

— Non !

— Je n'ai pas d'ordres à recevoir de toi, expliqua Bishop. Tu devrais être morte à l'heure qu'il est. Je suis presque impressionné. Maintenant, représente-moi ta requête. Et n'oublie pas la formule d'usage.

Claire se passa la langue sur les lèvres ; elles avaient un goût de sueur.

— S'il vous plaît. Laissez Shane partir, s'il vous plaît. Ne faites pas de mal à Eve, s'il vous plaît.

Bishop mûrit sa décision avant de répondre :

— Je n'ai pas besoin de la fille.

Il inclina la tête en direction de Michael, qui libéra celle-ci. Les mains plaquées sur sa gorge, Eve recula, considérant son copain avec incrédulité.

— J'ai ce que je veux, n'est-ce pas, Myrnin ? ajouta Bishop.

L'alchimiste tira sur le tee-shirt de Shane, révélant ainsi, coincé dans la ceinture de son jean, le livre. Oh, non... Myrnin s'en empara, puis délaissa son prisonnier pour remettre le butin à son maître. « Je m'apprête à trahir cruellement cette confiance », avait-il annoncé à Claire. Elle ne l'avait pas cru jusqu'à cet instant précis.

— Attendez, dit-il au moment où Bishop tendait la main vers l'ouvrage. Nous avons conclu un marché : le livre contre la famille de Theo Goldman.

— Qui ça ? Ah, oui... rétorqua-t-il en souriant. Ils auront la vie sauve.

— Et personne ne lèvera la main sur eux, précisa Myrnin.

— Mets-tu des conditions à notre petit accord ? s'enquit Bishop. Très bien. Il ne leur sera fait aucun mal. Je vous prends tous à témoin : Theo Goldman et les siens n'ont rien à craindre de moi ou de mes gens, toutefois ils ne sont plus les bienvenus à Morganville. Je ne tolérerai plus leur présence ici.

Myrnin posa un genou à terre devant le trône, puis s'inclina et présenta le livre dans ses deux mains élevées au-dessus de sa tête. S'en saisissant, Bishop laissa échapper un long soupir retentissant.

— Enfin, dit-il, enfin…

Myrnin appuya ses avant-bras sur son genou, mais ne se redressa pas.

— Vous avez également requis la présence d'Amelie, commença-t-il. Puis-je me permettre de vous suggérer une solution de remplacement ?

— Profite donc que je sois bien disposé à ton égard.

— La fille porte la marque d'Amelie. Elle est la seule en ville à la porter comme autrefois, selon les lois ancestrales, ce qui fait d'elle une part de la Fondatrice. La chair de sa chair.

Claire cessa de respira. Toutes les têtes se tournèrent dans sa direction, tous les regards se braquèrent sur elle. Shane fit un pas vers elle. Un seul. Michael bondit en feulant et plaqua son ami sur les dalles. Myrnin s'approcha de Claire et lui offrit la main avec une galanterie compassée. La folie n'avait pas encore pris entièrement possession de son regard. Et c'est pourquoi Claire sut qu'elle ne pourrait jamais lui pardonner réellement. La maladie n'était pas la seule en cause. Myrnin avait sa part de responsabilité.

— Viens, dit-il. Fais-moi confiance, Claire. Je t'en prie.

Refusant sa main, elle gagna seule le pied du trône et soutint le regard de Bishop.

— Eh bien ? Qu'attendez-vous ? demanda-t-elle. Tuez-moi.

— Te tuer ? répéta-t-il, l'air confus. Pourquoi diable commettrais-je un acte aussi insensé ? Myrnin a raison. Je n'ai aucun intérêt à me débarrasser de toi, aucun. J'ai besoin que tu supervises les rouages de Morganville. J'ai déjà nommé Richard Morrell à la tête des humains. Myrnin aura l'honneur de gouverner les vampires qui décideront de rester dans mon royaume et de me jurer fidélité.

D'une petite courbette, l'alchimiste accepta l'offre.

— Je vous suis, mon Seigneur, très reconnaissant de la faveur que vous me faites.

— Un seul détail, rétorqua Bishop. J'exige la tête d'Oliver.

Cette fois, Myrnin sourit.

— Je sais très bien où la trouver, mon Seigneur.

— Dans ce cas, qu'attends-tu pour me contenter ?

Myrnin exécuta une révérence ornée de mouvements de bras tarabiscotés, qui auraient presque pu passer pour moqueurs. Presque. Il profita de l'opération pour chuchoter à Claire :

— Obéis à tous ses ordres.

Il s'éloigna ensuite, comme si rien de tout cela n'avait vraiment d'importance pour lui. Eve tenta de lui donner un coup de pied, qu'il esquiva dans un éclat de rire avant d'agiter dans sa direction un index réprobateur. Enfin il disparut dans le couloir. Shane lança alors :

— Laisse-moi me relever, Michael, ou mords-moi. Mais décide-toi !

— Non ! intervint Bishop lorsque Michael sortit les crocs. Je pourrais avoir besoin du garçon pour contrôler son père. Enferme-les dans une cage ensemble.

Entraîné de force, Shane eut le temps de dire :

— Je te trouverai, Claire.

— Je te trouverai la première, riposta-t-elle.

Bishop brisa le cadenas du livre que Myrnin lui avait remis et en feuilleta les pages, comme s'il était à la recherche de quelque chose en particulier. Il arracha une page qu'il roula sur elle-même.

— Passe-la autour de ton bras, ordonna-t-il à Claire en lui jetant le tube de papier recouvert d'une petite écriture fine et serrée.

La voyant hésiter, il soupira.

— Mets-la, ou l'un des nombreux otages à ma merci paiera les conséquences de ton insubordination. Me suis-je bien fait comprendre ? Mère, père, amis, connaissances, inconnus... Tu n'es pas Myrnin. N'essaie pas de jouer le même jeu que lui.

Claire enfila la manchette de papier ; elle se sentait ridicule mais ne voyait pas d'autre solution. Le contact du papier sur sa peau lui procura des sensations étranges ; subitement, il la serra, serra, serra, comme s'il s'agissait d'un être vivant. Prise de panique, elle tenta de l'arracher, sans parvenir à le saisir tant il était collé à son bras. Au terme de secondes d'une douleur insoutenable, la page tomba d'elle-même. Tandis qu'elle dérivait vers le sol, Claire vit qu'elle était vierge. Il n'y avait plus un seul mot dessus. Les pattes de mouche avaient été transférées sur son bras ou, plus exactement, sous sa peau, comme tatouées. Et les symboles bougeaient. Cette vision lui souleva le cœur. Elle ignorait ce que cela signifiait, mais elle sentait qu'un changement se produisait en elle, un changement... Sa peur se dissipa. Tout comme sa colère.

— Jure-moi fidélité, dit Bishop. Dans la langue ancestrale.

Claire s'agenouilla avant de prêter serment dans une langue qu'elle ne parlait même pas ; pas un seul instant elle ne douta de ses actes. En vérité, elle éprouvait même de la joie. Une joie ardente. Une petite voix intérieure lui criait : « Il a pris le contrôle de ta volonté ! », pourtant elle n'avait aucune envie de l'écouter.

— Que dois-je faire de tes amis ? lui demanda-t-il.

— Ça m'est égal.

Ça lui était même égal de voir Eve pleurer.

— Un jour tu ne diras plus ça. Je vais t'accorder ceci : ton amie Eve est libre de partir. Je n'ai pas besoin d'elle. Elle sera un exemple de ma miséricorde.

— Ça m'est égal, répéta Claire en haussant les épaules.

C'était faux, elle le savait, seulement elle n'arrivait plus à le ressentir. Un sourire glaçant aux lèvres, Bishop lança à Eve :

— Pars. Prends tes jambes à ton cou. Va trouver Amelie et transmets-lui ce message : je lui ai dérobé sa ville et tout ce qui lui est cher. Dis-lui que j'ai le livre. Si elle veut le récupérer, elle devra venir le chercher elle-même.

Eve essuya rageusement ses larmes et le foudroya du regard.

— Elle viendra. Et je l'accompagnerai. Vous ne possédez rien du tout. C'est notre ville, et nous vous en chasserons à coups de pied aux fesses, même si nous devons y laisser la peau.

Les vampires réunis dans la pièce partirent d'un grand éclat de rire.

— Ne te gêne pas, rétorqua Bishop. Nous t'attendrons. N'est-ce pas, Claire ?

— Oui, répondit-elle avant de s'asseoir sur les marches menant au trône. Nous t'attendrons.

Il claqua des doigts.

— Que les réjouissances commencent ! Demain matin, nous discuterons de la nouvelle administration de Morganville. Selon mon bon vouloir.

Remerciements

Ce livre n'existerait pas sans le soutien de mon mari,
Cat, et de mes amis, Pat, Jackie,
Sharon, ni sans les encouragements exaltants
de mes nombreux supporters en ligne.

Je dois une fière chandelle à Sharon Sams,
Shaz Flynn et, plus spécifiquement, à mes courageuses
premières lectrices, Karin et Laura,
pour leurs remarques pertinentes.

Merci, comme toujours, à Lucienne Diver.

Note de l'auteur

J'ai été secondée, tout au long de la rédaction de ce livre, par des chansons particulièrement incroyables et j'ai pensé que vous aimeriez en connaître la liste. Mais n'oubliez pas : les musiciens ont besoin, eux aussi, d'amour et d'argent, alors achetez leurs CD ou les titres.

On and On, Nikka Costa
Everybody Got Their Something, Nikka Costa
Above the Clouds, Delirium & Shelly Garland
2 Wicky, Hooverphonic
Is You Is or Is You Ain't My Baby, Rae & Christian Remix, Dinah Washington
Enjoy the Ride, Morcheeba
Hate to Say I Told You So, The Hives
See You Again, Miley Cyrus

Fever, Sarah Vaughn, Verve Remix
Peter Gunn, Max Sedgley Remix, Sarah Vaughn
Blade, Spacekid & Maxim Yul Remix, Warp Brothers
Aly, Walk with Me, The Raveonettes
Hunting for Witches, Bloc Party
Cuts You Up, Peter Murphy
Hurt, Christina Aguilera
Run, Gnarls Barkley
Electrofog, Le Charme
Where I Stood, Missy Higgins
*Children (*Dream Version), Robert Miles
Grace, Miss Kittin
Walkie Talkie Man, Steriogram
Living Dead Girl, Rob Zombie
Saw Something, Dave Gahan
Boy with a Coin, Iron & Wine
Fever, Stereo MC's
Kaybettik, Candan Ercetin
Playing with Uranium, Duran Duran
Staring at the Sun, TV on the Radio
The Moment I Said It, Imogen Heap
This Is the Sound, The Last Goodnight
Juicy, Better Than Ezra
One Week of Danger, The Virgins
Wolf Like Me, TV on the Radio
Poison Kiss, The Last Goodnight
Beat It, Fall Out Boy
Old Enough, The Raconteurs
Will Possess Your Heart, Death Cab for Cutie

Composition MCP – Groupe JOUVE – 45770 Saran
N° 846618U

Cet ouvrage a été imprimé en France
par CPI Bussière
à Saint-Amand-Montrond (Cher)
en avril 2012

« Pour l'éditeur, le principe est d'utiliser des papiers composés de fibres naturelles, renouvelables, recyclables et fabriquées à partir de bois issu de forêts qui adoptent un système d'aménagement durable. En outre, l'éditeur attend de ses fournisseurs de papier qu'ils s'inscrivent dans une démarche de certification environnementale reconnue. »

Dépôt légal 1re publication : avril 2012
20.2866.0 – ISBN 978-2-01-202866-1
Édition 01 – Dépôt légal : avril 2012.
N° d'impression : 121284/4.